LE FEU DANS LA PIERRE

Partie 1

MARINA SIMCOE

LA RIVIÈRE DES BRUMES

Feu Dans la Pierre est un roman de fantasy avec une histoire d'amour entre un
homme et une femme. Il vise un public adulte.

Feu dans la Pierre

TOME 1

MARINA SIMCOE

À mon capitaine
Merci de m'avoir fait voler.

AMBER

Désolée, Amber. Tu sais que je te laisserais rester. Au moins pour un mois encore, peut-être. Mais Jonah...

Michelle plissa son joli visage en une expression douloureuse.

— Tu sais qu'il ne pense qu'aux affaires.

— Je sais.

J'acquiesçai en enroulant étroitement mon gilet autour de moi.

L'air de Géorgie était frais en ce matin de mars. Aujourd'hui, cependant, le frisson qui parcourait mon corps avait peu à voir avec le temps. On m'expulsait de l'endroit que j'avais considéré comme mon foyer depuis presque un an maintenant.

Michelle et moi nous entendions à merveille depuis le jour où j'avais emménagé dans leur appartement au sous-sol, il y a un an. Techniquement, cependant, la maison appartenait à Jonah, son fiancé. Et lui « ne pensait qu'aux affaires ». Son activité de propriétaire consistait à encaisser les loyers. En tant que locataire, je n'avais pas payé mon loyer pour le deuxième mois consécutif. Je n'avais que de la monnaie dans ma poche, un gros zéro bien rond sur mon compte bancaire, et aucun moyen de le renflouer dans un avenir proche.

Moins d'une heure plus tôt, j'avais appris que je n'avais plus d'emploi. L'agence immobilière où je travaillais depuis quelques mois avait fermé ses portes sans préavis. Je n'avais reçu aucun avertissement, hormis le fait que deux de mes chèques de paie avaient été retardés. L'un avait été amputé. Et maintenant, il semblait que le dernier ne serait pas payé du tout. Ce qui craignait. Beaucoup.

On m'avait dit que je devrais déposer une réclamation. Quand les actifs de mon employeur seraient liquidés, je pourrais récupérer une partie de mes salaires impayés. Peut-être. Éventuellement. Sauf que le loyer était dû maintenant. J'avais vécu au jour le jour. En manquer un me mettait littéralement à la rue.

J'aurais aimé pouvoir simplement faire demi-tour et partir. Mais où irais-je ? Je n'avais personne.

— Michelle, est-ce que je peux au moins parler à Jonah ? S'il te plaît. Je vais commencer à chercher un autre travail, tout de suite...

Elle serra les lèvres, arquant ses sourcils avec pitié.

— Eh bien... Il n'est pas disponible pour le moment.

Son pick-up était garé dans l'allée à côté de ma voiture délabrée. La lumière était encore allumée dans leur chambre au deuxième étage, malgré l'heure avancée de la matinée.

Je passai une main tremblante sur le rasé du côté gauche de ma tête.

— Il veut juste que je parte. Il n'est pas intéressé par une discussion, n'est-ce pas ?

Michelle poussa un soupir, croisant les bras sur sa poitrine généreuse.

— Eh bien, Jonah est un homme d'affaires...

— Il a un autre locataire pour le sous-sol, c'est ça ? tentai-je ma chance.

Elle bougea inconfortablement, évitant mon regard.

— Un de ses potes déménage en ville, finit-elle par avouer.

Venir dans la ville de Creek Bent représentait un nouveau départ pour moi. Et pendant plusieurs mois, j'avais eu l'impression que j'allais y arriver. Pour la première fois en vingt-cinq ans, j'avais un emploi honnête et un endroit où vivre que je payais, tout par moi-même. J'avais même commencé à suivre des cours universitaires après le travail, le soir. Je pensais avoir enfin réussi, j'avais construit une vie pour moi. J'avais goûté à un peu de stabilité et de sécurité. Et c'était vraiment nul de tout abandonner à nouveau.

Michelle déplaça son poids sur l'autre pied. Ses sandales en cuir dévoilaient ses ongles d'orteils scintillants, peints avec le même vernis rose nacré que les miens. Nous les avions peints ensemble, ici même sur le porche de Jonah, la semaine dernière. À l'époque où je croyais encore avoir un emploi, un toit et une amie.

Elle haussa les épaules, mal à l'aise.

— Amber, tu sais que Creek Bent est petit. Les choses ont été difficiles par ici, avec l'économie telle qu'elle est et tout. Mais tu trouveras quelque chose ailleurs. Peut-être à Atlanta ? Les choses semblent toujours meilleures en ville.

— Bien sûr. Le vide dans mon estomac n'était pas seulement dû au petit déjeuner manqué. L'angoisse pesait lourdement sur ma poitrine.

— Je vais t'aider à faire tes cartons, proposa Michelle, sa voix s'éclaircissant.

Faire mes bagages ne me prit pas longtemps. Le sous-sol était entièrement meublé. Tous mes biens tenaient facilement dans deux valises et quelques cartons, que je fourrai à l'arrière de ma voiture.

Après avoir conduit juste au coin de la rue de mon ancien logement, je m'arrêtai sur le parking de la seule épicerie de la ville et coupai le moteur. Inutile de gaspiller de l'essence si je n'avais pas de plan.

Laissant tomber mon front sur mes avant-bras repliés sur le volant, je soufflai un coup.

Et maintenant ?

J'étais en retard dans mes paiements de voiture. Ma facture de téléphone était due d'un jour à l'autre. Tout cela était censé être pris en charge par l'argent que je pensais recevoir d'une minute à l'autre. Au lieu de cela, j'avais perdu mon emploi. Et maintenant, il n'y avait plus d'argent venant de nulle part.

Michelle avait raison sur un point, il n'y avait rien qui m'attendait à Creek Bent. Je devais tenter ma chance ailleurs. Seulement avec un réservoir à moitié plein, cet « ailleurs » ne pouvait pas être très loin.

J'avais besoin d'un plan, d'une destination. Je devais trouver un nouvel endroit où vivre, et plus urgent encore, quelque chose à manger. Bientôt. Mon estomac gargouillait. D'habitude, je prenais des toasts et un café au bureau le matin. Aujourd'hui, je n'avais eu aucune chance de prendre quoi que ce soit.

Les pensées tourbillonnaient dans ma tête comme une tornade. La plupart étaient remplies de panique.

Combien de temps avant que je ne perde ma voiture ?

Mon téléphone ?

Avant que je ne doive retourner dans la rue ?

Avant que la faim ne me force à mendier et à voler ?

Encore une fois...

Je pris une longue respiration et essayai de me concentrer sur une pensée à la fois.

La situation était mauvaise. Mais j'avais connu pire. Je ne voulais vraiment pas retourner à ce *pire* à nouveau...

Je n'ai jamais rencontré mon père et je ne me souviens pas de ma mère. Elle m'avait laissée avec ma grand-mère quand j'étais bébé et n'était jamais revenue. C'est ma grand-mère qui m'a élevée. Grâce à elle, j'ai eu une bonne enfance avec l'école, des amis, des dîners du dimanche, des célébrations d'anniversaire et d'autres belles choses que les enfants reçoivent quand ils ont des adultes qui les aiment.

Ma grand-mère est décédée alors que je venais d'avoir seize ans. Sans autres parents vivants ou connus, je me suis retrouvée dans une famille d'accueil, puis une autre, puis encore une autre, en moins de six mois. Aucune d'elles n'était comme ma grand-mère. Pas même proche. Le dernier couple était particulièrement désagréable, et les deux adolescents dont ils s'occupaient semblaient carrément dangereux. C'est à ce moment-là que je me suis enfuie. J'avais pensé que je serais mieux toute seule.

Sauf qu'à seize ans, j'étais trop naïve pour réaliser à quel point le monde extérieur pouvait être plus méchant envers une jeune fille vivant dans la rue. Ça n'avait pas été joli. Et l'homme qui m'avait finalement sauvée de cette vie n'était pas un chevalier en armure étincelante.

Chris avait plus d'une décennie de plus que moi. Il avait une réputation douteuse et m'a rapidement entraînée dans sa vie criminelle. Quand j'ai finalement réalisé que ce n'était pas l'avenir que je souhaitais pour moi, il m'a fallu tout ce que j'avais pour m'en libérer.

Je me frottai le nez, tripotant l'anneau de mon piercing dans la narine gauche, le seul piercing que j'avais gardé en plus des boucles d'oreilles, après être passée à un look « plus propre » et plus professionnel pour mon poste de réceptionniste à l'agence immobilière l'année dernière.

J'avais travaillé dur pour gagner honnêtement ma vie. Je l'avais fait pendant presque un an. Et je pouvais le refaire, bon sang. J'avais toujours mon téléphone et assez d'essence pour conduire quelques heures. Ma voiture avait besoin de quelques réparations, mais avec un peu de chance, elle tiendrait assez longtemps pour que je trouve un nouvel endroit où m'installer.

Je sortis mon téléphone. L'écran s'alluma. Le service était bon ici, toutes les barres.

Petites bénédictions.

Si je trouvais quelques offres d'emploi convenables dans la région, je pourrais organiser des entretiens dès que possible. Mais il me fallut moins de quelques minutes de recherche pour réaliser à quel point Michelle avait horriblement raison sur le mauvais état de l'économie. Les annonces étaient rares. Et à en juger par les salaires annoncés, j'aurais besoin d'au moins trois de ces emplois pour joindre les deux bouts, ce qui signifiait également qu'il n'y aurait pas de cours universitaires pour moi de sitôt.

Le cercle rouge avec le numéro un brillait au-dessus de l'icône de mes messages texte. Je l'ignorais depuis un jour maintenant, car il venait de Chris.

Lui et moi, c'était fini. Je le lui avais dit la dernière fois que je l'avais vu, en janvier, quand il m'avait emmenée pour une balade « romantique » à la campagne sur sa moto de luxe. Il avait dit qu'il me voulait à nouveau, promettant que les choses seraient différentes entre nous, meilleures. Mais il n'y avait rien qu'il puisse faire ou dire qui me ferait changer d'avis.

Pourquoi n'avais-je pas supprimé son message, alors ? Je n'en avais aucune idée.

Je cliquai dessus maintenant, avec la ferme intention de m'en débarrasser. Le nombre avec beaucoup trop de zéros pour être ignoré me sauta aux yeux depuis l'écran.

« 200 000... »

Chris savait clairement comment attirer l'attention des gens. Mon pouce planant au-dessus de l'écran, je lus le reste du message.

« Ça fait un bail, ma belle. J'ai un boulot pour toi. Rapide et facile. Paie 200 000 $ cash. »

Les zéros dansaient devant mes yeux. Je n'aurais pas dû penser à ce que cet argent pourrait signifier pour moi, mais j'y pensais. Cela signifiait de la nourriture dans mon estomac, un toit sur ma tête, un diplôme universitaire, un meilleur emploi...

Une nouvelle vie.

Tout ce que j'avais à faire était de faire un pas en arrière pour ce dernier boulot, de plonger une fois de plus dans le marécage boueux de mon passé, avant de pouvoir laisser tout cela derrière moi pour de bon et avancer encore plus vite qu'avant.

Il n'avait pas précisé dans le message en quoi consistait le travail. Mais connaissant Chris, c'était certainement quelque chose d'illégal. J'avais travaillé pour lui pendant des années et avais fait beaucoup de choses dont je n'étais pas fière. J'avais juré que j'en avais fini avec tout ça.

Mais peut-être, à tout le moins, pourrais-je découvrir ce qu'il voulait. Je pourrais toujours dire non, n'est-ce pas ?

Je tapai rapidement « *Quel boulot ?* » et appuyai sur « *envoyer* » avant de me donner une chance de trop réfléchir.

La réponse arriva presque immédiatement.

« *Je te verrai au Chicken Wing dans vingt minutes. C'est moi qui invite.* »

Chicken Wing était un restaurant dans la ville à trente minutes d'ici. J'avais assez d'essence pour y aller et j'obtiendrais au moins un petit déjeuner dans l'affaire. Mais un sentiment lourd pesait sur ma poitrine quand j'avais démarré la voiture et quitté le parking.

— SALUT, ma belle. Un sourire narquois s'étirait sur le visage de Chris d'une manière que je trouvais autrefois irrésistiblement attirante.

À première vue, il ne semblait pas avoir changé du tout. Il portait un de ses habituels t-shirts de groupe, une veste en cuir tendance et une paire de lunettes de soleil de marque. Ce n'est que lorsque je pris place en face de lui et qu'il retira ses lunettes de soleil que je pus voir plus de rides autour de ses yeux. Même en quelques mois depuis la dernière fois que je l'avais vu, les cernes sous ses yeux s'étaient accentués et les ombres s'étaient approfondies.

Chris avait onze ans de plus que moi, et le temps, aidé par ses nombreuses mauvaises habitudes, détruisait lentement le bel homme qu'il était à la naissance.

Quand je l'ai rencontré, j'avais dix-sept ans. C'était arrivé dans un restaurant très similaire. Adolescente en fugue, je n'avais pas mangé depuis des jours et je m'étais faufilée à l'intérieur, attirée par l'odeur de la nourriture frite.

À cette époque, je survivais principalement grâce à ce que je pouvais voler dans les magasins. Chris m'avait acheté à déjeuner. Au moment où j'avais fini d'engloutir mon repas, il avait complètement volé mon cœur. Pour mes dix-sept ans, il semblait si mûr, confiant et maître de lui-même.

Je détestais à quel point ma situation actuelle ressemblait à celle qui nous avait réunis huit ans auparavant. Je détestais espérer encore que Chris me nourrisse.

— Salut, Chris. Je me calai contre le dossier du siège en similicuir, espérant que mon estomac vide ne ferait pas de bruits trop forts dans cet endroit rempli de délicieuses odeurs de petit déjeuner.

Il me passa le menu, et je n'avais pas la volonté de le refuser.

— C'est vraiment chouette de te voir, ma belle. Il gardait ses yeux bleu pâle sur moi. Des années auparavant, j'avais trouvé le contraste entre la couleur claire de ses yeux et son chaume foncé séduisant.

Adolescente, j'avais vu Chris comme mon sauveur. Quand je l'avais rencontré, j'étais dans la rue depuis des mois, luttant contre la faim, le sans-abrisme et beaucoup de connards qui étaient toujours prêts à profiter d'une fille solitaire qui n'avait rien ni personne.

Chris m'avait nourrie et — au début, du moins — n'avait rien demandé en retour. Il avait attendu trois semaines entières avant de faire des avances sexuelles. Puis un jour, il m'avait soulée avec du vin bon marché, et j'étais pratiquement montée sur ses genoux, le suppliant de me faire l'amour.

J'avais dix-sept ans. Il en avait vingt-huit. À l'époque, je pensais que nous étions amoureux. Maintenant je savais mieux. Cette nuit-là, j'étais mineure, ivre et désespérée d'affection, et il était un prédateur, profitant de ma naïveté et de ma situation.

Au fond, cependant, une corde depuis longtemps rompue tirait encore sur mon cœur quand il couvrit ma main de la sienne et dit de sa voix rauque :

— Tu n'as pas l'air en forme, ma belle. Les choses ont dû être difficiles.

— Je vais me débrouiller. Je retirai ma main brusquement.

— Je sais que tu le feras. Tu es intelligente. Tu l'as toujours été. Il pencha la tête, m'observant tandis que la serveuse apportait notre nourriture.

J'essayai de me retenir, faisant semblant de ne pas avoir faim, prétendant que je n'avais pas besoin de sa charité. Comme si je lui faisais une faveur en le rejoignant pour un repas, et non l'inverse. Délicatement, je pris une bande de bacon dans mon assiette et... la terminai en trois énormes bouchées affamées.

Bon sang, c'était si bon ! J'en pris immédiatement une autre, oubliant complètement de jouer les blasées.

Chris me regardait avec un sourire entendu.

— J'aimerais que tu me laisses prendre soin de toi, Amber, comme au bon vieux temps, traîna-t-il.

La nourriture resta coincée dans ma gorge au souvenir de ce « bon vieux temps ».

Ce n'avait pas été totalement mauvais. J'avais été nourrie. À un moment donné, j'avais même pensé être aimée. Mais je n'avais pas été libre. Pendant des années, j'avais appartenu à Chris, corps et âme. Il devait approuver tout, des vêtements que je portais aux amis que j'avais. Nous avions des relations sexuelles quand *il* le voulait et seulement comme *il* le voulait. Je n'avais pas mon mot à dire sur ce que je mangeais ou ce que je faisais. Jusqu'à récemment, je n'avais qu'une vague idée du genre de personne que j'étais réellement.

Le quitter avait été la chose la plus difficile que j'aie faite, mais il n'y avait pas de retour possible.

— Je n'ai plus besoin qu'on prenne soin de moi, Chris, dis-je la bouche pleine d'œuf, de pain grillé et de bacon.

Avec ce sourire narquois toujours présent, il déchira un sachet de sucre, en versa le contenu dans ma tasse de café, puis ajouta de la crème, exactement comme j'avais l'habitude de le boire. J'étais passée au lait au lieu de la crème récemment, mais Chris ne le saurait pas, bien sûr.

— La rumeur dit que l'agence immobilière pour laquelle tu travaillais a mis la clé sous la porte. Il remuait lentement le café pour moi.

La rumeur ne pouvait pas dater de plus de quelques heures, et pourtant, d'une manière ou d'une autre, elle était déjà parvenue à Chris. Je ne dis rien, gardant les yeux sur mon assiette tout en mangeant.

— C'est une bonne chose, tu sais. Tu n'as pas besoin de ce boulot de bureau merdique, de toute façon. Il fit glisser la tasse de café vers moi.

De toute évidence, il orientait la conversation vers ce qu'il souhaitait que je fasse pour lui en échange de deux cent mille dollars.

Je bus une longue gorgée de café, ma première de la journée. Il avait un goût divin, même avec de la crème. Je fermai les yeux, savourant chaque goutte.

— C'était juste un job, dis-je en reposant la tasse. J'en trouverai un autre.

Il haussa un sourcil d'un air sceptique.

— Ce ne sera peut-être pas si facile. Il n'y a pas beaucoup de travail de nos jours.

Il avait raison, ce qui fit monter l'irritation en moi. Même le poids chaud de la nourriture dans mon ventre ne l'apaisait pas.

— Qu'est-ce que tu sais du marché du travail ? lançai-je. Tu n'as jamais travaillé un seul jour de ta vie.

— Je suis un homme d'affaires, dit-il, aussi lisse que jamais. J'ai besoin de connaître ce genre de choses, même si je ne travaille pas pour les autres.

Combattant l'irritation, je terminai silencieusement mon petit déjeuner. Plus mon ventre se remplissait, plus je me demandais pourquoi j'avais accepté de rencontrer cet homme. Rien de bon n'était jamais sorti de ma relation avec lui. Le mode de vie de Chris avait toujours été le crime et la violence, et il m'y avait entraînée la tête la première.

— Je n'aurais pas dû venir. Je posai ma fourchette sur l'assiette maintenant vide. Merci pour le petit déjeuner, cependant. J'apprécie vraiment.

Il posa rapidement sa main sur la mienne à nouveau.

— Oh, ne pars pas encore. Tu m'as manqué...

— Arrête. Je secouai la tête avec un soupir, n'ayant aucune patience pour la douceur de sa voix ou la pression joueuse de sa main.

Seulement, il n'écoutait pas. Il ne le faisait jamais. Ses doigts se resserrèrent autour de ma main.

— Tu sais que je n'ai jamais voulu que ça se termine entre nous, Amber. Je te reprendrais en un battement de cœur. Pour moi, tu seras toujours ma belle.

Le son de son vieux surnom pour moi me tapait sur les nerfs.

— Arrête. Chris. C'est fini. Je ne reviens pas, et tu le sais.

Il lâcha ma main et s'appuya contre le dossier grinçant du siège en similicuir. Le regard dans ses yeux pâles se durcit.

— D'accord. Continue à jouer à ton petit jeu d'émancipation encore un peu si tu le souhaites, dit-il, comme s'il cédait à un enfant en pleine crise.

Un sentiment désagréable me racla l'intérieur. Je pensais avoir été forte en quittant Chris, mais il croyait évidemment qu'il m'avait *permis* de m'éloigner un moment. Il semblait confiant de pouvoir arrêter mon « jeu » à tout moment.

— Tout ce dont j'ai besoin de toi maintenant, c'est que tu fasses ce boulot pour moi, dit-il.

Je secouai la tête, passant ma main dans les cheveux mi-longs sur ma droite.

—Je...

Il leva un doigt, ne me laissant pas finir.

— C'est de l'argent facile, Amber. Le job est parfait pour toi. Il reprit ma main de sur la table, jouant avec mes doigts. Il y a de la magie dans ces petites mains. C'est dommage de laisser un tel talent se gâcher.

La flatterie ne le mènerait nulle part. Mais la curiosité l'emporta. Je n'étais pas intéressée par le travail, mais il n'y avait pas de mal à se renseigner, n'est-ce pas ?

— Qu'est-ce que tu as besoin que je fasse ? dis-je d'un ton neutre.

Ses traits se détendirent, comme si j'avais déjà accepté.

— Je veux que tu récupères quelque chose pour moi. Tu entres, tu sors. Comme je l'ai dit. Facile-facile.

Je retirai ma main de la sienne.

— Et qu'est-ce que tu veux que je vole ?

— *Que tu prennes*, corrigea-t-il. Propre et discret. Comme je sais que tu peux le faire.

— Qu'est-ce que tu veux que je *prenne* ?

— Une statue, dit-il, agitant nonchalamment son poignet.

— C'est une œuvre d'art ou quelque chose comme ça ? Je ne voyais pas Chris comme un amateur d'art. Cependant, si la pièce avait une valeur marchande, il l'apprécierait certainement.

— Quelque chose comme ça. La statue est avec la ménagerie itinérante, celle que je t'ai emmenée voir en janvier, tu te souviens ?

Les souvenirs de la fête foraine me revinrent en mémoire. Les tentes de toile rayées étaient remplies d'animaux fantastiques qui n'existaient pas dans notre monde mais semblaient si réels. Je n'avais jamais rien vu de tel ni avant ni après cette visite à la foire.

J'avais eu quelques jours de congé au travail cette semaine-là. Dans un moment de faiblesse, j'avais accepté de laisser Chris m'emmener à la foire qui se déroulait à proximité. La visiter avait été amusant. Avoir Chris comme compagnon de voyage avait été plus intense que jamais. Cela m'avait rappelé à quel point il m'avait fait me sentir piégée.

En quittant la ville, sur le parking d'une épicerie, j'avais aperçu la fille qui vendait des billets pour la ménagerie. Elle semblait timide, même craintive quand j'avais essayé de lui parler. Mais j'imaginais qu'elle devait mener la vie la plus excitante, voyageant avec la ménagerie, n'appartenant à aucun lieu ni à aucun homme. Libre. Exactement comme je rêvais de l'être.

Je soupirai à travers l'écho de toutes ces émotions résonnant dans ma poitrine.

— Oui. Je me souviens.

Chris se rapprocha sur son siège.

— Alors. L'impatience se glissa dans sa voix. La ménagerie est en Europe maintenant. En Allemagne. Ils quittent Munich bientôt. Toutes leurs affaires seront expédiées dans quelques jours. La statue sera en transit, avec une sécurité minimale. C'est à ce moment-là qu'il sera préférable de la récupérer.

Je secouai la tête.

— Je t'ai dit que je ne fais plus ces conneries.

Il prit mes deux mains dans les siennes.

— Regarde. C'est juste prendre un morceau de pierre inutile à un connard riche et le vendre à un autre. Ta sensibilité morale n'a pas à être offensée ici. Ce n'est pas comme si tu volais un musée ou des orphelins affamés.

— Eh bien, merci pour ça. Je levai les yeux au ciel.

— Je te dis, un type riche veut cette statue stupide que quelqu'un d'autre possède, et il est prêt à payer un bon prix pour ça. Ce serait idiot de rater une chance comme celle-ci.

C'était beaucoup d'argent. Et ce ne serait que ma part. Chris devait empocher au moins autant, peut-être plus. Il ne me dirait pas le nombre exact si je demandais, mais je savais qu'il s'occupait toujours d'abord de ses intérêts.

— Qu'est-ce qui est si spécial avec cette statue ? Pourquoi l'acheteur la veut ?

— J'en sais rien. Peut-être que c'est une question d'ego ? Il veut ce qu'il n'a pas. Je m'en fiche, et tu ne devrais pas t'en soucier non plus. Tant qu'il paie quand on lui apporte ce qu'il veut.

— *On* ? précisai-je.

Chris hésita, regardant ailleurs.

— Eh bien, *toi*. C'est un travail pour une personne. Il me fit un sourire taquin. Pour une *femme*, devrais-je dire.

— Alors, tu ne serais pas là ?

Je n'avais jamais rien fait de tel toute seule auparavant. Mon rôle dans les « affaires » de Chris avait été largement un rôle de soutien. J'avais principalement aidé à la planification de ses vols et ensuite à l'élimination de ce que lui et ses hommes de main avaient volé. J'étais douée pour la falsification et pour certains aspects du blanchiment d'argent. Je pouvais crocheter des serrures comme personne. Et j'avais été conductrice pour la fuite à quelques occasions. Mais j'avais toujours travaillé en équipe auparavant, jamais seule.

— Alors, où serais-*tu* pendant que je ferais ton sale boulot pour toi ?

— Le job est à l'étranger, dit-il. Et je… Eh bien, je ne peux pas monter dans un avion pour le moment.

Je plissai les yeux, inclinant la tête en question.

Grimaçant sous mon regard, il se frotta la nuque, puis gratta le chaume foncé sur son menton.

— C'est une longue histoire. Disons simplement que j'ai eu quelques problèmes avec la police qui ont entraîné des restrictions de voyage hors du pays. *Temporairement.*

— Je vois.

— Je vais m'en occuper. Je le fais toujours. Mais le timing n'est pas idéal. Mais hé… Il se redressa. Tu te débrouilleras très bien toute seule, Amber. Tu es une pro.

— Pro du vol, ricanai-je. Quelle réussite.

Il redressa ses épaules.

— Bien sûr que c'en est une. Il y a de l'argent à se faire dans ce qu'on fait, ma belle. Bien mieux que ce que ce type de l'immobilier te payait. Espèce de radin.

C'était vrai. J'aurais dû travailler près d'une décennie dans cette agence immobilière pour gagner le même montant que Chris m'offrait pour quelques jours de mon temps.

— Deux cent mille dollars, dis-je doucement.

— C'est exact. Il me regardait comme un chat regarde une souris prise entre ses pattes. Plus tous les frais payés. Fouillant à l'intérieur de sa veste en cuir, il sortit une enveloppe épaisse et la posa sur la table entre nous. Trois mille euros, ma belle. Pour t'emmener en Allemagne. De belles vacances européennes qui se paient d'elles-mêmes et plus encore.

Je regardai fixement l'enveloppe bourrée d'argent et essayai de ne pas penser à ce que cela signifiait en termes de repas, de chaleur et de confort.

— Tu mérites une pause. Ce connard de l'immobilier t'a exploitée et sous-payée, ricana Chris.

Peut-être. Mais sans éducation, sans références, et avec mon passé douteux, je m'étais considérée comme chanceuse d'avoir ce travail. J'avais été tellement exaltée quand j'avais reçu l'appel m'annonçant que le poste était le mien. C'était comme si la porte s'était enfin ouverte sur une vie que je n'avais jamais qu'entrevue de l'extérieur, la vie normale et honnête à laquelle je n'avais pas eu accès depuis la mort de ma grand-mère.

Pendant près d'un an, je n'avais pas eu à inventer de mensonges quand les gens me demandaient ce que je faisais dans la vie. J'avais un avenir devant moi. J'avais fièrement raconté à quiconque voulait bien m'écouter mon travail et mes projets universitaires. J'avais l'impression que mon passé était définitivement derrière moi.

Maintenant, mon passé était à nouveau assis en face de moi, avec ce sourire entendu si familier.

— Non, Chris. Je repoussai l'enveloppe vers lui. L'étincelle d'excitation à la sensation de l'épaisse liasse de billets sous ma paume s'alluma puis s'éteignit. J'en ai fini avec tout ça. Merci pour le petit déjeuner.

Je me levai de table.

Ses yeux me suivirent avec cette lueur dangereuse de colère, cette colère que je ne connaissais que trop bien. Mais il resta assis.

— Comme tu veux, ma belle. Il se pencha en arrière, posant nonchalamment un bras sur le dossier de la banquette. Tu sais où me trouver si tu as besoin de moi.

Je priai pour ne jamais *avoir besoin* de quoi que ce soit de cet homme, plus jamais. Quittant le restaurant, je refermai fermement la porte derrière moi.

Cependant, à chaque pas que je faisais le long du parking en me dirigeant vers ma voiture, l'inquiétude pesait de plus en plus lourdement sur ma poitrine. Toutes les questions paniquées de tout à l'heure étaient revenues. Celle qui pulsait le plus anxieusement dans mon cerveau était : « *Et maintenant ?* »

J'étais de retour à la case départ. Sans emploi et sans le sou. La seule différence était la sensation de satiété dans mon estomac. Mais je savais qu'il serait à nouveau vide et tenaillé par la faim bien trop vite.

La porte du restaurant s'ouvrit et se referma derrière moi. Je m'efforçai de ne pas tourner la tête dans cette direction, mais je sentais le regard de Chris sur mon dos.

Il me regardait. En attendant.

Mettant autant d'assurance dans ma démarche que je pouvais rassembler, je m'approchai de ma voiture, ouvris la portière et me glissai sur le siège conducteur.

« *Je peux y arriver* », me répétais-je encore et encore dans ma tête, en tournant la clé dans le contact. « *Je n'ai pas besoin de Chris ou de son argent.* »

Le silence de mort du moteur me glaça d'effroi. Cette fichue voiture ne faisait aucun bruit, peu importe combien de fois je tournais la clé. J'arrêtai d'essayer, laissant tomber mes mains sur mes genoux.

La peur, une terreur froide et paralysante, se répandit dans mes membres. Sans la voiture, je n'avais vraiment rien. Je ne pouvais même pas me rendre à un entretien, à supposer que je parvienne à en obtenir un.

Prenant de petites respirations peu profondes, je levai les yeux. À travers le pare-brise, je vis Chris. Appuyé contre sa grosse moto noire, il était tourné vers moi, les bras croisés sur sa poitrine. Son visage caché derrière la vitre de son casque, je ne pouvais pas voir ses yeux, mais il semblait attendre. Mon casque rouge feu reposait commodément sur le siège à côté de lui, comme une invitation à le rejoindre.

Connaissant Chris, il aurait pu avoir quelque chose à voir avec le fait que mon moteur ne démarre pas à ce moment précis. Bien que ma voiture soit assez vieille pour tomber en panne toute seule.

Au final, était-ce vraiment important de savoir comment

c'était arrivé ? Une chose était claire, il ne fallait pas grand-chose pour écraser complètement ma vie et faire basculer ma situation de mauvaise à désespérée.

J'étais fatiguée. Si fatiguée de lutter contre chaque petite chose qui allait toujours mal en attendant que l'autre chaussure tombe. Fatiguée de constamment élaborer des stratégies pour décider laquelle des factures qui s'accumulaient payer en premier. Fatiguée de ne pas avoir un toit fiable au-dessus de ma tête. Et j'avais peur parce que je savais que les choses empireraient, bien, bien pire maintenant que je n'avais ni emploi *ni* voiture.

Chris pourrait prendre la part du lion sur les bénéfices, mais il payait toujours ses gens ce qu'il promettait. À ce stade, deux cent mille dollars changerait ma vie.

Peut-être que j'avais besoin de faire ce pas en arrière pour pouvoir avancer ? Un bref voyage dans le passé pour assurer mon avenir ?

Je soufflai, prenant un moment pour rassembler ma détermination.

Je ne pouvais pas voir son visage, mais je *sentais* Chris sourire quand je sortis de la voiture et me dirigeai vers lui.

AMBER

Le magasinier examina les documents que je lui avais remis.

— C'est pour les affaires de Madame Tan ? demanda-t-il dans un anglais fortement accentué après que je lui eus dit que je ne parlais pas allemand. Le Freakshow, c'est ça ?

— La *ménagerie*, je crois que c'est comme ça que ça s'appelle, corrigeai-je doucement, dissimulant mon visage sous la visière de ma casquette.

Il me dévisagea de la tête aux pieds, faisant frissonner ma peau d'inquiétude. J'avais rentré mes cheveux rouge vif sous ma casquette, qui cachait aussi partiellement mon undercut, et j'avais retiré mon piercing au nez pour paraître aussi « normale » et discrète que possible. Mais l'uniforme que j'avais volé à une entreprise de transport était au moins deux tailles trop grand, ce que j'espérais désespérément qu'il ne remarquerait pas. Je préférais que cet homme ne se souvienne absolument de rien me concernant.

— D'accord... il se reconcentra sur les documents.

Je ne pouvais pas le laisser les examiner de trop près, de peur qu'il ne réalise qu'ils étaient faux. J'étais douée en contrefaçon, mais pas parfaite.

— C'est peut-être l'une de celles-là ? pointai-je vers un tas de caisses au loin pour détourner son attention. Mes doigts tremblaient légèrement, et je serrai rapidement les poings pour les empêcher de trembler.

— Non, ce sont des pièces détachées pour un garage automobile, secoua-t-il la tête. Les trucs du freakshow sont par là.

Il lui fallut quelques minutes supplémentaires pour localiser ce pour quoi j'étais venue à Munich, une grande caisse en bois avec les mots *Ménagerie de Madame Tan* imprimés sur le côté. En dessous, en plus petits caractères, un mot était ajouté : *gargouille*.

J'essayais de ne pas agiter impatiemment mes mains ou de regarder par-dessus mon épaule toutes les quelques secondes.

Ce matin même, Chris m'avait nonchalamment informée par texto que je ne serais pas la seule à essayer de voler la statue. L'argent que le riche client français offrait pour celle-ci avait apparemment attiré des personnes plutôt dangereuses. Une organisation criminelle locale, les Frères Miller, était très intéressée à mettre la main sur le prix avant moi. C'était la raison pour laquelle j'avais avancé mon casse du lendemain matin à ce soir, pour les devancer.

Essuyant mes mains moites sur le pantalon de mon uniforme, je jetai un coup d'œil furtif à l'entrée du dépôt, guettant tout véhicule suspect qui entrerait sur le site. Me faire prendre avec les faux documents pouvait me valoir une arrestation. Mais si les Frères Miller me trouvaient ici, à essayer de voler la statue sous leur nez, je n'irais pas en prison. Je serais morte.

— C'est juste *une* caisse que Madame veut transférer ? demanda l'homme, se déplaçant avec une lenteur exaspérante.

— Je suppose, haussai-je les épaules aussi naturellement que possible. Mon cœur battait la chamade dans ma poitrine, et une sueur froide coulait le long de ma colonne vertébrale.

L'ampleur du travail que j'avais entrepris toute seule pesait lourdement sur moi. J'avais toujours été douée pour ne pas me faire prendre. Pas une seule fois je n'avais été arrêtée ou même interrogée par la police. Ce serait le pire moment pour que ça arrive. J'étais si proche de laisser tout ça derrière moi pour de bon.

Le souffle coupé, je regardai la caisse être chargée dans mon camion de location aux logos contrefaits de la même entreprise de transport que celle figurant sur mon uniforme.

— Tout est bon, prêt à partir. L'homme signa les documents, puis me les rendit.

Mes mains tremblaient quand je montai derrière le volant du camion. Je m'attendais à ce que l'homme réalise son erreur et me crie après. En même temps, je gardais un œil sur l'entrée du site, surveillant les Frères Miller qui pourraient aussi venir chercher ma statue à tout moment.

Agrippant le volant de mes mains moites, je conduisis le camion hors du dépôt et l'emmenai vers la périphérie de la ville où j'avais loué un minuscule appartement dans une unité de stockage public reconvertie.

C'était le soir quand j'arrivai au bâtiment d'un étage avec des portes à enroulement. À l'aide d'un diable, je déchargeai la caisse qui s'avéra beaucoup plus lourde que prévu. Soufflant et haletant, j'étais trempée de sueur malgré la fraîcheur du soir lorsque j'eus fini de tirer le diable à travers le gravier jusque dans l'appartement.

Une fois à l'intérieur, je retirai l'uniforme, enfilai mon jean et mon t-shirt, et remis mon piercing au nez, me sentant à nouveau davantage moi-même.

Après avoir verrouillé la caisse dans l'appartement, je décollai les faux autocollants du camion et le ramenai à l'endroit où je l'avais loué ce matin.

Quand je revins à l'appartement, je descendis la porte et la verrouillai avec un cadenas pour la nuit. Ce n'est qu'alors que je pus desserrer la mâchoire et laisser un peu de tension quitter mes épaules. Tout ce que j'avais à faire maintenant, c'était d'attendre que l'acheteur ou ses hommes viennent récupérer la caisse demain, comme Chris l'avait arrangé. Ensuite, j'aurais l'argent et je pourrais partir.

J'avais réussi. J'avais du mal à croire que j'avais presque terminé.

Ce voyage avait englouti presque tout l'argent que Chris m'avait donné pour les frais de déplacement. Le billet d'avion, l'appartement, la location du camion, tout s'était accumulé. En l'état actuel des choses, je n'avais même pas assez pour le billet de retour. Pour rentrer aux États-Unis, je devais être payée. Je devais conclure l'affaire demain matin. Il n'y avait pas d'autre issue. Ce qui avait peut-être été le plan de Chris depuis le début.

Le travail n'était pas terminé tant que la marchandise n'avait pas été échangée et le paiement effectué. Mais pour ce soir, mon travail était fini. Le stress de la journée s'estompait, me laissant épuisée.

Pour dîner, je mangeai le sandwich que j'avais acheté à la gare et le fis descendre avec de l'eau. Je posai la bouteille sur une table d'appoint branlante à côté du lit de camp contre le mur. L'appartement avait été annoncé comme meublé, mais c'étaient les seuls meubles ici, sans compter le rideau de douche dans le coin. Non pas que ça m'importait. Avec un peu de chance, je serais partie d'ici demain matin.

L'air à l'intérieur de l'appartement sans fenêtre était étouffant. Grimaçant à cause de la sueur qui collait mes vêtements à ma peau, j'enlevai mon sweat à capuche, puis retirai mon t-shirt et mon jean et me dirigeai vers mon sac de sport dans le coin pour prendre quelques articles de toilette.

Mon épaule heurta la caisse alors que je me penchais pour prendre mon sac sur le sol. Je me tournai face au mot « *gargouille* » imprimé sur le côté.

La curiosité s'éveilla en moi. Qu'est-ce qui pouvait bien coûter aussi cher que ce que l'acheteur payait pour cette chose ?

Oubliant mon sac pour le moment, j'inspectai la caisse. Elle était faite de contreplaqué renforcé de bois d'œuvre qui dégageait une légère odeur agréable que je ne pouvais pas vraiment identifier, mais qui me semblait familière – quelque chose comme de la mousse et de la lavande, avec une touche de douceur d'ananas.

La charnière métallique sur le dessus de la caisse avait un simple cadenas – trop ordinaire pour quelque chose d'aussi précieux que Chris me l'avait assuré.

La suspicion grandissait dans ma poitrine, agitant le doute. Je n'avais jamais complètement fait confiance à Chris, maintenant moins que jamais. Levant la main, j'arrachai l'épingle à cheveux qui retenait ma frange trop longue, puis me haussai sur la pointe des pieds pour mieux voir le cadenas. Je devais voir par moi-même ce pour quoi j'avais risqué ma vie.

Il ne me fallut que quelques secondes pour ouvrir le cadenas avec mon épingle à cheveux. Certainement pas le niveau de sécurité auquel je m'attendais pour un colis de grande valeur.

Quand j'ouvris le dessus, les quatre parois tombèrent sur le côté, révélant l'intérieur de la caisse. La statue sombre était enveloppée de nuages de fumée argentée qui sentaient comme un parfum ou une eau de Cologne.

Maintenant, je me souvenais pourquoi l'odeur était familière. La ménagerie de la foire où Chris m'avait emmenée sentait exactement comme ça, aussi. L'encens parfumé avait brûlé dans des braseros métalliques à l'intérieur des tentes. Madame Tan, la propriétaire de l'établissement, le fumait même comme une cigarette, ce qui était étrange mais correspondait un peu à l'ambiance générale de cet endroit.

Je me souvenais aussi d'avoir brièvement vu la statue là-bas. Elle se tenait entre les deux principales salles d'exposition à l'intérieur des tentes, enveloppée de fumée tout comme maintenant. Madame ne s'y était pas attardée pendant notre visite. Elle l'avait juste mentionnée en nous conduisant d'une salle à l'autre. Il faisait sombre dans le petit passage entre les murs de toile. Je n'avais même pas pu bien regarder la statue à ce moment-là.

La fumée parfumée devait être la façon dont Madame faisait en sorte que la ménagerie sente bon, mais pourquoi était-elle dans la caisse maintenant ?

— C'est quoi ce bordel ? m'écriai-je en ramassant un paquet de feuilles fumantes au fond de la caisse. Il y en avait plusieurs autres éparpillées autour de la statue.

Pourquoi quelqu'un fumiguerait-il une statue en transit ? Surtout une transportée dans une caisse en bois ?

Je secouai la tête. Ça pourrait provoquer un incendie.

Heureusement que j'avais découvert ça avant d'aller me coucher. Brûler vive dans mon sommeil n'était pas la façon dont je souhaitais quitter ce monde.

Je ramassai tous les paquets fumants de la caisse. En passant les feuilles sous l'eau, j'éteignis la fumée, puis jetai les paquets détrempés à la poubelle.

La fumée se dissipa, révélant une statue sculptée dans une pierre noire.

Le mot « *gargouille* » m'avait fait penser à quelque chose d'effrayant, de laid, ou les deux. Mais c'était la représentation d'un homme extraordinairement beau assis sur une dalle de granit. Deux ailes membraneuses sur son dos étaient à moitié ouvertes. La roche d'obsidienne miroitait à l'intérieur quand la lumière la frappait sous le bon angle. L'effet était hypnotisant, comme si la vie pulsait à l'intérieur de la pierre.

Ayant relativement peu d'expérience en art, même moi je pouvais dire que ce n'était pas une pièce ordinaire. Les détails étaient incroyables. L'homme était torse nu, laissant chaque creux et chaque élévation lisses de son torse musclé bien visibles. Chaque veine sur ses avant-bras puissants était détaillée à la perfection.

Incapable de détacher mes yeux de lui, je m'approchai. Le maître sculpteur avait réussi d'une manière ou d'une autre à recréer même les plus fins détails, comme le chaume sur sa mâchoire ciselée, ou les épais cils ombrageant ses yeux. Si je regardais assez longtemps, je croyais même pouvoir voir dans la profondeur de ses pupilles.

Fascinée, je posai ma main sur le côté de son visage. La pierre semblait chaude au toucher, presque vivante. Le chaume sur sa joue piqua ma main, me ramenant à mes sens. Je retirai brusquement ma main.

Pourquoi diable caresserais-je une statue ? Le stress et la fatigue devaient avoir joué avec ma tête.

— J'ai besoin d'une douche...

Laissant la statue seule, j'enlevai mon soutien-gorge et ma culotte, puis me faufilai derrière le rideau de douche et ouvris l'eau.

Le regard des yeux taillés dans la pierre, cependant, semblait me suivre même ici. Ma peau picotait de conscience. L'air dans la pièce semblait soudain trop chaud, et j'augmentai l'eau froide dans ma douche pour m'aider à me rafraîchir.

Ma peau se couvrit de chair de poule. Mes tétons durcirent. Une douleur picotante traversa mon bas-ventre. Je me shampouinai rapidement les cheveux, essayant d'ignorer les réactions de mon corps.

À quoi réagissait-il, d'ailleurs ? Au morceau de roche ? Simplement parce qu'il se trouvait être façonné comme l'homme le plus magnifique que j'aie jamais vu ?

C'était ridicule. L'adrénaline persistante de cette journée stressante m'avait en quelque sorte rendue excitée. Ça, ou ça faisait simplement trop longtemps que je n'avais pas eu de relations sexuelles avec un homme. Et encore plus longtemps depuis que j'en avais vraiment apprécié une.

Trois

ELEX

Le bruit de l'eau courante filtrait à travers le brouillard qui voilait sa conscience.

Qu'était-ce ? Une cascade se déversant dans la piscine chaude des grottes de baignade du château de son père ? Un ruisseau serpentant entre les pierres noires sur le flanc du Pic Bozyr ?

Ce son lui rappelait son foyer. Mais même à travers la brume qui enveloppait son esprit, il savait qu'il n'était pas dans les Montagnes de Dakath. Les sons, les odeurs et les images de son monde natal n'existaient plus que dans ses souvenirs maintenant. Et dans ses rêves.

Le bruit de l'eau courante s'arrêta. Sa vision s'éclaircit juste à temps pour voir une jeune femme émerger de derrière un rideau usé.

Il ne se souvenait pas d'avoir vu cette fille auparavant. Mais ses souvenirs récents n'étaient qu'une collection chaotique d'images sans ordre ni signification. Elle aussi pouvait s'y trouver, quelque part, enfouie profondément parmi les nombreux autres visages oubliés.

Mais comment aurait-il pu oublier un visage comme le sien ?

Tenant une grande serviette rouge brique contre sa poitrine, elle utilisait l'autre extrémité pour sécher ses cheveux presque aussi flamboyants que sa serviette. D'une riche teinte cuivrée, sa chevelure rousse descendait jusqu'à son épaule du côté droit. À gauche, elle était complètement rasée, dévoilant la coquille délicate de son oreille ornée de quelques petites boucles.

Pourquoi cette femme était-elle ici ?

Et quel était cet endroit ?

Les rayures rouges et jaunes des tentes de Ghata étaient tout ce qu'il avait vu dernièrement. Depuis que les *bracks*, les hommes de Ghata, l'avaient enlevé du château de son père à Dakath, Ghata le gardait comme partie de sa ménagerie. En utilisant la fumée des feuilles de *womora*, elle le forçait à rester dans sa forme de pierre jour et nuit.

Il n'avait pas changé de forme depuis des années, restant figé dans la pierre de façon contre-nature, un état qui ressemblait souvent à la mort. Muet et immobile, il passait ses journées à l'intérieur d'une tente, entouré de murs de toile poussiéreux. Parfois, des gens vêtus de vêtements bizarres passaient, le dévisageant au son de la voix de Ghata qui leur parlait de sa ménagerie d'« *êtres magiques introuvables sur Terre* ».

Les murs de cette pièce, cependant, n'étaient pas faits de toile. Et la femme qui se trouvait ici avec lui ne semblait pas porter de vêtements du tout. La serviette qu'elle pressait contre sa poitrine était la seule chose qui dissimulait son corps à sa vue.

Cette fascinante créature s'arrêta brusquement devant lui. Ses cheveux roux paraissaient encore plus éclatants de près, et leur forme asymétrique encore plus étrange. Un petit anneau d'argent brillait dans sa narine gauche. Son apparence était plutôt inhabituelle, même pour ce monde bizarre peuplé d'humains.

— Tu me fixes, dit-elle.

Il aurait aimé détourner le regard. Mais dans cette forme, il ne le pouvait pas. Alors il continua simplement à la fixer droit dans les yeux.

Elle avait les yeux verts, nota-t-il. Pas la couleur claire et lumineuse d'une émeraude, mais le vert jaunâtre de la mousse sur le flanc d'une montagne réchauffée par le soleil à la fin de l'été.

La femme ébouriffa ses cheveux avec la serviette pour les sécher.

— Comment peux-tu être si incroyablement beau ? murmura-t-elle.

Il sourit intérieurement. Tous les faes n'étaient-ils pas conventionnellement beaux ? Tous ceux de son espèce avaient des traits symétriques et des corps sains qui gardaient leur forme parfaite pendant des siècles. Ce qui rendait chaque personne intéressante, c'étaient leurs différences, ces choses qui les rendaient uniques.

Cette fille ne ressemblait à personne qu'il ait jamais vu auparavant. Elle l'intriguait. Mais qui était-elle, par la Mère *Salamandra* ?

Il ne ressentait aucune magie en elle, ce qui signifiait qu'elle devait être l'une des créatures peuplant ce monde, une humaine.

Que faisait-elle ici avec lui, dans cette pièce si peu accueillante ? Avec ses murs écaillés et ce rideau beige délavé dans le coin ?

Il remarqua d'autres choses à propos de cet endroit qu'il aurait préféré ne jamais voir, le lit étroit contre le mur, le sol en béton taché, la pitoyable unique source de lumière sous le plafond bas. Il n'y avait pas de fenêtres ici. Pas de tapis sur le sol ni d'images sur les murs pour rendre l'endroit confortable ou habité.

Quel endroit laid. Vraiment, la seule vue qui valait la peine qu'on y pose les yeux était cette jeune femme aux yeux verts chaleureux et à la coiffure étrange.

Elle se tenait devant lui, ne séchant plus ses cheveux, se contentant de le regarder. Posant son genou sur sa cuisse, elle se pencha plus près. Ses doigts glissèrent le long de son visage, puis le long de son cou vers sa poitrine. Une chaleur se répandit dans sa pierre au passage de son toucher.

— Tellement réaliste, dit-elle à mi-voix. Celui qui t'a créé doit être un vrai génie.

Elle atteignit la ceinture de son pantalon, et il aurait donné un siècle de sa vie juste pour pouvoir sentir plus que ce que sa forme de pierre lui permettait.

Son regard tomba sur ses ailes derrière ses épaules.

— Le sculpteur a fait une erreur, cependant. Tu es beaucoup trop joli pour une gargouille.

Eh bien, elle ignorait les faits élémentaires. Les gargouilles étaient des fae, ce qui les rendait parfaites, du moins en ce qui concernait l'apparence.

Mais peut-être n'était-ce pas sa faute si elle ne le savait pas ? Peut-être que son monde entier ignorait ce fait ? Cela expliquerait pourquoi les gens avaient fixé ses ailes quand Ghata l'exposait dans sa ménagerie. Ils ne savaient tout simplement pas que des personnes ailées existaient.

Il sentait que le soleil était couché. C'était la nuit dehors. Il s'attendait à ce que la fille allume les maudites feuilles de *womora* bientôt. Mais elle ne semblait pas pressée de le faire, et personne d'autre n'était dans les parages.

Au lieu de cela, elle grimpa plus profondément sur ses genoux. La posture dans laquelle le coucher du soleil l'avait figé il y a tant d'années le montrait assis sur une dalle de granit, un pied appuyé sur le rocher, son coude reposant sur son genou plié.

La femme s'assit sur son autre genou, puis s'appuya de l'épaule contre sa poitrine, semblant tout à fait à l'aise dans cette position.

— Je me demande quel type de pierre c'est ? Elle tapota et tâta sa poitrine. De l'onyx ou quelque chose comme ça ? Ça semble solide mais semi-transparent en même temps, comme si on pouvait voir à travers si l'éclairage était un peu meilleur que ça.

Ses petits coups se transformèrent progressivement en caresses. Appuyant sa tête contre son épaule, elle caressa sa poitrine du bout léger de ses doigts.

— Pour une pierre, tu es étonnamment confortable. Et chaud, murmura-t-elle en bâillant. Je suis si fatiguée que je pourrais m'endormir ici même. Sauf que...

Sa poitrine se souleva en un profond soupir, desserrant la

serviette autour d'elle. Elle déplaça son postérieur le long de sa cuisse. Redressant son dos, elle se tourna, amenant ses yeux au même niveau que les siens.

Dans l'établissement de Ghata, il était habitué à être regardé. Les visiteurs de la ménagerie l'avaient toujours observé avec curiosité, souvent avec appréciation. Cette jeune femme, cependant, le regardait avec le genre d'attention qu'on ne gaspille pas habituellement sur des objets inanimés.

Savait-elle ce qu'il était ?

— Pourquoi ai-je cette étrange sensation que la pierre n'est pas vraiment de la pierre ? murmura-t-elle.

Elle prit son visage entre ses deux mains, l'emprisonnant dans la chaleur de ses paumes. Son regard glissa vers sa bouche... Et il attendit. Chacune de ses pensées, tout son être semblait suspendu dans l'attente de son prochain geste.

Approchant son visage du sien, elle toucha sa bouche de ses lèvres. C'était son premier baiser depuis des années. La serviette glissa. Ses seins nus pressèrent contre sa poitrine. La chaleur de son corps se répandit à travers chaque particule de sa pierre.

Quelque chose de chaud et d'urgent pulsait en lui, la vie.

Avec un son étranglé, la fille se recula. Elle bondit loin de lui comme un chamois à la vue d'un dragon volant. La serviette resta sur ses genoux tandis qu'elle se tenait devant lui, complètement nue.

Nue. Elle était complètement nue.

Avidement, il s'imprégna de la vue de son corps. Elle était grande et mince, avec des hanches étroites et des épaules anguleuses. Sa posture était un peu maladroite, mais elle ne cachait rien, ni ses petits seins fermes aux tétons roses, ni le triangle de poils roux entre ses cuisses.

L'étincelle de vie en lui pulsait avec urgence. Il aurait donné un autre siècle de sa vie pour être de chair et de sang maintenant. Bien qu'il fût certain qu'une partie particulière de son corps resterait dure comme la pierre quoi qu'il arrive, tant que la fille serait près de lui.

Elle toucha ses lèvres, l'air déconcertée.

— C'est dingue, complètement dingue. Pourquoi diable est-ce que j'ai embrassé une statue ? Je perds complètement la tête, voilà pourquoi.

Elle arracha sa serviette de son genou.

« *Ne pars pas !* supplia-t-il dans un cri silencieux. *Ne te couvre pas. Laisse-moi te voir. S'il te plaît, embrasse-moi encore.* »

Il aurait donné tous les siècles qui lui restaient dans ce monde pour quelques instants seulement à pouvoir la tenir dans ses bras. Il avait besoin de connaître toutes ces choses qu'il ne pouvait qu'imaginer pour l'instant.

Quel goût avaient ses lèvres ? Comment ses seins se sentiraient-ils dans ses mains ? À quel point pourrait-il la rendre humide entre ses cuisses ? Cette femme était pleine de vie, et il aspirait à boire chaque goutte de cette lumière chaude et pulsante qui émanait d'elle.

Il devait la sentir.

Dieux, il souhaitait juste *sentir* à nouveau.

— Il vaut mieux recouvrir cette chose. La fille releva les parois de la caisse, dissimulant la pièce et elle-même à sa vue. Elle abaissa ensuite le couvercle, le plongeant à nouveau dans l'obscurité.

Son esprit resta clair, cependant. Sans la fumée de *womora*, l'étincelle de vie en lui grandissait plus forte.

La magie circulait dans sa pierre, comme le sang dans la chair. Consciemment ou non, la femme aux cheveux asymétriques et aux yeux verts d'été avait allumé le feu de la vie dans sa pierre. Et il brûlait, gagnant en force.

Quatre

AMBER

Le lit métallique émettait un horrible grincement chaque fois que je me retournais. Pourtant, je devais m'être endormie malgré tout, car un bruit fracassant me réveilla en sursaut.

On aurait dit une explosion, me faisant bondir hors du lit.

— Qu'est-ce que... dis-je d'une voix pâteuse, avant de m'accroupir derrière le lit pour me protéger.

Que se passait-il ? Les frères Miller m'avaient-ils retrouvée ?

Le sommeil s'évanouit instantanément. L'alarme mit tous mes sens en alerte maximale.

Il faisait noir comme dans un four dans l'appartement sans fenêtres. Je cherchai mon téléphone sur la table de chevet près du lit.

J'étais soulagée d'avoir dormi en t-shirt long, soutien-gorge de sport et sous-vêtements. Pour m'habiller maintenant, je n'avais qu'à enfiler mon jean, prendre mon sweat à capuche et glisser mes pieds dans mes chaussures. Toujours être prête. La vie m'avait appris ça.

Le bruit de pas se fit entendre tout près. Beaucoup trop près ! Puis vint un long soupir.

Je n'étais pas seule.

— Qui est là ? criai-je, m'efforçant de ne pas trembler.

Activant la lampe torche de mon téléphone, je la braquai vers le bruit. Le rayon éclaira la grande silhouette masculine qui sortait de la caisse brisée. Des morceaux de contreplaqué jonchaient le sol. La caisse était totalement détruite.

Avait-il fait ça ?

— Ne bouge pas ! l'avertis-je.

Il eut un petit rire.

— Non merci. J'ai passé beaucoup trop de temps à *ne pas* bouger. Maintenant je vais bouger, sauter, courir et danser si l'envie m'en prend, puisque je le peux enfin.

De quoi parlait-il ?

Je regardai autour de moi, cherchant quelque chose qui pourrait me servir d'arme en cas de besoin. Bien qu'il n'ait pas l'air sur le point de m'attaquer. Il ne semblait pas non plus avoir d'armes sur lui. Il n'avait même pas de chemise.

Je gardai le téléphone tourné vers lui tandis que j'avançais le long du mur vers l'interrupteur.

À l'exception de la dalle de granit, la caisse brisée était vide. L'homme ailé en obsidienne avait disparu.

Ils l'avaient pris !

— Où est la statue ? interrogeai-je l'homme, qui cligna des yeux dans la lumière. Et qui diable es-tu ?

Il leva le bras, protégeant ses yeux du rayon lumineux de mon téléphone.

— Je suis la statue.

Était-il fou ? Ou se moquait-il de moi ?

— Écoute, mon gars... J'actionnai l'interrupteur, la faible lumière de l'ampoule crasseuse au plafond éclaira la pièce.

Je scrutai rapidement les lieux à la recherche de complices éventuels sans en trouver. La porte à enroulement était toujours baissée, le cadenas en place. Rien n'indiquait comment l'homme était entré et comment la statue était sortie.

— Tu ferais mieux de me dire la vérité, exigeai-je. Comment es-tu entré ici ?

Il abaissa son bras. Ses yeux sombres ne plissant plus, il m'examina lentement de la tête aux pieds.

— Toi... dit-il d'une voix grave et profonde.

Son visage s'illumina d'un large sourire, comme s'il retrouvait une amie de longue date, ou, à en juger par la façon dont il me dévorait des yeux, une amante perdue de vue.

Une sensation de chaleur parcourut ma peau sous son regard. Je tirai sur le bas de mon t-shirt, me sentant soudain mal à l'aise. Il continuait d'avancer vers moi, se déplaçant dans ses bottes en cuir souple comme un félin. Son pantalon bordeaux foncé semblait également doux, fait de velours ou d'une matière similaire.

— Est-ce que je te connais ? demandai-je en reculant.

— Eh bien, nous n'avons pas été formellement présentés. Mais c'est facile à rectifier. Il se redressa avant de me faire une révérence pompeuse, comme si nous étions dans une pièce de théâtre historique. Je suis le Prince Elex, héritier du Royaume des Montagnes de Dakath à Nerifir.

— Qui ? Je le fixai, sans voix.

Ses paroles me rendaient encore plus confuse, mais moins effrayée. J'avais eu la chance de ne jamais rencontrer personnellement aucun des frères Miller, mais quelque chose me disait que cet homme n'était pas l'un d'eux. Il n'avait ni l'allure ni la voix de l'un des criminels les plus notoires d'Allemagne.

Il semblait toutefois un peu déconnecté de la réalité.

— Tu as dit *prince* ? demandai-je.

— Oui, ma douce. Mais puisque ce monde est si honteusement informel, tu peux m'appeler par mon prénom, Elex.

Ce nom ne me disait rien.

Levant une main, il caressa mon bras. Ses paupières s'abaissèrent légèrement tandis qu'il inspirait profondément, puis expirait avec un léger gémissement à la fin, comme s'il savourait un verre de grand vin.

— Exquis... murmura-t-il, se penchant plus près.

Figée par la surprise, je ne bougeai pas.

Il baissa la tête vers mon cou.

— Tu éveilles tous mes sens. C'est si bon de toucher à nouveau. De sentir... De goûter...

Je sentis la pointe de sa langue effleurer ma peau et je m'écartai de lui.

— Tu viens de me lécher ?

— Oui, admit-il sans la moindre trace de honte ou d'excuse.

Ma bouche s'ouvrit de stupéfaction devant son audace. Malheureusement, il prit cela comme une invitation car sa bouche se posa sur la mienne, et... mon souffle me quitta. Mon téléphone glissa de mes doigts, tombant au sol.

Ses lèvres étaient chaudes et douces. Il les referma sur les miennes lentement, comme s'il savourait chaque instant de notre connexion. Sa main glissa le long de mon dos jusqu'à ce que ses doigts caressent ma nuque. De petits frissons me parcoururent les bras, mais je n'étais pas sûre s'ils étaient de plaisir ou d'appréhension.

Il gémit doucement dans le baiser, le son résonnant dans ma poitrine. De son autre main, il trouva son chemin sous mon t-shirt. Le contact de sa paume contre la peau nue de mon dos était à la fois vivifiant et... grisant.

Mes yeux s'ouvrirent brusquement de surprise.

Que faisait-il à m'embrasser ?

Que faisais-je à le laisser faire ?

Il resserra ses bras autour de moi, son toucher devenant plus intense.

— Oh dieux, grogna-t-il contre mes lèvres. Ça fait si... si longtemps. Tu es encore meilleure que dans mes rêves.

— Non. J'appuyai mes mains contre ses épaules, essayant de le repousser. Cela s'avéra impossible, comme tenter de déplacer une montagne. Il ne bougea pas d'un pouce. Au contraire, il me serra plus fort, soulevant mes pieds du sol et pressant son bassin contre le mien.

La panique me submergea.

— Lâche-moi ! Agrippant ses épaules, je lui donnai un coup de genou violent, juste entre ses cuisses couvertes de velours.

Il se saisit l'entrejambe avec un hurlement, me lâchant. Perdant l'équilibre, il tomba à genoux. Je ne lui laissai pas le temps de récupérer. Le frappant à l'épaule gauche, je l'envoyai rouler sur le dos, puis je sautai sur lui, pressant mon genou droit sur sa gorge.

— Hé ! croassa-t-il, grimaçant de douleur et tenant son entrejambe à deux mains. C'était pour quoi, ça ?

Je ramassai une longue écharde de bois provenant des restes de la caisse et la pointai vers son œil.

— J'ai dit non. Et tu n'as pas écouté.

Je ne pouvais pas mentir. C'était un excellent embrasseur, peut-être même le meilleur que j'aie jamais connu. Il savait vraiment ce qu'il faisait. Mais il avait aussi refusé de me lâcher, ce qui avait fait remonter l'écho de la peur et du sentiment d'impuissance que j'avais connus en vivant dans la rue.

— Garde tes mains pour toi, marmonnai-je, tirant sur mon t-shirt. Je me fiche que tu sois un prince ou le Pape de Rome, je ne t'ai pas donné la permission de me renifler, me lécher et m'embrasser.

— Vraiment ? Il me regarda en plissant les yeux depuis le sol. Donc c'est parfaitement acceptable pour *toi* de m'embrasser sans permission, mais pas l'inverse ?

— De quoi tu parles ?

Comment m'étais-je retrouvée dans ce pétrin ? Qui était ce type ? Mais surtout, pourquoi admirais-je la façon dont ses boucles sombres s'étalaient si artistiquement autour de son visage alors qu'il était allongé sous moi, au lieu de le mettre dehors immédiatement ?

Un coin de sa bouche se releva en un sourire.

— Tu m'as embrassé hier soir, tu te souviens ? Quand j'étais sous ma forme de pierre, *sans défense et totalement impuissant*, incapable de bouger ou de consentir. Il haussa un de ses sourcils bien dessinés avec une lueur d'humour dans le regard. Et tu étais nue, soit dit en passant.

Mon attention passa enfin de son apparence à ses paroles. Je n'avais embrassé personne hier soir. J'étais seule. Enfin... à l'exception de la statue. Et je l'avais bien embrassée, n'est-ce pas ? C'était une impulsion bizarre, je devais l'admettre.

Mais comment ce type le savait-il ? Il n'y avait pas de place dans cette pièce pour qu'il se cache et m'observe.

— Comment sais-tu ça ? Tu n'étais pas là.

— Bien sûr que j'étais là. Comment aurais-tu pu m'embrasser si je n'étais pas présent ? Manifestement, il se moquait encore de moi.

Je rapprochai brusquement ma main tenant l'éclat de bois de son visage.

Un si beau visage...

Je secouai la tête, chassant cette pensée importune. Ce n'était *pas* ce à quoi je devais penser. Beau ou non, je le taillarderais si nécessaire.

— Maintenant dis-moi la vérité ou je te crève l'œil, joli garçon. Et tu ne seras plus si joli quand j'en aurai fini avec toi. Sans compter que ça va faire mal. Regarde ça... Je passai l'écharde devant ses yeux. Ce n'était même pas un couteau. Juste un morceau de bois émoussé et dentelé.

— Ce serait brutal, convint-il.

Mais il n'avait pas l'air effrayé, ni particulièrement inquiet par mes menaces. Levant une main, il utilisa deux doigts pour écarter ma main avec le morceau de bois afin de mieux me voir.

Un sourire doux jouait sur ses lèvres.

— Tu es vraiment délicieuse. Tu continues d'éveiller tous mes sens, humaine. L'énergie remplit mes muscles. La vie coule dans mes veines. Je ne me suis pas senti aussi vivant depuis... il soupira. Dieux, depuis tant d'années.

Son autre main enveloppa chaudement la cheville de ma jambe qui appuyait sur sa gorge.

— Tu essaies encore de me tripoter ? Même après que j'aie menacé de te mutiler ? Je donnai un coup de pied, me dégageant. Incroyable.

"Tripoter ?" Il courba ses lèvres pleines de dégoût. Pourquoi tant de vulgarité ? Je ne force jamais les femmes. Je ne te ferais jamais rien que tu n'apprécierais pas pleinement et pour lequel tu ne me *supplierais* pas d'en avoir plus.

— Parfait. Je retirai mon genou de sa gorge mais gardai le pieu de bois pointé vers son visage. Eh bien, je te *supplie* de foutre le camp de ma chambre.

Il ne fit aucun geste pour se lever ou me repousser. Au lieu de cela, il attrapa ma main libre et la plaça sur sa poitrine, juste sous ma jambe qui était sur lui.

— Sens.

Son cœur battait follement sous ma paume, trop vite, vu à quel point il semblait détendu.

— Je n'ai pas eu de battement de cœur depuis plus de dix ans, expliqua-t-il. Et c'est seulement grâce à toi que mon cœur bat maintenant. C'est à cause de toi qu'il bat si vite.

Ses doigts se refermèrent autour de ma main sur sa poitrine. Il caressa ma peau avec son pouce. La caresse était douce et tendre. Et elle s'avéra plus désarmante que toutes ses avances précédentes. Le regard de ses yeux sombres s'adoucit, s'attardant sur mon visage.

— Comment t'appelles-tu ? demanda-t-il doucement.

Je clignai des yeux, essayant de dissiper la brume chaude qui m'enveloppait.

— Oh non. Je retirai brusquement ma main. Tu n'as pas le droit de me poser des questions tant que tu n'as pas répondu aux miennes.

Notre position n'était pas sûre pour moi pour d'autres raisons, je m'en rendis compte. Avec mon genou sur sa poitrine, mon entrejambe, à peine couvert par mon long t-shirt, était beaucoup trop près de son visage pour mon confort. Ayant besoin de mettre de la distance entre nous, je glissai de sa poitrine et me relevai, le pieu de bois toujours serré dans ma main, au cas où.

— Qui es-tu ? demandai-je une fois de plus. D'où viens-tu ? Et comment es-tu entré ici ?

Il promena lentement son regard autour de la pièce, comme s'il se posait les mêmes questions.

— J'ai déjà répondu aux deux premières questions. Je suis la gargouille de cette boîte. Il inclina la tête vers ce qui restait de la caisse. Je suis *la statue*, comme tu l'as dit. Je viens des Montagnes de Dakath à Nerifir. Malheureusement, je ne peux pas répondre à ta troisième question. Mais tu sais probablement qui a apporté cette caisse ici. Et si c'était toi... Il contempla les murs écaillés et le plafond sale avec dégoût. Franchement, je remets en question ton goût vu le choix de ton logement.

Se plaignait-il de la chambre ? Pourquoi pensait-il même avoir le droit de se plaindre de quoi que ce soit ?

Je serrai mon pieu de bois, le pointant vers l'avant.

— Écoute, je n'ai pas toute la nuit. Je suis sérieuse.

Il se redressa en position assise et posa ses avant-bras sur ses genoux pliés.

— C'est une créature charmante, marmonna-t-il entre ses dents. Mais clairement un peu obtuse.

— Hé ! Arrête avec les insultes. J'essaie juste de comprendre ce qui se passe. Ce n'est pas ma faute si tu n'as absolument aucun sens.

Avec un long soupir résigné, il se leva et leva son visage vers la lumière.

— Regarde-moi. Tu ne me reconnais pas ?

— Suis-je censée ?

— Regarde simplement.

Eh bien, il était certainement agréable à regarder. Non seulement beau, mais magnifique, comme une œuvre d'art. Dans la lueur jaune de l'ampoule, sa peau lisse couleur brune semblait scintiller d'or. Elle s'étirait sur ses pommettes hautes et la ligne dure de sa mâchoire. Une ombre de barbe naissante assombrissait la partie inférieure de son visage. De longs cils épais encadraient ses yeux intenses, noirs comme deux bassins mystérieux et sans fond. Plus je les fixais, plus il était difficile de détourner le regard.

Comme hypnotisée, je m'approchai.

Une étincelle de lumière vacilla quelque part, incroyablement profonde à l'intérieur de ses iris. J'avais vu un effet similaire dans la pierre d'obsidienne dans laquelle la statue était sculptée. Ma mâchoire se détendit tandis que je le fixais, fascinée.

— Alors ? m'incita-t-il, comme je restais bouche bée devant lui. Tu me crois maintenant ?

Si je ne me laissais pas distraire par son physique avantageux... Si je me concentrais uniquement sur les lignes de ses traits, je devais admettre qu'ils présentaient une ressemblance remarquable avec la statue que j'avais volée hier.

— Oh, mon Dieu... haletai-je, et son expression se détendit avec satisfaction. La statue est à ton effigie, n'est-ce pas ? Tu l'as fait faire à ta ressemblance.

Il souffla, laissant tomber ses larges épaules de déception.

— Tu es vraiment un peu lente, n'est-ce pas, humaine ?

— Amber, corrigeai-je sèchement.

— Quel ambre ?

— C'est mon nom. Je posai mes mains sur mes hanches. Pour quelqu'un qui me traite de lente, tu n'es pas si vif toi-même, n'est-ce pas ?

Ses sourcils montèrent jusqu'à la racine de ses cheveux. Je m'attendais à ce qu'il soit en colère ou devienne encore plus sarcastique et insultant, mais il semblait complètement surpris. Après un moment à me fixer en silence, stupéfait, il éclata soudain d'un rire profond et sincère.

— Bien joué, petite humaine ! haleta-t-il en riant. Bien joué.

S'il aimait tant qu'on le remette à sa place, je pressentais qu'il aimerait passer du temps avec moi. Moi, en revanche, je n'avais pas hâte de passer plus de temps en sa compagnie.

— Je suis ravie de t'amuser, dis-je platement. Mais j'ai vraiment besoin que la statue me soit rendue. Je suis sûre que tu peux en faire fabriquer une autre. Ou peut-être te faire peindre un énorme portrait, vu que tu es prince.

— Tu veux une preuve ? Il croisa les bras sur sa large poitrine.

Je détournai le regard, déterminée à ne pas me laisser distraire par la façon dont ses biceps se contractaient, saillant de façon si esthétique. Mais il prit mon menton dans sa main, dirigeant mon regard vers lui.

— *Regarde*, Amber.

Il lâcha mon menton et se retourna.

Un énorme tatouage incroyablement bien fait couvrait sa peau brun-doré dans son dos. L'image d'une paire d'ailes de dragon repliées s'étendait de ses larges épaules jusqu'à ce que leurs pointes disparaissent sous la ceinture de son pantalon de velours.

— C'est vraiment un joli body art que tu as... la fin de la phrase resta coincée dans ma gorge.

Les lignes du tatouage scintillèrent soudain, comme si des étincelles de feu les parcouraient. La peau de son dos frémit. Une couche sembla se soulever, séparant le tatouage de son corps.

L'instant d'après, une paire d'ailes magnifiques et membraneuses se déploya de son dos, s'étendant d'un mur à l'autre à travers tout l'appartement.

— Aaah... Je reculai. Mes jambes heurtèrent le cadre métallique du lit et je m'y laissai tomber, faisant grincer et gémir les ressorts rouillés. C'est quoi ça ? Comment... Mon souffle s'arrêta presque. Mon cœur aussi semblait s'être arrêté net. Comment ? répétai-je, abasourdie, tandis qu'Elex pivotait pour me faire face. Les ailes ondulaient doucement derrière lui. Du cosplay peut-être ? Avec une mécanique sophistiquée ? Du plastique qui change de couleur ? Des ressorts contrôlés par l'électronique...

Il gémit d'impatience, levant les yeux au plafond, comme s'il invoquait une puissance supérieure pour témoigner de ma confusion.

— Juste de la magie, expliqua-t-il, repliant ses ailes à moitié, exactement comme l'homme-statue les avait hier soir. Les similitudes entre la statue et l'homme devenaient encore plus frappantes maintenant.

Je ne savais plus quoi penser.

Fascinée, je tendis la main vers une aile pour la toucher, et il l'avança obligeamment vers ma main. Le cuir était chaud, tendu entre les fines épines rigides. La surface était douce, comme du daim. Je caressai l'aile de haut en bas.

Avec un son étranglé, Elex s'effondra soudain à genoux devant moi, enroulant ses ailes autour de nous. Être ainsi à l'abri du monde me donnait une sensation de sécurité et... d'intimité.

— Elles sont réelles. Je glissai mes mains le long de la partie supérieure des deux ailes. Leur bord d'attaque dur guidait mes paumes jusqu'à ses épaules. Sa peau nue ici était soyeuse, sans la douceur du daim.

Elex restait immobile, me laissant explorer.

— Comment sont-elles réelles ? chuchotai-je, craignant de parler à voix haute. Si c'était un rêve, je craignais de commencer à l'apprécier. Je ne voulais pas qu'il se termine tout de suite, me demandant où cela mènerait.

— Aussi réelles que possible, répéta Elex, se rapprochant encore.

Ses bras m'encadraient, mais il ne me touchait pas. Avec ses mains appuyées sur le matelas de chaque côté de moi, il enroula ses ailes autour de nous et baissa la tête. Je sentis son souffle sur le sommet de ma tête. Il sentait les épices de contrées lointaines ou... d'un autre monde.

Je retirai brusquement mes mains.

— Je suis désolée. Je ne devrais pas te toucher.

Tout à fait juste, je ne devrais pas. Surtout après l'avoir frappé aux parties pour m'avoir touchée, *moi*.

— Au contraire, petite étincelle, tu devrais me toucher davantage.

Sa voix coulait sur moi, douce comme du miel. *Petite étincelle ?* Était-ce un terme affectueux ? Si oui, je ne l'avais jamais entendu auparavant. N'es-tu pas au moins un peu curieuse, Amber, de ce que tu manques ?

Je gardai la tête baissée, craignant de regarder dans ses yeux sombres et ardents.

— Devrais-je l'être ?

La chaleur de son corps réchauffait l'espace à l'intérieur de ses ailes. Son odeur chaude et épicée m'enveloppait. Je ne voulais pas m'éloigner.

— À quelle fréquence une gargouille d'un autre monde vient-elle à toi ? me tenta-t-il. Tu n'auras peut-être jamais d'autre occasion.

Je laissai échapper un rire.

— Une occasion de baiser une gargouille, tu veux dire ? J'avais voulu paraître sarcastique, mais ma voix était plutôt haletante.

— Exactement. Sa voix était douce et envoûtante. Je suis peut-être aussi ta seule et unique chance. Tu es la première humaine à qui j'ai jamais parlé.

— C'est donc ça ? Tu veux savoir ce que ça fait de baiser une humaine ?

— Je meurs d'envie de découvrir ce que ça fait de *te* baiser, *toi*. Sa voix devint plus profonde, atteignant des endroits en moi qui étaient restés en sommeil depuis si longtemps que je les croyais morts.

Cet homme était certainement dangereux. Mais d'une façon différente de ce que j'avais pensé avant.

Je forçai mes muscles à bouger, m'éloignant de lui.

— J'ai bien peur de devoir te laisser dans l'ignorance sur ce point. Baiser un prince gargouille ne figure pas sur ma liste de choses à faire avant de mourir.

— C'est dommage. Il pencha la tête, cherchant mon regard. Et un baiser, alors ?

— Tu ne sais vraiment pas accepter un refus, n'est-ce pas ?

Il haussa les épaules.

— Tu as dit non à la baise. S'embrasser est toujours sur la table, non ?

Je laissai échapper un rire moqueur. Malgré son insistance, la tension s'était apaisée. Ses ailes s'entrouvrirent un peu, me donnant de l'espace. Il s'assit sur ses talons, ne planant plus au-dessus de moi. Et sa voix s'était élevée, abandonnant cette note de velours tentatrice. Maintenant, il semblait plus taquin que séducteur.

Je secouai la tête.

— Tu es un négociateur hors pair.

— La plupart des faes le sont. Il sourit fièrement.

— Pourquoi fae ? Tu as dit que tu étais une gargouille.

Est-ce que je croyais vraiment ce qu'il avait dit ? La statue, l'homme, la gargouille... Les choses qu'il me racontait n'arrivaient tout simplement pas dans la vraie vie.

Mais les ailes...

Elles étaient là, nous flanquant, tangibles comme la preuve la plus irréfutable qu'on puisse avoir.

Peut-être que je dormais vraiment, et que tout cela n'était qu'un rêve ? Ça avait certainement cette qualité de rêve fou, beau et excitant, mais sans beaucoup de sens.

— Les gargouilles sont l'un des plusieurs types de faes à Neri-fir, expliqua-t-il. Tout comme les sirènes, les gorgoniennes, ou les faes du ciel. Nous avons tous de la magie, c'est ce qui nous unit. Et c'est ce qui nous différencie des humains.

— Puisque nous n'avons pas du tout de magie, ajoutai-je.

— Exact.

— Alors, comment t'es-tu retrouvé ici, dans notre monde ?

Son expression s'assombrit.

— Ghata, la déesse déshonorée des loups-garous de Sarnala, m'a fait enlever par ses *bracks* à l'extérieur du château royal une nuit après que je me sois transformé en pierre. Au lieu de me laisser reprendre ma forme le matin, elle m'a maintenu dans ma forme de pierre en utilisant de la fumée de *womora*. Comme la fumée a disparu, j'ai pu me réveiller complètement au lever du soleil.

Pas grand-chose de ce qu'il disait n'avait du sens pour moi. Mais le dernier mot me fit sursauter d'alarme.

— Lever du soleil ? Est-ce déjà le matin ? Je bondis du lit et ramassai mon téléphone par terre.

Merde !

L'acheteur serait bientôt là, et tout ce que j'avais pour lui était une caisse brisée.

Je jetai le téléphone sur le lit et pris mon jean dans mon sac. Me rappelant y avoir transpiré la nuit dernière, je grimaçai et le remis dans le sac, puis saisis ma jupe en jean à la place. Je l'enfilai et remontai la fermeture Éclair sous le regard d'Elex qui suivait chacun de mes mouvements.

— Tu sembles inquiète, dit-il calmement.

Inquiète ? Je craignais que ce mot soit beaucoup trop faible pour décrire l'état de quasi-panique qui menaçait de s'emparer de moi.

Mon téléphone sonna, signalant un message. Je regardai l'écran. C'était de Chris.

"La prise en charge est dans trente minutes."

— Merde. Je fixai l'écran, tapotant du doigt contre la coque du téléphone, comme si cela m'aiderait à trouver quoi faire.

— Amber ? Que se passe-t-il ? Elex semblait préoccupé.

Je reportai mon attention sur lui.

— Y a-t-il une chance que tu puisses... redevenir comme avant ?

C'était bizarre de demander ça, mais avais-je le choix ?

— Redevenir quoi ? La suspicion se glissa dans sa voix.

— La statue que tu étais hier soir ?

Il plissa ses yeux sombres.

— Pourquoi ferais-je cela ?

— Dans environ trente minutes, quelqu'un sera là pour récupérer une statue, mais tout ce que j'ai c'est... eh bien, toi.

— Me récupérer ? Ses sourcils noirs comme le charbon se froncèrent.

D'un mouvement fluide, il se tourna vers la porte. Ses ailes rétrécirent et se rétractèrent, se fondant dans la peau de son dos. Seul leur contour restait visible sous forme de tatouage. Ses mains se serrèrent en poings. Sa position s'élargit. Elex avait clairement l'intention de combattre quiconque viendrait le chercher.

— Est-ce des *bracks* ? me demanda-t-il par-dessus son épaule.

— Quoi ? Je rentrai mon t-shirt dans ma jupe, puis cherchai mes chaussures.

— Les *bracks*, les gens de Ghata. Viennent-ils ici ?

— Je n'ai aucune idée de ce dont tu parles. Peut-être qu'au lieu de perdre du temps à essayer de me convaincre de coucher avec toi, tu aurais dû m'expliquer qui étaient ces gens. Et puisque tu refuses de te retransformer en statue...

Il s'approcha de moi et posa ses mains sur mes épaules.

— Je ne peux pas prendre ma forme de pierre à volonté, Amber. Le soleil contrôle cela. Les gargouilles se transforment en pierre au coucher du soleil et reprennent cette forme au lever du soleil. Maintenant dis-moi, qui vient me chercher ? Il me secoua légèrement, comme pour faire sortir la réponse de moi. J'ai besoin de savoir. Qui me poursuit ?

Je détournai mon regard vers la porte, puis vers le téléphone portable, puis vers le rideau de douche miteux dans le coin, n'importe où sauf vers ses yeux inquisiteurs.

— Je...

"Je suis une voleuse qui t'a dérobé, Elex, pour te vendre."

Ces quelques mots lui auraient dit toute la vérité, mais ils étaient si difficiles à prononcer. Pour une raison inexplicable, son opinion sur moi comptait. Et je savais qu'il ne me verrait plus jamais de la même façon s'il apprenait la vérité.

Je pris une grande inspiration.

— Nous devrions partir d'ici.

J'imaginais que l'acheteur serait contrarié, à juste titre, s'il se présentait pour récupérer la marchandise et la trouvait... si dramatiquement modifiée. Ou peut-être que l'acheteur savait depuis le début ce qu'était Elex ? Peut-être était-ce la raison pour laquelle il avait payé si cher pour l'obtenir ?

Mais pouvais-je risquer d'attendre ici ces gens ?

Plus important encore, Elex ne voulait manifestement pas être vendu ou acheté. C'était une personne, pas une statue. Et cela changeait tout. Je ne faisais pas commerce d'êtres humains.

Je saisis mon téléphone et envoyai rapidement un SMS à Chris : *"Annule la prise en charge. Changement de plans. Je t'expliquerai plus tard."*

Je désactivai les notifications. Chris serait furieux, mais il devrait s'en accommoder.

— Personnellement, je préférerais ne pas affronter les gens qui te veulent, Elex. J'empaquetai rapidement mon sac de sport, y fourrant les quelques affaires que j'avais sorties la veille. Je regardai autour de la pièce pour m'assurer de n'avoir rien oublié.

— Où allons-nous ? demanda-t-il avec une méfiance persistante.

Je ne lui en voulais pas. Je ne lui avais donné aucune raison de me faire confiance.

— À la gare, dis-je. Il n'y avait pas beaucoup de choix à ce stade. Nous devions sortir de cet appartement le plus vite possible. Nous prendrons le petit déjeuner. Je ne sais pas pour toi, mais j'ai faim, et j'ai besoin de café. Beaucoup, beaucoup de café pour gérer tout ça. Il faudra aussi qu'on parle, toi et moi. Je devais tout savoir pour prendre la meilleure décision sur la suite des événements.

Je l'examinai rapidement, observant sa grande silhouette musclée des bottes souples à ses pieds, en remontant le long de son pantalon de velours avec des lacets dorés à la taille, et enfin jusqu'à son torse nu. Il se démarquerait de la foule. Aucun doute là-dessus.

— Euh, tu ne peux pas sortir en public sans chemise. Sans compter qu'on est en mars, et le temps est plutôt frais ici à cette période de l'année. Il faisait assez chaud dans ce minuscule endroit en béton. Mais dehors, le printemps venait juste de commencer.

Il baissa les yeux vers son torse.

— Je n'ai pas froid.

— Même si tu n'as pas froid, ce n'est tout simplement pas très approprié de te pavaner en public à moitié nu comme ça. J'agitai ma main devant sa poitrine, essayant de ne pas le toucher. Pas besoin d'attirer une attention inutile.

Il fallait lui trouver un haut.

Je jetai un coup d'œil évaluateur à son torse. Elex ne paraissait pas massif, juste proportionnellement bien bâti. Avec sa taille, cependant, ses proportions ajoutaient du volume à toute sa personne, partout. Il n'y avait rien dans mon sac de sport qui aurait pu s'adapter à tous ces muscles.

Je tirai sur le bas de mon t-shirt pour le sortir de la ceinture de ma jupe. C'était le t-shirt ample et confortable dans lequel je dormais.

— Tourne-toi. Je fis tourner mon doigt en l'air. Mais il continua juste à me fixer, immobile.

Sans temps à perdre en discussions, je lui tournai le dos et enlevai mon t-shirt de nuit, puis en pris un autre, plus petit, dans mon sac et l'enfilai à la place.

Face à Elex à nouveau, je lui tendis mon t-shirt de nuit.

— Tiens. Ça devrait t'aller.

Il le prit, caressant le tissu doux entre ses doigts. Son front se plissa, cependant, lorsqu'il déplia le t-shirt et le tint devant lui.

C'était un t-shirt blanc, avec l'image d'un chat gris debout sur ses pattes arrière et tenant un ballon rose attaché à une ficelle dans sa patte. Un des sourcils d'Elex s'arqua de plus en plus haut tandis qu'il le fixait.

— C'est la plus grande chose que j'aie, expliquai-je en m'agitant impatiemment. Avec ces épaules, tu ferais éclater n'importe lequel de mes autres vêtements comme Hulk. Allez. Mets-le et partons.

Avec une lente respiration qui ressemblait beaucoup à un soupir, il passa le t-shirt par-dessus sa tête, puis lissa le tissu sur son torse. Comme prévu, le t-shirt s'étirait dangereusement sur ses épaules, menaçant de craquer aux coutures. Le chat sur l'image de sa large poitrine semblait soudain devoir être mis au régime pauvre en glucides. Et le ballon était passé d'un cercle à un ovale horizontal. Mais au moins, Elex était maintenant complètement habillé.

— Parfait. Ça marche. Allons-y. Je saisis mon sweat à capuche et mon sac sur le sol. D'abord le petit déjeuner. Ensuite, nous parlerons et réfléchirons.

Réfléchir l'estomac vide était toujours beaucoup plus difficile. Sans parler du fait que je n'avais toujours pas pris de café.

AMBER

La gare du S-Bahn était déjà bondée de navetteurs matinaux. Les gens se précipitaient le long des quais ouverts vers les trains qui passaient toutes les quelques minutes.

Ici, nous étions suffisamment loin de l'appartement du box de stockage pour que je puisse me détendre un peu. Personne ne me connaissait dans ce pays. Personne ne me prêtait attention quand je sortis du café en face des voies ferrées et que je portai deux tasses de café et un sac en papier jusqu'au banc où Elex m'attendait.

C'était une matinée ensoleillée, mais l'air du début du printemps restait vif. Je sentais la fraîcheur sur mes jambes nues et je me blottissais dans mon sweat en polaire. Dans son t-shirt à manches courtes, Elex n'était pas habillé pour la saison, mais il ne semblait pas affecté par le froid. Même la peau de ses bras nus restait sans chair de poule. Elle ne brillait pas non plus au soleil autant qu'elle le faisait dans l'appartement. Seul un léger chatoiement la parcourait occasionnellement quand il bougeait.

Les passants le dévisageaient encore, mais probablement surtout à cause de sa taille et de son physique avantageux, pas parce qu'ils le soupçonnaient d'être un être magique venu d'un autre monde.

— Petit déjeuner, lui dis-je en lui tendant l'un des sandwichs jambon-fromage que j'avais achetés au café, puis je posai un gobelet en papier sur le banc entre nous. Et voici ton café, noir comme tu le voulais.

Elex plaça le sandwich emballé sur sa cuisse, puis souleva le gobelet de café et prit une gorgée. Ses lèvres se plissèrent avant de se transformer en une ligne droite tandis qu'il reposait le gobelet.

— Quoi ? Tu n'aimes pas ? Le café était vraiment bon ici, à mon avis, mais *sa majesté* pensait clairement le contraire.

Il composa une expression neutre.

— Ça fera l'affaire.

Je haussai les épaules, me plongeant dans mon petit déjeuner. Au moins, il s'était retenu de se plaindre ou de « remettre en question mes choix » comme il l'avait fait avec l'appartement de stockage auparavant.

Il retira une partie du papier d'emballage du sandwich, puis inspecta le sandwich couche par couche.

L'irritation me titilla à nouveau. J'avais envie de lancer : « *Désolée, je n'ai pas pu te fournir de la nourriture gastronomique et un hébergement de luxe.* » Mais je réussis à conserver quelques bribes de patience.

— Il y a un problème avec la nourriture ? demandai-je plutôt, quand il renifla le croissant qui composait le sandwich.

— Il ne semble pas y en avoir, acquiesça-t-il, apparemment satisfait des résultats de son inspection, puis il prit une grande bouchée. On doit toujours être prudent quand on mange de la nourriture en dehors de son royaume.

— Prudent à propos de quoi ? Je fixai mon sandwich également.

— Il existe de nombreuses substances magiques qui peuvent être nocives si on les ingère, expliqua-t-il avec un visage impassible.

— Tu as peur d'être empoisonné ? Clairement, il prenait très au sérieux son statut royal.

— Empoisonné, ensorcelé ou maudit. J'étais protégé de tout cela à Nerifir grâce à ceci. Il me tendit une main, exhibant une bague rouge étincelante à son petit doigt. Mais les règles changent parfois quand on passe d'un royaume à un autre.

Je soufflai, regardant droit devant moi.

— Elex, je ne sais même pas par où commencer avec tout ça... Faisons-le depuis le tout début, d'accord ? Alors, qu'es-tu exactement ?

— Une gargouille. Il prit une autre bouchée de son sandwich. Ce n'est pas si mauvais, en fait.

Venait-il vraiment d'*apprécier* quelque chose pour une fois ? Au moins, il avait enfin arrêté de me draguer, me permettant de rester concentrée.

— Dans ce monde, les gargouilles ne sont que des statues de pierre, des décorations au sommet des bâtiments.

Il haussa les épaules.

— Eh bien, dans mon monde, nous sommes plus que ça.
Évidemment.

— De quel monde s'agit-il exactement ? demandai-je prudemment, mon esprit oscillant entre réalité et fantaisie, entre croyance et déni.

— Nerifir.

— Où est-ce ? Comment peut-on s'y rendre, disons ?

— Une simple visite n'est pas possible entre ce monde et le mien. Une fois que tu traverses la Rivière des Brumes, tu ne peux jamais revenir au même endroit et au même moment.

— Intéressant. Est-ce pour ça qu'on dit qu'« on ne peut jamais se baigner deux fois dans le même fleuve » ?

Il réfléchit à cela.

— Peut-être. À Nerifir, nous avons aussi un dicton similaire.

— Vraiment ? Vous parlez aussi anglais là-bas ?

— Non. Je parle anglais uniquement parce que c'était la première langue que j'ai entendue quand j'ai traversé dans ce monde. Les *bracks* le parlaient. C'est comme ça que fonctionne la Rivière des Brumes. Ici, je peux parler deux langues. Mais une fois que je retournerai à Nerifir, j'oublierai complètement l'anglais et ne parlerai à nouveau que ma langue.

— D'accord. Mais le dicton sur la rivière est le même, tu as dit.

— Il se traduit à peu près de la même façon, confirma-t-il. Il y a très longtemps, tous les mondes de la Rivière des Brumes n'en formaient qu'un seul. Beaucoup de choses restent identiques entre tous. Bien que certaines *ne le soient pas.* Il grimaça au bruit d'un autre train arrivant en gare.

— J'en déduis que vous n'avez pas de trains à Nerifir ?

— Dieux merci, non. Il ricana. Quelle façon barbare de voyager.

Je l'observai manger pendant quelques instants. Qu'il apprécie ou non le goût du sandwich, il semblait clairement apprécier le processus même de manger. Prenant de grandes bouchées propres, il mâchait lentement, comme s'il savourait chaque variation de goût et de texture.

« *Ça fait si longtemps...* » avait-il dit en me touchant dans l'appartement. Et je me demandais depuis combien de temps il n'avait rien mangé, lui aussi.

— Puisque tu ne peux pas retourner au même moment et au même endroit d'où tu viens, tu restes ici maintenant ? Une étincelle d'excitation que je n'avais aucune raison de ressentir vacilla en moi à cette perspective.

Pourquoi me soucierais-je qu'il parte ou reste ? Jusqu'à présent, il n'avait été qu'une douleur dans le cul. Une douleur *royale* dans le cul, devrais-je ajouter.

Il finit son sandwich, puis roula l'emballage en boule dans ses mains, jetant un long regard autour de lui.

— Honnêtement, je ne veux pas rester ici, admit-il.

Comme la plupart des villes, Munich avait ses quartiers jolis et d'autres moins attrayants. La zone autour de la gare se situait quelque part entre les deux. C'était propre mais plutôt simple et ennuyeux – de l'asphalte et des pelouses taillées sans beaucoup de couleur. La période de l'année n'aidait pas non plus. Il n'y avait pas encore de feuilles vertes ni de fleurs.

— Ce n'est peut-être pas le meilleur exemple, dis-je en faisant un geste vers les voies ferrées. Mais notre monde peut être magnifique par endroits.

Plaçant ses coudes sur ses genoux, Elex se pencha en avant.

— J'ai vu beaucoup d'humains, Amber. J'ai observé les visiteurs dans la ménagerie. Certains d'entre vous sont meilleurs que d'autres. Mais je ne sens pas que j'appartiens à cet endroit ou que je pourrais jamais être pleinement accepté dans votre monde.

— Donc tu es sûr de vouloir retourner à Nerifir ?

— Oui.

J'aurais dû être soulagée, vraiment. Mais l'étincelle d'excitation s'éteignit dans ma poitrine, remplacée par une goutte de tristesse tout aussi inexpliquée.

— Tu as dit qu'on ne peut pas se baigner deux fois dans la même rivière, lui rappelai-je. Comment ça va fonctionner quand tu y retourneras ?

Sa mâchoire se contracta. Il semblait inquiet, malgré ses efforts évidents pour paraître calme.

— Il y a des chances que je retourne à Dakath, peut-être pas exactement à l'endroit d'où j'ai été enlevé, mais quelque part dans le royaume de mon père. La Rivière des Brumes tend à ramener les gens vers les leurs. Je sais que je n'arriverai pas au même moment, cependant. Ce pourrait être juste un mois ou deux dans le passé ou le futur. Mais ce peut aussi être des siècles ou même des millénaires après le moment où j'ai été enlevé.

Des millénaires. Ne serait-ce pas comme un autre monde de toute façon ? Même si l'emplacement géographique restait le même, tout le reste aurait changé en autant de temps. Rien ne serait comme dans ses souvenirs.

Des frissons parcoururent mes bras, et pas de froid cette fois.

— Tu n'as pas peur ? demandai-je.

Je compatissais à sa situation. Mais je devais admettre que je le préférais ainsi – sérieux, voire sombre – plutôt que le gosse obsédé par le sexe qu'il semblait être au début. La réalité de sa situation avait dû éclaircir son esprit du brouillard induit par la luxure, lui permettant de se concentrer sur des choses bien plus importantes.

— Le temps ne passe pas si vite à Nerifir. Il resta stoïque. Les fae vivent pendant des siècles et détestent le changement. Nos royaumes existent depuis des centaines de milliers d'années, et ils existeront pendant des centaines de milliers d'autres. Peu importe *quand* j'arriverai, la vie ne devrait pas être très différente. Seules les personnes changeraient. Tous ceux que je connaissais pourraient être morts ou ne pas être encore nés.

— Et ça ne te fait pas peur ? D'être complètement seul ? Sans personne qui te reconnaîtrait ?

Il continuait de tourner et presser la boule de papier dans ses mains, la réduisant à la taille d'une balle de ping-pong.

— Je suis tout aussi seul ici, Amber. Au moins à Dakath, je serai à nouveau avec les miens. Dans un monde où j'ai ma place.

Ça, je le comprenais. Je n'avais personne non plus ici sur Terre. Pourtant, j'aurais préféré être ici plutôt que dans un monde nouveau et inconnu où j'aurais été la seule de mon espèce.

— C'est juste. Mais comment peux-tu y retourner ?

Il lançait sa boule de papier d'une main à l'autre.

— Je vais devoir trouver un portail. Il y en a beaucoup dans chaque monde connecté par la Rivière des Brumes. Je me souviens de celui par lequel les *bracks* m'ont traîné. J'étais sous ma forme de pierre quand ils m'ont volé, mais je n'étais pas endormi quand ils m'ont amené ici.

— Peux-tu m'expliquer un peu plus qui sont les *bracks* ? Et pourquoi ils te voulaient ? J'ai besoin de savoir à quoi nous sommes confrontés.

— *Nous ?* Il me lança un regard curieux.

— Eh bien, si je t'aide à trouver le portail, nous serions deux à travailler ensemble, non ?

— Pourquoi m'aiderais-tu ?

Je n'avais pas promis que je le ferais, mais j'y réfléchissais. Pour plusieurs raisons.

Premièrement. Même si je l'avais repoussé à plusieurs reprises, je continuais à ressentir cette attirance physique gênante pour lui. Et je ne voyais pas de meilleure façon de gérer cela que de le renvoyer d'où il venait, surtout puisque c'était ce qu'il souhaitait faire, de toute façon. Loin des yeux, loin du cœur, comme on dit.

Deuxièmement. Elex ne semblait pas avoir beaucoup de connaissances pratiques sur notre monde. Il n'aurait pas pu voyager seul sans se perdre ou pire, se faire tuer. Je pensais que je serais triste si cela arrivait, et j'étais prête à l'escorter hors de ce monde en toute sécurité.

Et enfin, la culpabilité continuait de me pincer l'intérieur. Plus je passais de temps avec lui, plus j'apprenais à le connaître, plus la culpabilité grandissait.

— Tu veux toute la vérité ? demandai-je, évitant son regard. Parce qu'elle n'est pas jolie.

— La définition de la beauté diffère d'une personne à l'autre. Peut-être que je la trouverai belle. Il m'offrit un sourire magnifique, mais cela ne me fit pas me sentir mieux.

J'imitai sa pose, m'appuyant sur mes avant-bras posés sur mes genoux. Il valait mieux dire les choses telles qu'elles étaient, décidai-je, comme arracher un pansement.

— Je suis une voleuse, Elex, lâchai-je, fixant l'asphalte sous mes pieds. Je t'ai volé dans l'entrepôt où Madame Tan te gardait. Et je... je pris une bouffée d'air puis le dis rapidement, comme si je sautais d'une falaise, je devais t'échanger contre beaucoup d'argent, je jetai un coup d'œil à l'horloge au-dessus du quai de l'autre côté de la rue, à peu près en ce moment même, en fait.

Je ne voulais pas le regarder dans les yeux après cet aveu, mais je sentais qu'il me fixait.

— Madame Tan n'est pas ce qu'elle semble être, Amber, dit-il doucement. Son vrai nom est Ghata, et elle était la Déesse de la Lune.

— Une déesse ? Je fronçai les sourcils, me tournant pour lui faire face.

Il interpréta correctement mon expression sceptique et leva une main.

— S'il te plaît, mets de côté tes soupçons et ton incrédulité un instant et écoute ce que j'ai à dire. Tu pourras toujours douter de moi plus tard.

— D'accord. J'essaierai, promis-je.

Au moins, il n'avait pas l'air en colère contre moi pour l'avoir volé et avoir prévu de le vendre.

— Les loups-garous vénèrent la Lune, commença-t-il. C'est leur principale divinité...

— Les loups-garous ? Avec de la fourrure, des dents et des griffes ? J'essayais, j'essayais vraiment de suspendre mon incrédulité comme il l'avait demandé, mais bon sang, quelle ampleur de *suspension* attendait-il de moi ?

— Oui.

Il avait l'air effrayamment sérieux.

— Les loups-garous vivent dans le Royaume de Sarnala à Nerifir. La Lune contrôle leur transformation en forme bestiale, tout comme le Soleil contrôle la transformation en pierre pour mon peuple.

Je restai silencieuse cette fois, lui permettant de continuer.

— Les dieux ne sont pas censés marcher sur les plaines des vivants. Ils ont leurs propres royaumes, nous observant de loin. Pourtant, cela ne suffisait pas aux loups-garous. Ils souhaitaient avoir leur déesse plus près. Alors ils ont créé Ghata, l'incarnation de la Lune en chair et en os. Ils lui ont construit un temple à Sarnala et l'ont vénérée.

Maintenant, j'écoutais, captivée par son histoire. D'une certaine manière, cela n'avait plus d'importance que ce soit réel ou non. Il avait toute mon attention.

— Et ensuite ? le poussai-je avec empressement.

— Une déesse, amenée au pays des vivants, dotée d'un corps et forcée à vivre parmi nous, devient tout aussi vulnérable à nos vices que le reste d'entre nous. Au fil des siècles, l'adoration de ses fidèles et le pouvoir qu'elle avait sur eux ont corrompu Ghata. Elle exigeait de plus en plus des loups-garous. Leurs fils premiers-nés sont devenus ses moines, *bracks*, comme elle les appelait. Ils ont abandonné leurs familles pour la servir. Elle a pris le contrôle de leur libre arbitre, les transformant en ses esclaves de corps et d'âme.

— Ils ont des tatouages ? demandai-je, me souvenant du « personnel » de la ménagerie. À part la jeune fille craintive à la billetterie à qui j'avais essayé de parler sur le parking après avoir visité la foire, le reste des employés de Madame étaient des hommes presque identiques. Grands et musclés, ils avaient tous des crânes chauves et des tatouages complets sur leurs bras droits.

— Oui, confirma Elex. Ils reçoivent des tatouages quand ils deviennent ses *bracks*. Elle les contrôle à travers leur art corporel. Je l'ai vu pendant mon séjour dans sa ménagerie.

— Que voulait-elle de toi ?

— Que je me produise dans son spectacle.

— Quel spectacle ? J'ai été à la ménagerie. Ce n'est qu'une collection curieuse de choses et d'animaux inhabituels. Ils sont certes étranges et intéressants, mais ils ne se produisent pas.

Il me fit un sourire triste.

— La ménagerie n'est qu'une partie de ce que fait Ghata. Pour un prix beaucoup plus élevé, les visiteurs peuvent voir ses exhibitions d'êtres doués de conscience.

— Tu veux dire des personnes ? Elle expose des gens aussi ?

— Elle expose des fae. J'ai entendu dire qu'elle avait eu une sirène, un loup-garou, même une gorgone. Elle voulait que je fasse partie de ça aussi.

— Tu as refusé ?

— Bien sûr. Elle m'a permis de reprendre ma forme actuelle une fois, juste pour exposer ses conditions – travailler pour elle aussi longtemps qu'elle aurait besoin de moi en échange de ma libération un jour. Ou rester en pierre pour toujours.

Femme ou déesse, Madame ne jouait pas franc-jeu.

— Qu'est-ce qu'elle voulait exactement que tu fasses ?

— Elle voulait que je me transforme devant ses clients qui payaient cher. Les gargouilles ont plus d'une forme, et elle voulait que je les montre toutes à ceux qui payaient. Pour s'assurer que je resterais sa marionnette et que je ne me retournerais pas contre elle, elle exigeait de moi une promesse qui me lierait comme son serviteur.

— Comment une promesse pourrait-elle vraiment te lier ?

Il se pencha en arrière avec un profond soupir.

— Les fae ne peuvent pas briser leurs promesses. Lui en faire une m'aurait fait son esclave pour le reste de ma vie. Jusqu'à ce qu'elle choisisse de me libérer. Si jamais elle le faisait.

— Ha ! Pas étonnant que tu aies refusé.

Il semblait heureux que je comprenne. Quelque chose palpita au fond de mon ventre en réponse à son sourire. Une chaleur se répandit dans mon corps malgré la fraîcheur du matin.

Il devait vraiment retourner d'où il venait.

Le plus tôt serait le mieux. Avant que je ne fasse quelque chose que je regretterais très probablement.

— Oui, j'ai refusé, dit-il. Et pour cela, elle m'a forcé à rester sous ma forme de pierre en permanence, en utilisant la fumée des feuilles de *womora*.

La fumée. Il l'avait mentionnée avant, mais je venais seulement de comprendre.

— Oh, c'était ça, ces fagots de feuilles fumantes. Il y en avait plusieurs dans la caisse avec toi.

— Qu'en as-tu fait ?

— Je les ai trempés dans l'eau et je les ai jetés.

— Bien joué.

Il posa son bras sur le dossier du banc. Son pouce appuyait sur mon épaule dans cette position. C'était un geste assez innocent, sauf qu'il provoquait une sensation loin d'être innocente qui traversa mon corps. Tu m'as sauvé, Amber.

Ses mots et le regard dans ses yeux intenses, noirs comme l'encre, firent rougir mes joues.

— Sauvé ? Elex, je t'ai volé, tu te souviens ?

Il secoua lentement la tête, sans détourner son regard de moi.

— Tu m'as libéré d'une créature vile et cruelle qui m'avait emprisonné. J'ai passé des années forcé à rester dans la forme que les gargouilles ne sont censées prendre que la nuit. J'écoutais et regardais, sans pouvoir bouger un muscle. Pendant des années, je n'ai pas parlé, je n'ai pas ressenti. Je n'ai pas *vécu*. Amber, sais-tu quelle torture c'était ? Tu m'as sauvé. Je suis maintenant redevable envers toi.

Wow, comme ça, il m'avait transformée de voleuse en héroïne. Ses paroles et la gratitude qui brillait dans ses yeux me faisaient me sentir si bien. Je me délectais de son appréciation.

Sauf que je n'avais pas le droit de m'en « délecter ». Je ne pouvais pas lui permettre de penser mieux de moi que je ne l'étais.

— Elex, je n'avais aucune idée que je te sauvais. Crois-moi, mes intentions n'étaient ni pures ni nobles. Je prévoyais de te vendre.

Il pencha la tête sur le côté, m'étudiant avec un léger plissement des yeux.

— Veux-tu toujours me vendre ?

— Non, soufflai-je. Je suis une voleuse, pas une trafiquante d'esclaves. Cet acheteur peut aller se faire foutre. Qui est-il, d'ailleurs ? Tu le sais ?

La seule chose que je savais de Chris sur l'acheteur était qu'il était français.

Elex secoua la tête.

— Je n'en ai aucune idée. Je n'ai jamais entendu parler de quelqu'un d'autre qui me voulait.

— Un concurrent, peut-être ? Ou juste quelqu'un qui t'a vu dans la ménagerie et qui voulait t'avoir pour lui-même ? Au final, peu importait qui était l'acheteur. Il n'obtiendrait pas Elex de toute façon, maintenant. Tu fais une œuvre d'art exquise, tu sais ?

Les coins de ses yeux se plissèrent avec un sourire.

— Est-ce un compliment ?

Flirtait-il avec moi ?

Est-ce que c'était moi qui avais commencé ? À quoi pensais-je ?

Mon visage brûlait encore plus maintenant.

— Non. Pas un compliment, juste un constat, marmonnai-je,

troublée. Quoi qu'il en soit... Tu es un homme libre maintenant, Elex. Trouve ton portail, rentre chez toi.

J'allais devoir expliquer tout cela à Chris d'une manière ou d'une autre. Mais Chris me devait aussi une explication. Je me demandais s'il en savait plus sur Elex qu'il ne m'avait dit.

Elex ne me libérait pas de son regard.

— Je dois te rembourser.

— Quoi ? Non, tu n'as pas à le faire.

— Je ne quitte pas ce monde avec une dette impayée. Son ton ne permettait aucune contestation. Il retira une bague rouge de son petit doigt. C'était celle de mon père et elle appartenait à mon arrière-grand-mère il y a longtemps. C'est le plus grand trésor que j'aie sur moi, d'une valeur égale à la liberté que tu m'as donnée.

La bague était taillée dans une pierre rouge solide. Elle avait la forme d'un lézard enroulé en cercle, sa tête reposant à la base de sa queue. Elex la glissa au doigt de ma main la plus proche de lui, qui se trouvait être ma main gauche. La pierre à facettes captait la lumière du soleil, étincelant et brillant comme une langue de feu autour de mon doigt.

— C'est magnifique, l'admirai-je. Et tellement unique.

En tournant ma main, je remarquai que le lézard avait différentes gemmes pour ses yeux, jaune-vert.

— La bague est enchantée avec des protections pour protéger celui qui la porte contre les malédictions et autres magies malveillantes. Pas que cela importe dans ce monde, se reprit-il. Mais c'est aussi une pierre solide de Rubis de Dakath – rare et précieuse à Nerifir. Elle doit avoir une certaine valeur dans ce monde aussi.

J'avais manipulé suffisamment de ventes de bijoux volés par Chris et sa bande pour pouvoir estimer la valeur de cette pierre. Compte tenu de la taille de la pierre et de l'incroyable savoir-faire qui avait été mis dans sa création, la bague était inestimable. Les détails réalistes étaient réalisés avec soin, chaque facette taillée avec précision.

Je ne trouverais jamais d'acheteur pour l'ensemble, cependant.

Mais même coupée en morceaux plus petits, la bague rapporterait une belle somme sur le marché noir.

— Elex, je ne peux pas l'accepter. C'est un héritage familial, il devrait rester avec toi. Je tendis ma main vers lui, pour lui rendre sa bague.

Il serra doucement mes doigts glacés dans sa grande main chaude.

— Tu m'as sauvé. Je te dois quelque chose. Je ne pourrais pas imaginer une façon plus appropriée de rembourser cette dette. S'il te plaît, accepte-la comme un gage de ma gratitude. Il avait tout à fait l'air de la royauté qu'il prétendait être.

Il remit ma main sur mes genoux. La lumière du soleil jouait dans les facettes de la pierre parfaite de la bague. Ce serait dommage de la couper en morceaux pour la vendre, mais elle rapporterait certainement assez d'argent pour payer l'avenir que je voulais.

— Merci, dis-je doucement. Tu n'as pas idée de ce que cela me donnerait.

La liberté. L'indépendance. La sécurité. Toutes ces choses inestimables que je n'avais jamais eues.

Je levai les yeux de la pierre pour trouver Elex qui me fixait. Ses yeux sombres semblaient pénétrer mon âme même, trouvant la nostalgie enfouie profondément dans ma poitrine.

Je bougeai sous son regard intense et m'éclaircis la gorge, cherchant quelque chose à dire – n'importe quoi pour détourner son attention de moi.

— Alors, que sais-tu de ce portail dont tu as besoin ? Te souviens-tu comment y accéder ?

Il fronça les sourcils.

— Non, je ne m'en souviens pas. Peu après qu'ils m'aient traîné à travers le portail, ils m'ont enfermé dans une caisse. Tout ce dont je me souviens, c'est à quoi ressemblait l'endroit. Le portail s'ouvrait au-dessus d'un cours d'eau coulant sur des rochers, Big Sandy Creek, comme les *bracks* l'appelaient. Ils ont dit que c'était dans l'Indian Springs Park en Géorgie.

Le gobelet de café tomba de mes doigts. Heureusement, il était presque vide maintenant.

— Qu'est-ce que tu viens de dire ? Je le regardais bouche bée.

— Indian Springs Park en Géorgie, répéta-t-il docilement. Ce nom te dit quelque chose ?

Je passai mes doigts dans mes cheveux.

— Ha ! Je ne te le fais pas dire.

J'avais craint de devoir m'engager à voyager autour du monde avec lui à la recherche du portail magique dans des parties reculées de l'Himalaya ou dans la nature sauvage sibérienne. Et il était en Géorgie ? L'État où je vivais depuis des années maintenant.

Les choses magiques n'arrivaient tout simplement pas dans son propre jardin.

— Tu es sûr que c'est là ? Je veux dire, l'Indian Springs Park est un lieu public. Les gens y viennent tout le temps. Un portail magique serait une attraction majeure là-bas. Pourtant, personne n'en a jamais entendu parler.

— Ce n'est pas si facile à repérer. Il restait confiant. La magie ne brille pas dans ce monde aussi intensément qu'à Nerifir. De plus, le portail ne s'ouvre que pendant quelques minutes environ une heure après le lever du soleil. C'est juste une nappe de brume rose au-dessus du ruisseau. Même si quelqu'un de ce monde traversait le portail, rien ne se passerait. Un humain aurait besoin d'être accompagné par un fae de Nerifir pour pouvoir traverser dans mon monde.

— Je vois. Eh bien, tu as de la chance, mon gars. J'ai vécu en Géorgie pendant plusieurs années maintenant.

L'espoir brilla dans ses yeux.

— Tu sais comment trouver le parc ?

— Oui, je sais. Je souris. Le parc et le ruisseau. Si tu te souviens de l'endroit exact où apparaît le portail le matin, je t'y emmènerai.

— Merci. Son visage s'illumina d'excitation. Je ne m'attendais jamais à ce que tu sois de là-bas.

— Eh bien, je n'en suis pas originaire. Je suis née dans le

Montana, j'ai grandi dans le Michigan. Mais le climat est beaucoup plus rude dans le nord. Quand je... euh, me suis retrouvée seule, j'ai continué à me déplacer de plus en plus vers le sud où il fait plus chaud. Quand tu n'as pas d'endroit où rester et que tu dois dormir dehors...

Je m'interrompis, me rendant compte que j'en avais dit plus que je n'avais jamais eu l'intention de partager avec lui.

Malheureusement, mon lapsus n'échappa pas à Elex. Une ombre passa sur son visage, effaçant son excitation.

— Pourquoi as-tu dû dormir dehors ?

— Peu importe. Je le repoussai d'un geste. C'était il y a des siècles.

Mais il n'abandonnait pas.

— Pourquoi n'avais-tu pas d'abri contre les intempéries ?

Je regardai sur le côté, me frottant maladroitement un bras.

— Écoute, ce n'est pas une histoire amusante. Je n'aime pas m'en souvenir moi-même, et encore moins en parler avec un parfait inconnu.

— As-tu une famille ? continuait-il avec ses questions. Quelqu'un pour prendre soin de toi ?

Maintenant que sa propre situation était un peu résolue, il tournait toute son attention vers moi.

Je devais mettre fin à cela.

— Je n'ai besoin de personne pour prendre soin de moi, Elex, dis-je fermement. Je vais bien toute seule.

Malheureusement, mon ton de voix ne le dissuada pas de poser plus de questions.

— Quel âge as-tu, Amber ? Depuis combien de temps es-tu seule ?

— J'ai vingt-cinq ans. Une adulte tout à fait capable de s'occuper d'elle-même.

Certes, j'avais peut-être traversé quelques moments difficiles, mais je me remettrais sur pied.

Il n'avait pas l'air convaincu.

— Tout le monde a besoin de quelqu'un qui l'aime et qui

veille sur lui. Surtout une femme aussi jeune que toi. Si tu n'as pas de famille, tu devrais au moins avoir des amis. Un partenaire.

— Trouver des amis n'a pas été facile. Et ça a été encore plus compliqué avec un partenaire. L'attention d'un homme a un prix. Crois-moi, j'ai *envie* d'être seule, dis-je avec force.

Ma main se serra en poing, écrasant mon gobelet en papier vide que j'avais ramassé par terre. Elex posa sa main sur mon poing. Une fois de plus, je remarquai combien sa main était chaude. Il fit glisser son pouce sur mes jointures, détendant doucement mes doigts crispés.

— C'est bien d'être seule. Sa voix profonde coulait sur moi, forte et apaisante. Tant que tu es heureuse. Es-tu heureuse, Amber ?

— Bien sûr que je le suis, dis-je rapidement, refusant de le regarder dans les yeux.

Il continuait à caresser ma main lentement, et c'était trop agréable pour que je la retire. Un doux glissement de la pulpe de son pouce sur ma peau était suivi d'un autre d'une manière hypnotiquement merveilleuse. Il ne disait rien, comme s'il attendait que je continue. Comme si j'avais autre chose à dire.

Que pouvais-je dire d'autre ?

À part les années passées avec ma grand-mère, j'avais été très seule la majeure partie de ma vie. La solitude faisait partie de moi, quelque chose dont j'avais l'habitude. Et ça me convenait. En grande partie.

Il n'y avait eu que quelques occasions où j'avais tellement désiré de la compagnie que j'avais fait des erreurs stupides comme me blottir sur les genoux d'un homme beaucoup plus âgé après lui avoir permis de me faire boire et en croyant qu'il pouvait sincèrement m'aimer. Ou des années plus tard, quand je l'avais laissé m'emmener à une foire de campagne sur sa moto, prétendant que nous pourrions apprendre à être amis.

Je tressaillis à ces souvenirs.

Retirant ma main d'Elex, je levai enfin les yeux vers les siens.

— Je suis *satisfaite* d'être seule, Elex. La satisfaction est préférable au bonheur. C'est plus facile à atteindre, et ça dure plus longtemps.

Il sembla méditer mes paroles un moment.

— Bon point, acquiesça-t-il. Je boirais à ça. Si j'avais du vin. Il jeta un regard à son gobelet de café maintenant froid avec un ressentiment non dissimulé.

— Mais tu n'en as pas. Je pris son gobelet. Et il est bien trop tôt pour boire, alors... Je rassemblai le reste de nos déchets, y compris la minuscule boule dans laquelle il avait pressé l'emballage du sandwich. Nous ferions mieux d'y aller. Maintenant que nous savons où aller.

La Géorgie.

Qui l'eût cru ?

La magie était vraiment tout autour de nous. Il suffisait de bien regarder.

Je secouai la tête avec un sourire, me dirigeant vers la poubelle sur le quai de l'autre côté de la rue. Il y avait beaucoup moins de gens à la gare maintenant que l'heure de pointe du matin était passée.

Alors que je passais près de l'abri du quai, une ombre sombre bondit vers moi depuis derrière. Un bras rude m'attrapa soudainement par derrière.

— Te voilà. Sale petite voleuse, siffla une voix avec un fort accent allemand à mon oreille.

L'effroi gela mes entrailles, privant mes poumons d'air.

Six

AMBER

Une main agrippa mes cheveux, tirant brutalement ma tête en arrière.

— *Wo ist es ?* Où est-ce ? gronda l'homme à mon oreille, me tenant par derrière. Où est cette putain de statue ?

Les Frères Miller.

Mon estomac se vida de terreur.

Comment m'avaient-ils trouvée ? Personne dans ce pays ne savait à quoi je ressemblais. Peut-être pouvais-je le convaincre qu'il s'était trompé de fille ?

— Je ne sais pas de quoi vous parlez, gémis-je.

Il claqua sa langue près de mon oreille.

— Une voleuse *et* une menteuse. Ce n'est pas bon.

J'aurais ri de cette réprimande, venant d'un criminel bien pire que je ne l'avais jamais été. Mais ce n'était pas le moment de plaisanter. Je faisais tout ce que je pouvais pour ne pas fondre en larmes de peur.

Le quai de la gare semblait soudain désert. Tout le monde était soit parti avec le dernier train, soit caché à la vue des hommes armés qui accouraient de l'autre côté de la rue.

Je risquai un rapide coup d'œil vers le banc où Elex et moi étions assis. Mon sac de sport était toujours par terre à côté, mais Elex n'était plus là. Au lieu de cela, il courait vers moi. Rapidement.

Un homme bondit sur son chemin.

— Hé, t'es qui, bordel ?

Elex lança son poing, projetant l'homme à plus de cinq mètres. Il ne semblait même pas avoir fourni tant d'efforts. Il avait chassé ce voyou de son chemin comme s'il s'agissait d'une mouche.

Un véhicule s'arrêta dans un crissement de pneus. Quelques autres voyous en descendirent. Une autre voiture les rejoignit.

Combien d'hommes avaient-ils envoyés pour appréhender une seule femme avec une statue ?

D'autres brutes chargèrent Elex. Il les dispersa toutes avec quelques coups bien placés. Les mouvements gracieux de son corps grand et musclé rendaient le combat semblable à une danse, fluide et facile. Il se tourna de nouveau dans ma direction, ses yeux sombres réduits à des fentes, se concentrant sur mon agresseur.

L'homme qui me tenait me lança d'un ton hargneux :

— Tu sais dans quoi tu t'es fourrée ?

— Lâchez-moi ! me débattis-je contre sa prise.

Quelques personnes se dirigeaient vers le quai depuis un parking voisin. Cependant, dès qu'elles aperçurent ce qui se passait, elles s'enfuirent précipitamment. Certaines sortaient leurs téléphones portables, passant des appels, j'espérais à la police.

Les voyous ne semblaient pas inquiets, pourtant. Celui qui me tenait me traîna vers l'une de leurs voitures. Ils avaient clairement l'intention de quitter les lieux avant l'arrivée des autorités.

— Hé ! Lâche-la ! cria Elex en courant après nous, fauchant les hommes qui tentaient de l'arrêter.

Les portières d'un véhicule nouvellement arrivé s'ouvrirent. Les hommes qui en sortirent étaient très différents des criminels en jean et en cuir du gang des Frères Miller. Chacun d'eux mesurait facilement plus d'un mètre quatre-vingts. Vêtus de noir, ils avaient des tatouages identiques sur le cou et le bras droit. Tous étaient chauves.

Les hommes de Madame Tan, réalisai-je avec effroi, des *bracks*.

Tout ce qu'Elex m'avait dit à leur sujet me revint en mémoire. Ce n'étaient pas des humains mais des êtres surnaturels au service d'une déesse.

L'un des Frères Miller s'approcha trop près d'un *brack*. La créature d'un autre monde le poussa de côté. Le pauvre voyou traversa la moitié de la route en volant.

— Hé ! Il se releva en titubant mais resta à distance.

Les *bracks* étaient aussi forts qu'Elex. Et il y en avait beaucoup. Ils se dirigeaient vers moi, et mes genoux commencèrent à trembler. La peur, plus intense qu'avant, me glaça, paralysant mes muscles.

— Non... gémis-je.

Le voyou qui me tenait ne réalisait pas la menace qui s'approchait. Ou peut-être étaient-ils tous complices ? Les Frères Miller s'étaient-ils associés aux *bracks* de Madame ? Tous contre moi ?

La panique me poussa à l'action. Je donnai un coup de coude à mon ravisseur.

— Lâche-moi ! me tordis-je dans son emprise, ignorant la douleur aiguë à mes racines tandis qu'une mèche de mes cheveux restait prisonnière de son poing. Rassemblant toutes mes forces, je lui donnai un coup de pied dans le tibia. Malheureusement, le talon plat de ma chaussure de course ne causa pas autant de dégâts que je l'aurais souhaité, mais cela le mit en colère.

— *Sheisse !* jura-t-il, lâchant ma taille pour enfoncer son poing dans mes côtes.

Je suffoquai de douleur. Il sortit quelque chose de sa poche, un couteau. Il s'ouvrit avec un froid bruit de métal glissant contre du métal.

— Un geste de plus, salope, et tu es morte. Il pressa le couteau contre mon cou. Un filet tiède de sang coula le long de ma gorge alors que la lame perçait ma peau.

— Oh mon Dieu... croassai-je, une terreur glaciale se répandant dans mes veines.

Mon cœur s'arrêta presque dans ma poitrine tandis que j'observais les humains et les *bracks* encercler Elex, prêts à attaquer. Ils étaient trop nombreux. Tous contre un.

Je ne pouvais pas me protéger. J'avais aussi échoué à protéger Elex...

Soudain, les hommes qui encerclaient Elex reculèrent. Avec un cri, l'un d'eux s'éleva de la foule, puis atterrit avec un bruit sourd à quelques pas de moi. Ensuite, un *brack* tomba sur son cul, lui aussi.

Était-ce Elex qui avait fait ça ?

— Qu'est-ce que c'est que ce bordel ? Mon ravisseur se figea de stupeur, relâchant la pression de la lame sur mon cou.

Profitant de l'instant, je me dégageai de lui et lui envoyai un coup de genou dans l'entrejambe aussi fort que possible. Il se plia en deux de douleur avec un gémissement surpris, lâchant mes cheveux.

Je m'éloignai en courant, esquivant un autre homme qui volait au-dessus de ma tête.

— Elex ! criai-je, courant dans sa direction.

Les voyous reculèrent, révélant Elex, et je pilai net à pleine vitesse, mes chaussures creusant des sillons dans la pelouse au bord de la route.

Elex grandissait, changeait. Il s'éleva au-dessus de la foule, se transformant en une créature que je n'avais jamais vue de ma vie.

Son cou s'était allongé. Son torse s'était bombé, déchirant mon t-shirt avec le chat en lambeaux. Ses bras s'étaient allongés, ses doigts se recourbant en griffes. Des griffes similaires avaient percé le cuir de ses bottes. Son pantalon était en morceaux tandis que ses jambes se transformaient en pattes arrière massives.

Une paire d'ailes membraneuses se déploya dans son dos, s'étendant sur la route comme deux voiles. Des écailles dures et noires couvraient tout son corps, brillant comme de l'or au soleil.

Un dragon venait d'apparaître devant moi.

Il balaya l'air d'une patte massive, envoyant valser un *brack*.

J'étais trop près mais incapable de bouger un muscle pour fuir. Il aurait pu me briser la nuque d'un simple mouvement de griffe. Figée d'émerveillement, j'aurais été impuissante à faire quoi que ce soit.

La créature me fixa avec une paire d'yeux d'obsidienne sombres. Une expression familière dans ces yeux me fit haleter :

— Elex...

Il s'était transformé juste devant mes yeux. Pourtant, je n'arrivais pas à croire ce que je voyais.

La statue.

L'homme.

Le dragon.

C'était la même personne. Je ne savais pas comment tout cela pouvait être possible. Tout ce que je pouvais faire était simplement accepter que ça l'était.

Des cris paniqués emplirent les lieux. Quelqu'un tira un coup de feu. La balle érafla l'épaule d'Elex, rebondissant sur ses écailles dans une gerbe d'étincelles.

Tendant la patte vers moi, le dragon enroula délicatement une main griffue autour de ma taille, puis me tira sur le côté et derrière lui.

— Reste près de moi. Sa voix profonde résonna avec un écho comme s'il parlait dans une grotte.

Baissant sa tête allongée ornée de deux paires de cornes recourbées, il ouvrit la gueule, révélant des dents acérées d'un blanc neigeux. Une explosion de feu jaillit de sa gorge. Elle se déploya, se dirigeant vers les voyous et les *bracks*. Une vague de chaleur souffla en arrière, faisant voler mes cheveux et réchauffant mon visage.

Le feu tourbillonna en une houle de chaleur et de dévastation, culminant dans une explosion d'étincelles dorées et rouges. Les cris de panique se transformèrent en hurlements de terreur et en gémissements de douleur.

Je criai aussi, physiquement indemne mais secouée par la terreur.

Le feu du dragon brûla le revêtement, incinérant les hommes. Les véhicules les plus proches s'enflammèrent. Des explosions assourdissantes retentirent avec des nuages de gaz brûlant provenant des moteurs.

L'odeur putride de chair et de caoutchouc brûlés me souleva le cœur. La fumée me râpa la gorge, s'installant dans ma poitrine avec la cendre de l'horreur.

Je fermai les yeux, incapable de traiter la dévastation.

Un bras écailleux s'enroula autour de ma taille. Le battement d'ailes massives souffla de l'air frais sur mon visage, chassant la fumée suffocante.

Mes pieds quittèrent le sol. J'agitai les bras, luttant pour retrouver un appui, pour reprendre mon équilibre, et pour m'ancrer d'une façon ou d'une autre.

Mais le monde avait basculé sur son axe.

AMBER

Un cri strident me perça les tympans. Le son traversa mon esprit, le réduisant en miettes.

L'air sifflait autour de moi. Les yeux fermés, j'essayais de m'accrocher à quelque chose, n'importe quoi, pour arrêter cette sensation nauséeuse de tournis qui m'envahissait. Mes doigts glissèrent sur une surface lisse. Mes ongles raclèrent inutilement contre des écailles dures et brillantes.

Des écailles !

La panique électrisa tout mon système.

Le dragon me tenait. Les écailles sous mes paumes s'adoucirent, se transformant progressivement en peau souple.

— Chuuut, murmura quelqu'un à mon oreille. Tu es en sécurité. Je te tiens. Tu peux arrêter de crier maintenant.

Arrêter de crier ?

Moi ?

Je forçai ma bouche à se fermer, et le hurlement déchirant s'arrêta. Inspirant lentement, j'ouvris les yeux.

Elex me regardait. Un sourire chaleureux jouait sur ses lèvres. L'écho de la tempête de feu s'éteignait dans ses yeux. Il ressemblait de nouveau à un homme. Seules ses ailes continuaient de battre rythmiquement derrière son dos.

— Elex... J'agrippai ses épaules.

Le vent ébouriffait ses cheveux ondulés trop longs, comme s'il se tenait au sommet d'un immeuble ou à la proue d'un navire en plein océan.

— Où sommes-nous ? demandai-je en regardant autour de moi.

Des volutes de brouillard blanc filaient au-dessous de nous. Le sol... Il n'y avait plus de sol sous mes pieds. La gare rapetissait rapidement en contrebas, s'enfonçant dans la fumée noire et les nuages blancs.

Nous étions haut dans le ciel avec rien d'autre que les bras d'Elex pour me soutenir.

— Gah ! Je resserrai mes bras autour de son cou, grimpant contre son corps. Tiens-moi !

Enroulant mes jambes autour de sa taille, je contractai mes muscles, m'accrochant à lui comme si ma vie en dépendait.

— Ce n'est pas sexuel, expliqua-t-il calmement avant d'étaler sa large main sous mes fesses. Je ne te *moleste* pas. Mais j'ai besoin de te toucher pour te tenir.

— Oh, bon sang, tu crois que ça m'importe ? Je plaquai ma main sur la sienne, la pressant plus fort contre mon postérieur. Touche-moi où tu veux, mais ne me laisse pas tomber.

Il n'y aurait pas de survie possible après une chute de cette hauteur.

Il rit doucement dans mes cheveux.

— Je te tiens, Amber. Tu es en sécurité.

— En sécurité ? Ça n'en donnait pas l'impression. Sans harnais, sans corde, sans ceinture de sécurité... rien ne me retenait à part ses deux bras et mes propres membres que j'avais serrés autour de lui, m'accrochant à lui comme un singe à un arbre. S'il te plaît, s'il te plaît, ne me laisse pas tomber.

— Je ne le ferai pas. Fais-moi confiance.

C'était la partie la plus difficile : faire confiance. Je me sentais impuissante, le sol littéralement arraché sous mes pieds. Dépendre si complètement de quelqu'un était contre-nature et déstabilisant.

— Où dois-je voler ? demanda-t-il.

— Quoi ? Trop désorientée pour même comprendre pleinement sa question, je n'avais aucune réponse à lui donner.

— Indique-moi juste la direction générale pour l'instant. Où se trouve le ruisseau avec le portail ? À l'est ? À l'ouest ? Au nord d'ici ?

— Oh... Le ruisseau. C'est vrai. Il parlait du parc d'Indian Springs en Géorgie. À l'ouest. C'est à l'ouest.

La direction de notre mouvement passa de la verticale à une trajectoire légèrement horizontale par rapport au sol.

— Tu ne prévois pas de voler jusqu'en Géorgie d'ici, n'est-ce pas ? Je cachai mon visage dans son épaule et fermai les yeux. La hauteur insensée à laquelle il m'avait emmenée semblait un peu moins intimidante si je ne voyais pas les nuages en dessous.

— Pourquoi pas ? répondit-il avec désinvolture.

— Parce que c'est de l'autre côté de l'océan, à quelques milliers de kilomètres d'ici, presque à l'autre bout du monde. Personne ne peut voler aussi loin à moins d'être une machine, propulsée par des moteurs avec du carburant et tout ça.

— Et que dirais-tu d'un dragon alimenté par la magie ? L'amusement perçait dans sa voix.

Je refusai de lever les yeux ou même de les ouvrir, m'accrochant à lui de tous mes membres, mon visage pressé contre la peau chaude de son épaule.

— C'est juste trop loin.

— La distance n'a pas d'importance.

— Comment ça ? D'ailleurs... Je poussai un soupir, décalant légèrement mes bras tandis que mes muscles se crispaient de tension. Tu viens de créer un massacre là-bas.

— Je suis désolé. Je ne voulais pas t'effrayer.

— Ha ! J'éclatai d'un rire nerveux. Ma peur est le moindre de tes soucis. Il y aura des conséquences bien plus graves.

— Ta peur est la seule conséquence qui compte pour moi. Il le dit comme une évidence, ce qui était d'une certaine façon encore pire. Je ne pouvais pas le rejeter comme du simple flirt. Il se souciait vraiment de ce que je ressentais, et je ne pouvais pas gérer ça maintenant. J'essayai de l'ignorer, me concentrant sur ce qui venait de se passer à la gare.

— Des gens sont morts... Ma voix se brisa tandis que les images du feu anéantissant tout sur son passage me submergèrent à nouveau. Mon Dieu, c'était terrible. J'entrelaçai mes doigts derrière sa nuque pour les empêcher de trembler.

— Seules les personnes qui voulaient nous nuire sont mortes, Amber. Aucun innocent n'a été blessé.

— Tu en es sûr ? C'était un soulagement de le savoir.

Il hocha la tête.

— Crois-moi, tu n'as pas besoin de pleurer les *bracks*. Ils ne ressentent rien d'autre que ce que Madame leur ordonne de ressentir, et c'est principalement de la rage. S'ils m'avaient attrapé à nouveau, ils m'auraient fait des choses bien pires que ce que je leur ai fait.

— Qu'est-ce qui pourrait être pire que de brûler vif ? Je frissonnai, ce qui sembla résonner à travers son corps également.

— Tu ne sais pas de quoi Ghata est capable, dit-il d'un ton sinistre. À mesure que ses pouvoirs grandissent, sa capacité à faire souffrir augmente aussi.

— Elle est vraiment une femme cruelle, n'est-ce pas ?

— Cruelle, oui. Mais pas une femme, elle en a juste l'apparence. Ghata n'a jamais été destinée à être une épouse, une mère ou l'amie de qui que ce soit. Elle a depuis longtemps perdu la capacité d'aimer ou de sympathiser. Elle n'est rien d'autre que colère avec une soif insatiable de pouvoir.

Pas étonnant qu'il ait si férocement tenté d'échapper à cette créature.

— Te suivrait-elle jusqu'à Nerifir ? demandai-je.

— Elle pourrait le souhaiter. Il n'y avait pas de peur dans sa voix. Mais une fois que j'aurai traversé la Rivière des Brumes, je ne pense pas qu'elle s'en souciera. La chance que quelqu'un atterrisse à la même époque que moi serait bien trop infime pour qu'elle essaie.

— Bien, soufflai-je en abaissant prudemment mes bras de son cou à ses épaules.

Chaque muscle de mon corps se crispait maintenant. Je m'étais accrochée à lui avec tant de force que je ne comprenais pas comment je ne l'avais pas encore étranglé.

Desserrant légèrement mes jambes autour de lui, je bougeai mes hanches d'un côté à l'autre pour faire circuler le sang, de peur que mes pieds ne s'endorment.

— Amber... Il resserra sa main sur mes fesses, me maintenant en place. Sa voix était devenue rauque et basse. Ne fais pas ça.

Je m'immobilisai, osant le regarder entre mes paupières mi-closes. Ses lèvres étaient pressées l'une contre l'autre, son front plissé dans une expression douloureuse.

— Quelque chose ne va pas ? demandai-je.

— Rien ne va mal. En fait, c'est un peu trop *agréable*. Il me repositionna légèrement plus haut autour de sa taille.

La pleine conscience de notre position me frappa enfin. Avec mes jambes écartées et enroulées autour de sa taille, mon entre-jambe couvert seulement d'une culotte pressé directement contre son corps nu. Nu. Parce que tous ses vêtements avaient été réduits en lambeaux quand il s'était transformé en dragon.

Je me surpris soudain à me demander s'il était excité.

L'était-il ?

À en juger par le rouge qui transparaissait à travers sa peau brune, probablement. Maintenant, j'essayais *vraiment* de ne pas imaginer ce qui pouvait se passer juste sous mes fesses.

— Merde.

Je fléchis mes bras, grimpant plus haut sur son corps. L'effort ne fit que rapprocher ma poitrine de son visage, son menton se retrouvant juste au-dessus de mon décolleté.

Il n'y avait tout simplement pas de situation gagnant-gagnant dans cette position.

— Je suis désolée, murmurai-je.

Il exhala un rire nerveux.

— Ce n'est pas ta faute. Tu ne peux pas t'empêcher d'avoir l'apparence, l'odeur et la sensation merveilleuses que tu as. Sa voix baissa d'un ton, gagnant cette note veloutée et vibrante une fois de plus. Ce n'est pas ta faute si tu es la meilleure chose que j'aie tenue dans mes bras depuis plus d'une décennie. La première femme que j'ai touchée...

Il pressa le côté de son visage contre le mien, respirant profondément.

Je restais parfaitement immobile maintenant. Ici, je n'avais aucune défense contre lui. Je ne pouvais pas mettre d'espace entre nous. Je ne pouvais même pas arrêter de le serrer dans mes bras. Le problème bien plus important, cependant, c'est que je n'avais pas envie de faire tout ça de toute façon, bien que je sache que je l'aurais pas dû.

Il restait immobile. Seules ses ailes continuaient de bouger régulièrement comme si elles étaient autonomes.

— Elex ? l'appelai-je doucement.

Sa poitrine se souleva avec une nouvelle inspiration profonde.

— C'est moi qui devrais m'excuser, Amber.

— Pourquoi ?

Il n'avait pas été parfait, surtout au début, mais j'avais rencontré beaucoup d'hommes qui s'étaient comportés bien, bien pire que lui, et ils ne s'étaient jamais excusés pour quoi que ce soit.

— Je suis désolé de t'avoir forcée à m'embrasser.

C'est vrai. Il avait fait ça.

— Et les câlins, ajoutai-je.

— Et les câlins, concéda-t-il avec un soupir.

Il releva la tête, croisant enfin mon regard.

— Me transformer après tant d'années passées comme pierre a été comme une explosion de sensations. Pour la première fois depuis si longtemps, je sens la brise contre ma peau, le goût dans ma bouche, les odeurs... Tant d'odeurs tout autour. Ma tête tourne. Mais je continue à en vouloir plus. Tout ce qui m'a été refusé pendant toutes ces années... Je le veux tout. Et je le veux tout à la fois, même si cela me tue.

Il gémit, étirant son cou. Ses bras me serraient un peu trop fort maintenant. Son honnêteté était admirable. Mais la passion avec laquelle il parlait était, franchement, un peu intimidante.

— Je... je ne suis pas sûre de ce que tu veux que *je* fasse à ce sujet, Elex.

S'il insinuait qu'il avait besoin de coucher avec quelqu'un, ce n'était pas mon problème, n'est-ce pas ?

— Rien. Il sourit. Il n'y a rien que tu aies à faire. Rien de tout cela n'est ta faute. Je veux juste que tu saches que je suis désolé de t'avoir effrayée.

— D'accord. Une partie de la tension me quitta, me permettant de me détendre un peu. J'accepte tes excuses pour ton comportement de ce matin.

— Vraiment ? Son sourire s'élargit, le rendant encore plus beau alors que je ne pensais pas que c'était possible.

— Mais tu te trompes, ajoutai-je. J'ai quelque chose dont je dois m'excuser aussi.

Il plissa les yeux vers moi, puis hocha la tête comme s'il se souvenait.

— C'est vrai. Tu en as. Ce matin...

— Non, pas ce matin, mais hier soir. Je t'ai embrassé sans ta permission. Je suis désolée. Je ne savais pas qu'il y avait une personne vivante à l'intérieur de la pierre.

Il me regarda comme s'il s'attendait à ce que je continue, mais je m'arrêtai, me contentant de le fixer en retour.

— C'est tout ? m'encouragea-t-il.

— Quoi d'autre ?

Il arqua un sourcil.

— Et pour m'avoir donné un coup de pied ? Dans un endroit très délicat, je tiens à le souligner.

— Ooooh, non. Je secouai la tête. Mes excuses sont pour le baiser, pas pour le coup de pied. Le coup de pied, tu le méritais bien. Et si tu me touches encore comme ça sans permission, je te donnerai un nouveau coup de pied.

L'éclat lumineux au fond de ses yeux sombres s'intensifia.

— Merci pour l'avertissement. Mais ça ne se reproduira plus. Tu es en sécurité avec moi. Il y avait une nouvelle qualité dans sa voix qui donnait du poids à ses paroles.

Se sentir en sécurité était un luxe que j'avais rarement. Elex était peut-être différent des autres hommes que j'avais rencontrés dans ma vie, mais cela ne signifiait pas que je lui ferais jamais confiance inconditionnellement. La confiance ne venait pas facilement, quoi qu'il arrive.

— On verra. Je regardai sur le côté.

— Hey. Il glissa un doigt sous mon menton, relevant mon visage vers le sien.

Ce geste signifiait qu'il me tenait avec un seul bras. La panique me traversa à nouveau.

— Elex, s'il te plaît... J'agrippai son cou, ignorant la douleur dans les muscles de mes bras à force de les contracter si fort. Tu vas me laisser tomber.

Son autre bras était serré comme un étau autour de ma taille. Mais était-ce suffisant ?

— Je ne te laisserai pas tomber, dit-il fermement. Mais tu ne me fais pas confiance, n'est-ce pas ? Quoi que je dise.

— Je ne fais pas confiance à beaucoup de gens. J'ajustai soigneusement ma position pour tester la solidité de son étreinte à un bras.

— Est-ce que *quelqu'un* a ta confiance ? Il démasqua mon bluff. Nomme juste une personne.

Je soufflai. De quel droit m'interrogeait-il sur des choses aussi personnelles ?

— Très bien. J'abandonnai. Je ne fais confiance à *personne*, d'accord ? Pas une seule personne dans ce monde entier. Et tu sais quoi ? Je m'en porte mieux ainsi. Parce que chaque fois que j'ai placé ne serait-ce qu'un tout petit peu de foi en quelqu'un, cette personne finissait par me trahir. Donc, non. La seule personne sur qui je compte, c'est moi-même. Et oui, continuai-je, parce qu'une fois le barrage brisé, il était impossible d'arrêter le flot, je me sens extrêmement mal à l'aise d'être avec toi là-haut. J'aimerais avoir mon propre siège, sans que tu n'envahisses mon espace personnel, et une ceinture de sécurité au lieu de tes bras, peu importe à quel point ils sont forts ou compétents.

Peut-être qu'il avait maintenant envie de me laisser tomber sur-le-champ. Bien que je pensais le connaître suffisamment à présent pour espérer qu'il ne le ferait pas. D'ailleurs, il avait besoin de moi pour le conduire au portail, n'est-ce pas ?

Embarrassée et énervée, je ne savais pas où regarder. Ce n'est pas comme si j'avais pu sortir de la pièce en trombe et claquer la porte derrière moi. Je ne pouvais même pas souffler et me détourner. Avec nos corps verrouillés poitrine contre poitrine comme ça, ses yeux étaient inévitables. Et une fois qu'ils avaient capturé mon regard fuyant, ils ne le lâchaient plus. L'intensité qu'ils dégageaient exigeait l'attention.

— Puisque les mots seuls ne suffisent pas, je vais te faire une *promesse*, Amber, dit-il si sérieusement qu'on aurait dit qu'il faisait un vœu. Je te promets que tant que tu voleras avec moi, je ne te lâcherai pas. Je ne te laisserai jamais tomber. Je te promets aussi que je ne t'embrasserai plus jusqu'à ce que tu me demandes toi-même un baiser.

Un frisson me parcourut à ses paroles, hérissant ma peau de chair de poule. Puis un soudain tourbillon de chaleur scintillante ébouriffa mes cheveux.

— Qu'est-ce que c'était ? Je regardai autour de moi.

— De la magie, répondit-il simplement. Ma promesse envers toi est maintenant scellée. Si je t'embrasse sans ton consentement, je mourrai d'une mort horrible. Te lâcher pendant le vol entraînerait le même terrible destin pour moi.

— Vraiment ? Je le regardai bouche bée, incrédule. Pourquoi promettrais-tu une chose pareille ? Je ne t'ai rien demandé d'aussi dramatique.

Il n'avait pas besoin de mourir pour quelque chose d'aussi insignifiant qu'un baiser.

Mais ce serait un baiser *non sollicité*, me rappelai-je. Ça faisait une différence, non ?

— Je ne peux pas te *faire* me faire confiance, expliqua-t-il. Mais je peux t'aider à ne plus avoir peur quand tu es avec moi.

— Je n'ai pas peur. Je...

Mais j'*avais* peur. C'était impossible de ne pas l'être après tout ce dont j'avais été témoin. Elex était un étranger d'un autre monde, et il possédait des pouvoirs terrifiants. Je me sentais méfiante, inquiète et mal à l'aise. Et j'avais parfaitement le droit de me sentir ainsi à ses côtés.

— Détends-toi, Amber. Il enroula à nouveau ses deux bras autour de moi, me tenant simplement contre lui. Repose-toi et profite du vol. Tant que nous sommes là-haut, tu n'as à t'inquiéter de rien.

Je posai prudemment ma tête sur son épaule, réfléchissant aux promesses qu'il avait faites. Il avait promis de ne pas me laisser tomber. C'était bien. Cela signifiait qu'il avait confiance en sa capacité à me tenir.

Il avait promis de ne pas m'embrasser... Mais quelle était la valeur de cette promesse ?

Il y avait des choses bien pires que d'embrasser. Et toutes pouvaient être commises sans le moindre baiser.

Cependant, ses excuses précédentes semblaient sincères. Il regrettait de m'avoir effrayée et d'avoir mérité ce coup de pied dans les parties. Il prêtait aussi attention à mes sentiments, ce qui était plus important pour moi que sa promesse.

— Merci, dis-je doucement.

Ma position dans ses bras semblait un peu plus confortable. Il fredonna doucement, caressant mon dos d'un mouvement apaisant.

— Juste pour être clair, dit-il de façon inattendue. Ma promesse de ne pas embrasser ne s'applique qu'à moi.

— Que veux-tu dire ? Je relevai la tête.

— Je veux dire que si *tu* as un jour envie de m'embrasser, tu peux le faire à tout moment.

J'exhalai un rire.

— Qu'est-ce qui te fait croire que je prendrais ce risque ? Pourquoi même le mentionner ?

— Sans raison. Il haussa les épaules avec un sourire désinvolte. Je voulais juste que tu saches que tu as ma permission totale et sans restriction de m'embrasser, me faire des bisous, des smacks et des petites morsures sur n'importe quelle partie de mon corps.

Maintenant, je ris franchement.

— *Des smacks et des petites morsures*, hein ? C'est ce qui te plaît ?

— Pourquoi pas ? Il me fit un clin d'œil, flirtant ouvertement avec moi maintenant. J'irais même jusqu'à permettre une ou deux morsures occasionnelles si c'est ton truc.

— Merci, mais je vais passer, réussis-je à articuler à travers mon rire. Oh, Elex. C'était un moment si profond, et tu l'as gâché avec tes « bisous et morsures ».

— Vraiment ? Il haussa un sourcil avec une lueur d'amusement dans les yeux.

Il savait qu'il n'avait rien gâché. Il l'avait juste rendu meilleur. Le rire avait fait fondre le givre persistant d'appréhension en moi. Les aiguilles de tension avaient disparu.

Je reposai confortablement ma tête sur son épaule.

— Merci, répétai-je.

Et cette fois, je le pensais sans la moindre réserve.

Huit

AMBER

Même si j'étais portée par une gargouille au-dessus du sol, je réussis à reprendre un peu mes esprits et à évaluer la situation.

Mon sac de sport avait disparu. Je n'avais plus ni passeport ni vêtements de rechange. Heureusement, j'avais glissé mon portefeuille dans la poche avant de mon sweat à capuche après avoir acheté notre petit déjeuner au café, et il s'y trouvait toujours, avec mon téléphone portable. Le portefeuille contenait tout mon argent restant et mon permis de conduire. Mais ce n'était pas grand-chose. Nous avions besoin d'un plan.

— Où sommes-nous maintenant ? Je risquai un coup d'œil vers le bas mais je ne voyais rien à travers l'épaisse couverture nuageuse sous nous.

— Nous survolons une masse terrestre pour le moment, dit Elex. Mais il y a une grande étendue d'eau juste devant. Nous devrions l'atteindre d'ici le coucher du soleil.

— Comment peux-tu la voir ? Je ne voyais rien d'autre que des nuages blanc-gris s'étendant d'un horizon à l'autre.

— Je ne la *vois* pas, pas avec mes yeux en tout cas. Mais les gargouilles ont un sens de l'orientation supérieur. Nous sommes inégalés en matière de navigation. Je peux *sentir* le sol en dessous.

Je connaissais si peu cet homme qui, littéralement, tenait ma vie entre ses mains en ce moment.

— Dis-moi, Elex, tu peux être une statue, un dragon... En quoi d'autre peux-tu te transformer ?

Il sourit.

— En quoi d'autre voudrais-tu que je me transforme ?

— Oh, mon Dieu, je ne sais pas. Honnêtement, à ce stade, si tu me disais que tu pouvais te transformer en violon et jouer *The Devil Went Down to Georgia*, je te croirais.

Plus rien ne me semblait impossible avec lui désormais.

Qu'il connaisse ou non la chanson que j'avais mentionnée, il rit à mes paroles.

— Mon peuple se métamorphose en dragons à volonté et se transforme en pierre au coucher du soleil. C'est tout.

— *C'est tout ?* Je pouffai de rire. Rien de bien extraordinaire, vraiment.

— Pas d'où je viens. Il jeta un coup d'œil vers le bas, scrutant la couverture nuageuse. Je vais rester sous cette forme pour l'instant, puisqu'elle est plus petite que mon dragon et plus difficile à détecter ici en hauteur.

J'étais contente qu'il y ait pensé. Le carnage qu'il avait causé à la gare avait dû attirer beaucoup d'attention. La police était peut-être déjà à nos trousses, voire Interpol.

L'inquiétude me rongeait, provoquant de l'anxiété. J'avais eu de la chance d'échapper aux autorités jusqu'à présent. Mais si ma chance était sur le point de s'épuiser ?

Il y avait eu des gens autour du quai de la gare. Beaucoup avaient des téléphones portables. Si certains avaient réussi à prendre des photos ou à faire des vidéos, mon visage pouvait être visible. Je n'avais rien fait d'illégal aujourd'hui. Mais m'envoler avec le dragon qui avait incendié toute une gare ferait sûrement que la police voudrait me poser quelques questions. Et il n'y avait pas une seule réponse que je souhaitais leur donner. Pas même mon nom.

D'une certaine façon, les objectifs d'Elex et les miens s'alignaient. Nous avions tous les deux besoin d'être de l'autre côté de l'Atlantique, aux États-Unis. Cependant, prendre l'avion était hors de question pour l'un comme pour l'autre.

Je glissai mon regard au-delà de ses épaules, là où ses ailes travaillaient sans relâche.

— Tu étais sérieux quand tu as dit que tu pouvais nous faire voler jusqu'au portail d'ici ?

— Absolument, répondit-il avec assurance.

— Combien de temps cela te prendra-t-il ?

— Cela dépend de plusieurs choses. L'une d'elles est, combien d'arrêts ferons-nous ?

— Et si nous ne nous arrêtions pas du tout ?

Il secoua la tête.

— Ce n'est pas réaliste.

Je me mordis la lèvre pour m'empêcher de rire.

Réaliste ?

Il n'y avait rien de réaliste dans cette situation. Tout réalisme avait disparu au moment où une statue avait pris vie et avait jailli d'une caisse en bois.

Elex restait sérieux, cependant.

— Tu sais que je vais devoir m'arrêter pour la nuit.

— C'est vrai. Nous ne voudrions pas que le coucher du soleil le surprenne en plein vol. Je n'avais aucune envie de dégringoler du ciel, piégée dans les bras de pierre d'une statue.

Il continua :

— Finalement, nous allons aussi devoir te trouver de la nourriture et de l'eau.

Je haussai les épaules pour balayer cette préoccupation.

— Ça ne me dérange pas de me passer d'un repas ou deux. Je peux gérer la faim. Ce ne serait pas la première fois.

— Non. Il semblait catégorique. — La faim est une sensation tortueuse. Je ne veux pas que tu *gères* quoi que ce soit de ce genre.

— Et toi ? N'as-tu pas besoin de manger aussi ?

— Les fae peuvent rester sans nourriture pendant très long-temps. Cela ne signifie pas que nous aimons avoir faim. Vers midi, je m'arrêterai pour chercher de la nourriture et de l'eau. Nous devrons juste trouver l'endroit le plus sûr pour le faire.

J'avais un peu d'argent, à la fois en dollars et en euros. Comme il n'était pas nécessaire de s'inquiéter des billets d'avion, j'avais largement de quoi payer le dîner et l'hébergement pour la nuit.

— Jusqu'où peux-tu nous emmener aujourd'hui avant le coucher du soleil ? demandai-je.

— Avec un bref arrêt pour le déjeuner, au-delà de cette grande île après le détroit.

— Tu veux dire les îles britanniques ?

— Si tu le dis. Bien sûr, il n'avait aucun moyen de connaître les noms des lieux.

— Ne dépassons pas ces grandes îles ce soir. Il vaut mieux s'ar-rêter en Angleterre ou en Écosse, puis continuer au-dessus de l'océan Atlantique demain.

Je préférais passer la nuit dans une charmante auberge de campagne plutôt que sur une île inhabitée quelque part au milieu de l'océan. Je ne me transformais pas en pierre la nuit. En tant qu'humaine, j'appréciais le confort d'un lit pour dormir.

— Peux-tu traverser tout l'océan Atlantique en une seule journée demain ?

— Pourquoi pas ? Il haussa les épaules.

Je pensai à la carte que j'avais vue sur l'écran de l'avion lors de mon vol vers Munich et à l'itinéraire que j'avais parcouru d'At-lanta à l'Europe.

— Aussi, essaie de passer les deux grandes îles par le côté nord. D'accord ? C'est le chemin le plus court. Je me rappelai mentale-ment de vérifier cela quand nous nous arrêterions pour déjeuner.

L'air et les nuages défilaient autour de nous, mais la vitesse ne *semblait* pas si rapide. Du moins, pas aussi rapide qu'elle aurait dû l'être si nous devions voler presque à travers tout le continent européen en moins d'une journée, puis traverser tout l'océan

Atlantique le jour suivant. Nous étions suffisamment haut au-dessus du sol pour que je gèle ou que je lutte pour respirer, mais à part mes membres engourdis à force de m'accrocher si fermement à Elex, je me sentais au chaud et à l'aise dans ses bras.

— À quelle vitesse volons-nous ? demandai-je.

— Assez vite, répondit-il évasivement.

— Ça n'en donne pas l'impression.

— Ma vitesse ne vient pas uniquement du mouvement mécanique de mes ailes, expliqua-t-il.

— Oh, laisse-moi deviner. La magie, c'est ça ?

— C'est ça. Je sentis un sourire dans sa voix.

— Je peux aussi plier l'espace si j'ai besoin de voyager plus vite.

— Que veux-tu dire par là ?

— Je peux replier la distance que nous devons parcourir. Ainsi, notre point actuel deviendrait notre destination.

— Donc nous y serions déjà ? Je me redressai, intéressée.

Il ne semblait cependant pas partager mon enthousiasme.

— Les plus grandes distances exigent un effort plus important, ce qui pèse sur le corps. Donc si ça ne te dérange pas, je ne l'utiliserai que s'il n'y a pas d'autre option. Tant que tu es à l'aise comme nous sommes... Il fit une pause comme s'il considérait quelque chose. Es-tu à l'aise, Amber ?

Il fit rouler une épaule en arrière, puis s'étira, son cou pris dans l'étau de mes bras.

— Oui. Ça va. Je fis un effort pour détendre un peu mes muscles, lui donnant un peu d'espace pour respirer.

Néanmoins, quoi qu'il arrive, nous restions proches. C'était inévitable dans cette situation. Le vent ébouriffait ses cheveux épais et ondulés. Nos têtes étaient si proches que mes mèches cuivrées s'emmêlaient avec ses cheveux brun acajou. L'air était frais ici, même froid. Mais la chaleur de son corps m'enveloppait comme une couverture.

Je pressai ma paume contre l'arrière de son épaule. C'était comme toucher une fournaise.

— Tu es brûlant.

Il me fit un sourire arrogant.

— Merci. On me l'a déjà dit.

— Je parle de ta température corporelle, pas de ton apparence.
Je roulai des yeux.

Il continuait à sourire, sachant évidemment exactement ce
que j'avais voulu dire. Au moins dans ce cas, sa confiance était
bien fondée. Il ne manquait certainement pas d'atouts dans le
département du physique avantageux.

— Les gargouilles peuvent réguler leur température corporelle, expliqua-t-il. Nous avons du feu dans nos veines.

Il le dit si naturellement que je dus clarifier :

— Comme… littéralement ?

— Hmm. Il hocha la tête.

Il avait craché du feu sous sa forme de dragon. La flamme
devait bien venir de quelque part. Apparemment, elle venait de ses
veines.

— Peux-tu m'en dire plus sur ton monde, Elex ? Sur ton
peuple ?

— Qu'est-ce que tu veux savoir exactement ?

N'importe quoi. Je n'allais jamais visiter Dakath. Mais maintenant que je savais qu'il existait, je voulais en avoir une image plus
claire dans mon esprit.

— Où vis-tu ? Avez-vous des maisons ?

— Oui. Le château de mon père est sculpté dans le sommet
d'une montagne, tout comme de nombreuses habitations dans les
montagnes. Les gens dans les vallées construisent leurs maisons à
partir de dalles de granit et de pierres de rivière.

— Vous n'avez probablement même pas de chambres, n'est-ce
pas ? Utilisez-vous des lits ?

— Nous avons des lits. Il sourit avec un regard espiègle. Nous
ne les utilisons simplement pas pour dormir.

— Oh… Mes joues se réchauffèrent, et pas à cause de la
chaleur de *son* corps mais de la mienne.

— Habituellement, nous passons la nuit sur des perchoirs à l'extérieur des murs du château, expliqua-t-il avec un léger rire devant ma réaction. Ce sont des poutres de pierre épaisses, sculptées à même la montagne. Elles ne sont pas facilement accessibles aux étrangers, ce qui les rend plus sûres. Mais nous avons aussi des perchoirs à l'intérieur. Ils ressemblent à vos lits et sont utilisés pour se reposer pendant la journée ou s'allonger pendant les festins de célébration. Et oui, ils peuvent aussi être utilisés pour ce à quoi tu pensais. Bien que les gargouilles s'accouplent souvent dans le ciel, en volant.

— Ce n'est pas ce que je... Comment sais-tu ce que j'avais en tête, d'ailleurs ? Je me détournai de lui, essayant de cacher mon embarras. La proximité étroite et intime avec lui me réchauffait de l'intérieur.

Il caressa ma pommette du dos de ses doigts.

— Oh, Amber. J'ai vécu assez longtemps pour savoir reconnaître cette couleur sur le visage d'une femme.

Ses lèvres s'entrouvrirent légèrement, comme une invitation. Il avait des lèvres si attirantes, pleines et élégamment dessinées, de la plus chaude teinte brun-rouge. Mais il ne pouvait pas m'embrasser sans rompre sa promesse. Si je voulais encore le goûter, je devais le faire moi-même.

Je cherchai désespérément quelque chose à dire qui détournerait mon esprit de sa bouche. Il avait dit qu'il avait vécu assez longtemps, mais je ne savais toujours pas combien de temps exactement.

— Quel âge as-tu, Elex ?

— Cent treize ans.

— Wow. Je le dévisageai. Tu ne parais pas avoir plus d'un quart de cet âge.

Il me fit un sourire insouciant.

— Et je n'aurai pas l'air plus vieux que maintenant pour les trois siècles et demi à venir environ. La durée de vie d'un fae est d'environ cinq cents ans.

— Une longue vie avec une jeunesse presque aussi longue ? Pas mal. J'essayais d'assimiler l'existence d'une espèce entièrement nouvelle, si différente de tout ce que je connaissais. Parle-moi de ta famille. As-tu des frères ou des sœurs ?

Je réalisai que c'était une mauvaise chose à aborder dès que les mots quittèrent ma bouche. Il y avait de fortes chances que tous ceux qu'il connaissait et aimait soient soit morts, soit pas encore nés quand il reviendrait.

Son sourire avait disparu, et je me blâmais intérieurement de ne pas avoir réfléchi avant de poser cette question.

— J'ai un frère cadet. *J'avais* ou *j'aurai*. Selon l'époque où j'atterrirai quand je rentrerai.

— Désolée. C'était insensible de ma part de demander, murmurai-je.

— Ce n'est pas grave. Il me caressa le dos à nouveau, comme si c'était moi qui avais besoin d'être réconfortée. J'ai eu assez de temps pour réfléchir à tout cela, Amber. J'ai accepté le fait que je ne reverrai peut-être jamais ma famille vivante. Ils me pleureront, mais la vie continuera sans moi. Mon frère deviendra le prochain roi. Le royaume sera entre de bonnes mains sous son règne. Tout ce que je veux maintenant, c'est revoir les montagnes noires de Dakath.

— J'espère que tu les reverras. J'espère que tu les reverras bientôt. Je le souhaitais pour lui de tout mon cœur.

Il regarda au-delà de moi, fixant l'horizon pendant quelques instants. Sa voix semblait rêveuse quand il reprit la parole.

— Les montagnes sont magnifiques en hiver, Amber. La neige scintille au soleil comme des diamants. Au printemps, les coquelicots des neiges fleurissent. Des couvertures cramoisies recouvrent le flanc de la montagne, donnant l'impression que le coucher du soleil s'est déversé du ciel sur le sol.

— Ça a l'air vraiment splendide. J'adorais écouter sa voix. Profonde, avec un doux grondement, elle semblait apaisante, tissant des récits sur une terre lointaine dont j'ignorais l'existence avant aujourd'hui.

— Les habitants de Dakath se méfient des étrangers, pour des raisons évidentes, continua-t-il. Aussi forts que nous soyons pendant la journée, nous sommes vulnérables la nuit. Quand nous avions des visiteurs d'autres royaumes, mon père plaçait des dragons-gardes devant leurs fenêtres et leurs portes. Même si les visiteurs se réveillaient la nuit, les dragons de pierre les empêchaient d'ouvrir les portes ou les fenêtres, les empêchant ainsi de se promener dans le château pendant la nuit.

— Intelligent, convins-je. J'aimerais être un dragon aussi. La capacité de cracher du feu sur quiconque me contrarie pourrait être bien utile.

— Seules les gargouilles mâles se transforment en dragons, ont des ailes et crachent du feu. Nos femmes ne peuvent pas voler.

— Comme c'est injuste. Mais aussi, assez typique. Je ricanai, le faisant rire.

— Les hommes gargouilles ne considèrent pas leur force comme un avantage mais comme une responsabilité. À Dakath, les femmes sont chéries et protégées. Elles sont nos guérisseuses et les gardiennes du foyer.

La révérence dans sa voix et la chaleur dans son expression prouvaient qu'il disait la vérité. Ou du moins, il croyait que c'était la vérité.

— Est-ce que les gargouilles tombent amoureuses et se marient ? Pourquoi avais-je demandé cela ? Je n'avais aucune envie de discuter d'amour avec lui.

Mais il répondait déjà :

— Les mariages sont généralement une affaire d'État, surtout dans la famille royale. Il n'y a pas beaucoup de place pour l'amour, vraiment.

— Donc une mariée pour un prince serait sélectionnée par l'État ?

— C'est exact. Le roi et le Conseil Royal auraient plus leur mot à dire sur cette question que les sentiments que le couple pourrait avoir l'un pour l'autre. À l'époque où les *bracks* m'ont capturé, je n'avais pas de fiancée sélectionnée. Mais la recherche durait depuis des décennies.

— Pourquoi si longtemps ? Ça ne peut pas être *si* difficile de trouver une femme prête à t'épouser. Je ne pus résister à un regard vers son beau visage et je fus accueillie par l'un de ses sourires confiants. Ou es-tu juste trop difficile ?

— La sélection d'une union royale est toujours un processus long et minutieux. La mariée doit venir d'une vieille famille noble avec une magie puissante, généralement l'une des seize familles des Hauts Seigneurs. Mais la magie propre à la femme est encore plus importante que celle de sa lignée. Il y a eu des cas où des filles de seigneurs inférieurs sont devenues reines parce que la magie s'était manifestée en elles le plus fortement.

— Donc tout tourne autour de la magie ? On dirait une sorte de sélection génétique dans le but de créer un surhumain... euh, un super fae, dans son cas.

— Oui. La magie, c'est le pouvoir.

— L'amour a-t-il une quelconque signification à Dakath ?

— Pas dans la maison royale ou celle des Hauts Seigneurs. Il secoua la tête. À moins qu'on ait la chance de trouver son âme sœur, ce qui est extrêmement rare. Quand cela se produit, cependant, l'amour lié est plus puissant que n'importe quelle magie.

C'était peut-être plus facile ainsi ? Les sentiments romantiques étaient soit prédéterminés par un lien magique, soit régulés par un mariage arrangé.

Les faes avaient raison. C'était beaucoup plus simple. L'amour humain était souvent une affaire si compliquée.

Neuf

AMBER

Comme prévu, nous nous arrêtâmes à midi. Elex descendit lentement, utilisant les nuages pour se dissimuler et sélectionner un endroit peu peuplé pour atterrir.

— Prête ? demanda-t-il.

Je hochai la tête, ajustant ma prise sur lui.

— Nous devrons faire vite, dit-il. Moins de risques que quelqu'un nous remarque.

Repliant ses ailes, il plongea du ciel en chute libre.

L'air nous frôla à toute vitesse, me coupant le souffle. J'inspirai profondément mais sans pouvoir expirer. Enfouissant mon visage contre son épaule, je m'étais préparée à ce qui semblait être un impact inévitablement brutal avec le sol. Mais avec un claquement sec de cuir, ses ailes se déployèrent. Et il atterrit doucement sur ses deux pieds.

Nous étions entourés d'arbres. Elex avait atterri dans une forêt ou un parc, à l'abri des regards.

— Tu peux te tenir debout ? demanda-t-il, me déposant délicatement au sol.

Mes jambes vacillaient après avoir été maintenues dans la même position pendant des heures. Elex me soutenait, les mains sur ma taille. Je m'étais agrippée à ses épaules, secouant l'engourdissement de mes jambes pour faire circuler le sang.

— Je crois que ça va. Je reculai d'un pas et... je me retrouvai face à sa splendeur complètement nue.

Sa nudité avait été bien plus facile à ignorer quand je ne la voyais pas, pressée contre sa poitrine dans les airs. Maintenant, elle me fixait littéralement en face. Épais, long et dur.

— Euh... Je sentis mes joues s'échauffer à nouveau, mais cette fois, la chaleur se propagea beaucoup plus bas dans mon corps.

Elex haussa les épaules, visiblement indifférent à des détails aussi triviaux que la pudeur ou la mortification.

— Je n'ai pas touché de femme depuis des années. Et j'ai passé les dernières heures à te tenir contre moi. Il désigna tranquillement son imposante érection. *Ça*, c'était inévitable.

— D'accord. Eh bien... Je me frottai le front. Nous devrions te trouver des vêtements dès que possible. Tu sais où nous sommes ?

— Il semble y avoir une ville par là. Il agita sa main vers la droite, puis se dirigea dans cette direction.

— Elex. Je me précipitai derrière lui. Tu dois rester ici. Au moins jusqu'à ce que je te trouve un pantalon. D'accord ?

Ses ailes disparurent dans son dos. Mais même sans elles, il présentait toujours un spectacle impressionnant, complètement nu, avec son excitation évidente bien visible.

— Nous serons très probablement arrêtés dès que tu entreras dans la ville comme ça... Je pointai vers sa haute silhouette nue.

Il baissa les yeux sur son corps, s'attardant sur son érection furieuse qui semblait le "fixer" directement en retour.

— Que suggères-tu que nous fassions à ce sujet ? La note espiègle dans sa voix laissait entendre qu'il pourrait avoir sa propre suggestion.

Il me regarda, un long sourcil arqué dans une expression malicieuse.

— Je te suggère de rester ici et... Je détournai mon regard de lui. Eh bien, de prendre l'affaire en main. Mais s'il te plaît, ne te fais pas prendre. Nous n'avons vraiment pas besoin de problèmes avec la police maintenant. Pendant ce temps, j'irai en ville nous chercher de la nourriture et, avec un peu de chance, des vêtements pour toi.

Je me tournai pour partir.

— Amber... Même en lui tournant le dos, je sentis son mouvement. C'était comme si l'air se déplaçait autour de moi tandis que la chaleur et l'odeur de son corps se rapprochaient.

Je me figeai quand il posa une main sur mon épaule. Il avait maintenant ma permission de me toucher comme il le souhaitait. C'était imprudent de la lui avoir donnée. En même temps, je ne voulais pas la révoquer non plus. Je me sentais piégée entre ce que je devais faire et ce que je voulais faire.

Il serra doucement mon épaule, restant derrière moi.

— Sois prudente. S'il te plaît.

Je relâchai un souffle, me sentant à la fois soulagée et déçue qu'il n'ait touché que mon épaule.

— Je le serai, promis-je.

Sans regarder en arrière, je me hâtai sur le chemin vers la ville.

À en juger par la langue française parlée dans la première boutique où j'étais entrée, nous avions atterri en France. Ça pouvait aussi être la Belgique. Mais comme Elex visait à passer au nord des îles britanniques, je supposai que la Suisse restait loin au sud d'ici.

Quoi qu'il en soit, je n'essayai pas de demander dans quel pays nous étions. Je ne voulais pas éveiller de soupçons ni laisser des souvenirs durables de ma présence ici.

Passant de magasin en magasin sur la rue principale, j'achetai un sac à dos pas cher, puis je le remplis de quelques en-cas et provisions. Dans un magasin de vêtements, je trouvai un pantalon de survêtement gris et un grand t-shirt rouge foncé pour Elex. Ils avaient des t-shirts de toutes les couleurs, mais cette riche teinte grenat lui allait le mieux, à mon avis.

Je ne risquai pas d'acheter des chaussures pour lui. Sans l'avoir ici pour les essayer, je craignais de me tromper de taille ou de prendre un style inconfortable.

Quand je revins dans les bois à la périphérie de la ville, je trouvai Elex qui se détendait sous un arbre. Il me sourit en se levant.

— Tu es revenue.

— Tu t'es reposé ? Je ne pus m'empêcher de jeter un coup d'œil à son entrejambe.

Il paraissait *détendu* là aussi, maintenant. Je refusai de penser à comment cet état avait été atteint. La dernière chose dont j'avais besoin était l'image d'Elex se touchant sous un arbre dans la campagne française, sa tête renversée en arrière, sa bouche entrouverte dans l'extase tandis que sa main pompait le long de cette dureté veineuse...

Merde, je n'avais pas besoin de cette image dans ma tête. Pas du tout... Pas quand il venait vers moi, posant ses mains sur mes épaules, et m'attirant plus près.

— C'est bon de te revoir saine et sauve, murmura-t-il. Comment ça s'est passé ?

— Euh... En ville, tu veux dire ? Je reculai d'un ou deux centimètres, même si tout en moi me suppliait de me rapprocher.

Une partie de moi souhaitait qu'il soit resté un connard obsédé par le désir. C'était si facile de résister à un connard – j'avais beaucoup d'expérience en la matière. Mais j'avais peu d'expérience quand il s'agissait de gentillesse. Ses mots aimables et le regard chaleureux dans ses yeux étaient si difficiles à repousser. Ils m'attiraient.

J'éclaircis ma gorge, m'ancrant sur place pour maintenir la distance entre nous.

— Bien. Tout est bien. J'ai trouvé de la nourriture pour nous. Et des vêtements pour toi.

Des vêtements. Il avait besoin de se couvrir, bordel. IMMÉ-DIATEMENT.

— Tiens. Je sortis d'un coup le pantalon de survêtement du sac à dos. J'espère qu'il t'ira.

Il fronça le nez, examinant le vêtement informe avant de toucher le tissu.

— C'est doux.

— Et chaud. Je hochai la tête. Et élastique, avec de la place pour s'étirer. Tu n'es pas exactement de la taille humaine moyenne, tu sais.

Il remonta le pantalon le long de ses jambes musclées, puis enfila le t-shirt par-dessus sa tête.

— Comment est-ce que ça me va ? demanda-t-il, incertain, en lissant le t-shirt de ses mains.

Ça ne devrait pas avoir d'importance. J'avais acheté ces vêtements pour leur fonctionnalité, pas pour leur style ou leur apparence. Mais, bon sang, le pantalon de survêtement pendait si agréablement bas sur ses hanches fines et le t-shirt s'étirait si joliment sur sa poitrine et autour de ses biceps, je ne pouvais m'empêcher de l'admirer. J'avais bien choisi. La couleur rouge lui allait parfaitement.

— Superbe, dis-je, visant le sarcasme mais échouant. Une appréciation sincère filtrait dans ma voix. Tu es magnifique, Elex. Tu l'es toujours.

— Merci. Il me fit un grand sourire. Pour les vêtements et pour le compliment.

— D'accord. Bon... Tu as faim ? Je me laissai tomber au sol près de l'arbre sous lequel il s'était reposé, puis je cherchai dans mon sac à dos les sandwichs à la charcuterie et l'eau en bouteille que j'avais achetés.

— Mange d'abord, dit-il, prenant place à côté de moi, trop près pour mon confort. Je peux tenir longtemps sans nourriture.

— Ça ne veut pas dire que tu n'as pas faim, comme tu l'as dit. Tiens. Je fourrai un sandwich dans ses mains. J'en ai acheté assez pour nous deux. Pas besoin de rationner.

— Merci. Il déballa la focaccia au fromage et au salami, puis prit une bouchée. C'est bon. Ses sourcils se levèrent de surprise.

— Tu ne t'attendais pas à ça ?

— Quand il s'agit du monde humain, j'ai appris à ne rien attendre du tout. Rien n'est cohérent ici.

— Depuis combien de temps exactement es-tu ici ?

Il plissa le front en concentration.

— Plus d'une décennie, au moins.

La bouchée de mon sandwich se coinça dans ma gorge.

— Si longtemps ? Tu étais dans la ménagerie tout ce temps ? Une statue ?

— Oui. Ghata m'a laissé me transformer une fois, le jour après que les *bracks* m'aient livré à elle, pour me dire les conditions de mon travail pour elle.

Mais il n'avait jamais accepté ses conditions, choisissant plutôt de passer des années comme pierre.

Je pensai à ce que cela avait dû être. Figé comme un rocher, pendant plus de dix ans. Complètement immobile. Entendant et voyant tout autour de lui mais incapable d'exprimer la moindre réaction.

Comment n'avait-il pas perdu la raison ?

Il finit son sandwich et but de l'eau, regardant droit devant lui.

— C'était une torture de ne pas pouvoir se transformer. Contre-nature. Aucune gargouille que je connaisse n'a jamais passé autant de temps sous forme de pierre. Nous sommes des êtres vivants, destinés à bouger, voler, toucher... Il caressa l'herbe flétrie sous l'arbre, passant ses doigts à travers les fines tiges, puis pointa vers la bague en forme de lézard sur mon doigt. Peu importe la valeur inestimable de cette pierre, Amber, je crains que ma dette envers toi pour m'avoir libéré ne puisse jamais être remboursée.

Le libérer était la bonne chose à faire, la seule chose à faire. Je me sentais mal d'avoir pris un quelconque paiement pour cela. Si l'argent n'avait pas été pour moi une question de vie ou de mort, je n'aurais jamais accepté la bague.

— Je n'ai pas fait grand-chose, marmonnai-je, tournant ma

main pour cacher la bague, non pas parce que j'avais peur qu'Elex la reprenne, mais à cause de la culpabilité que je ressentais encore en la regardant. J'ai juste éteint la fumée.

— Tu m'as libéré de cet endroit.

— Je t'ai *volé*, Elex, dis-je, avec un rire autodérisoire. Pour te vendre. Pour de l'argent. S'il te plaît, ne fais pas passer ça pour quelque chose de noble ou de gentil. Ce n'était rien de tout ça.

— Peut-être qu'au début, ça ne l'était pas, argumenta-t-il. Mais tu n'avais aucune idée de ce à quoi tu avais affaire, n'est-ce pas ? Il se pencha vers moi, me fixant droit dans les yeux. Tu m'as éloigné de Ghata. Tu m'as aidé à redevenir *moi-même*. Tu me ramènes chez moi. Ne minimise pas tes actions, Amber, ni ce qu'elles signifient pour moi.

J'aurais pu argumenter que c'était *lui* qui me ramenait chez moi, pas l'inverse. Mais je retins ma langue. Je n'étais pas une héroïne, mais l'appréciation dans ses yeux me faisait me sentir comme telle. C'était agréable de penser que j'avais fait quelque chose de significatif. Son admiration me faisait me sentir mieux à propos de moi-même. Elle me donnait envie d'*être* la personne qu'il admirait.

Il se pencha vers moi, et je n'ai pas reculé même quand il était si proche que nos souffles se mêlaient.

— C'était un plaisir... ai-je murmuré, ... de te libérer.

Fidèle à sa promesse, il ne pouvait pas s'approcher davantage. S'il touchait mes lèvres avec les siennes, il mourrait.

Alors je le fis pour lui.

Je franchis cette minuscule distance qui nous séparait. Au moment où ma bouche se posa sur la sienne, mes défenses volèrent en éclats comme du verre avec une explosion d'émotion. Elle inonda ma poitrine, se répandant dans le reste de mon corps en une vague chaude et épaisse.

J'entrouvris mes lèvres, l'invitant à prendre tout ce qu'il voulait. Mais il s'attarda, ne bougeant pas du tout. Si je voulais qu'il m'embrasse en retour, je devais le lui demander. Je devais le libérer de sa promesse.

Je n'avais pas réfléchi, j'avais simplement *senti* que j'étais prête à le faire.

— Embrasse-moi, Elex, murmurai-je contre ses lèvres.

Il n'eut pas besoin qu'on le lui dise deux fois. Immédiatement, ses lèvres capturèrent les miennes.

Je m'attendais presque à ce qu'il me roule dans l'herbe et me ravage, affamé de contact comme il l'était. Mais il se retint. Le léger passage de sa langue était hésitant, exploratoire. Il semblait savourer le baiser, chaque petit moment. Il prenait son temps, explorant ce qu'il avait, sans se précipiter pour conquérir davantage.

Mon anxiété s'apaisa, guidée par la douce sensation de sa caresse délicate et tranquille. D'une certaine façon, c'était encore plus intense. Il me faisait ressentir non seulement avec mon corps mais avec tout mon être. Des émotions que je n'avais jamais éprouvées auparavant – que je ne savais même pas qu'elles existaient – me submergèrent. J'avais besoin de plus – de son admiration, de son affection, de sa vénération.

Personne ne m'avait fait me sentir comme ça avant. Et je craignais que personne ne le fasse jamais après lui.

Serrant mes poings dans l'herbe, je me reculai.

Il croisa mon regard. Des étincelles de désir dansaient dans l'obscurité impossible de ses pupilles. Je baissai promptement les paupières, effrayée de fixer l'abîme qui m'attirait.

— Euh, c'était... commençai-je, trébuchant sur mes mots.

— Merveilleux, terminant la phrase pour moi. C'est simplement merveilleux de *ressentir* à nouveau.

Il caressa ma lèvre inférieure du bout de son pouce. Le désir brûlant dans ses yeux se calma pour devenir une lueur mélancolique.

Peut-être que c'était tout ce que c'était pour lui ? Après les années passées dans un état proche de la mort, Elex redécouvrait le monde qui l'entourait. Pour l'instant, je me trouvais simplement faire partie de ce monde pour lui.

Il sourit, déposant un rapide baiser sur le bout de mon nez.

— Nous devrions y aller. Il ne reste que quelques heures avant le coucher du soleil. Et j'aurai encore besoin de temps pour trouver un hébergement convenable pour la nuit pour toi.

Je rangeai l'eau et les fruits restants dans le sac à dos, puis je sortis mon téléphone.

— Ils ont une connexion Internet correcte en ville. Je veux te montrer les images de l'itinéraire que nous devons suivre et l'emplacement de notre destination.

J'avais pris des captures d'écran de la vue satellite en ville, pensant que ce serait plus utile pour lui qu'une carte routière.

Elex étudia les images pendant quelques instants, puis me rendit le téléphone. Ensuite, il enleva son t-shirt et me le tendis.

— Les ailes le déchireraient, expliqua-t-il.

— Oh, c'est vrai. J'avais oublié. Les choses auxquelles je dois penser quand je voyage avec une gargouille, je suppose.

Je rangeai le t-shirt dans le sac à dos aussi, puis je le balançai sur mon dos. C'était à moi de le porter à cause de ses ailes. Bien que, bien sûr, il me porterait, moi.

— Prête ? Il ouvrit ses bras avec un sourire invitant.

Je ne pus retenir un sourire en retour, secouant la tête. C'était le mode de transport le plus bizarre que j'aie jamais utilisé. Mais ça ne me dérangeait pas le moins du monde.

— Je suis prête. J'entrai dans ses bras, et il les serra étroitement autour de moi une fois de plus – mieux que n'importe quel harnais de sécurité.

Avec un bruissement, ses ailes se déployèrent de son dos, comme deux voiles. J'enlaçai son cou, les regardant monter et descendre en puissants battements, attrapant le vent et nous emmenant haut au-dessus de la forêt.

Cette fois, je ne fermai pas les yeux. En regardant vers le bas, je vis le sol s'éloigner, la forêt et la ville rapetisser, se fondant dans les verts, bruns et gris environnants.

Ce n'était plus aussi effrayant d'être si haut. Elex avait promis de me garder en sécurité. Le mouvement rythmique de ses ailes, la caresse du vent qui passait, et la satisfaction de la nourriture dans mon estomac détendirent mon corps, faisant s'alourdir mes paupières.

Me blottissant contre la large poitrine d'Elex, je posai ma tête sur son épaule.

— C'est acceptable si je ferme juste les yeux une minute ou deux ? marmonnai-je, luttant contre le sommeil qui descendait sur moi.

Il appuya sa joue contre le sommet de ma tête.

— Dors, Amber. Je veille sur toi.

Je veille sur toi.

J'avais déjà été déçue par ces mots auparavant. Gravement. Mais mes yeux se fermèrent comme d'eux-mêmes, et je m'abandonnai au sommeil.

Ici, dans l'immensité du ciel, je n'avais pas d'autre choix que de faire confiance à Elex.

AMBER

Une légère secousse me réveilla. J'agitai les bras, essayant de m'accrocher à l'air. La panique me transperça.

J'étais en train de tomber !

— Chut, murmura une voix apaisante. Tu es en sécurité. Je te tiens, Amber. Je ne te laisserai pas tomber.

Les bras d'Elex m'entouraient, son étreinte toujours aussi forte tandis que ses pieds touchaient le sol. J'enfonçai mes doigts dans ses épaules, reprenant mon souffle.

— Que s'est-il passé ?

— Nous sommes arrivés.

Je regardai autour de moi. Une écume blanche et mousseuse battait férocement contre un rivage rocheux dans un fracas assourdissant. Le soleil rouge et gonflé était bas sur l'horizon. L'air était chargé de sel et d'humidité.

— Où est *ici*, exactement ? Je me frottai les yeux, mon corps refusant de s'éveiller complètement après ce sommeil profond. J'aurais aimé que nous puissions continuer à voler. Mais le coucher du soleil était visiblement proche.

— C'est une petite île, au nord-ouest de ces grandes îles que tu as appelées les îles britanniques.

C'était la meilleure explication que je pouvais espérer de lui. Elex avait peut-être d'excellentes compétences en navigation, comme il l'affirmait, mais il n'était pas un GPS pour me donner tous les noms propres et les coordonnées.

— Merci de nous avoir amenés jusqu'ici. Désolée de m'être évanouie. Je posai les pieds au sol, le lâchant.

— Tu as bien dormi. Ce n'était pas une question. Tu ronflais si fort que j'entendais à peine mes propres pensées.

— Je ne ronfle pas ! Je lui donnai une légère bourrade.

— Oh si, tu ronfles. Avec de petits grognements mignons, en plus. Je les ai à la fois entendus et sentis, juste ici. Avec un sourire taquin, il frotta l'endroit entre son cou et son épaule où ma tête s'était reposée pendant notre vol. J'avais dormi d'un sommeil profond et réparateur. J'avais dû aussi baver sur lui.

— Eh bien, me frottai-je le bras maladroitement. Ça doit être la position de sommeil – toute recroquevillée et pressée contre toi comme ça...

— Ça ne m'a pas du tout dérangé. J'étais désolé de te réveiller, mais le soleil est déjà trop bas. Il inclina le menton vers l'horizon.

Je suivis son geste des yeux.

— En effet, il l'est, n'est-ce pas ?

— J'ai vu quelques structures par là depuis les airs. Il se dirigea vers le haut de la plage. Nous passerons la nuit dans l'une d'elles.

Je me dépêchai de le suivre.

— Qu'est-ce qui te fait penser que les gens qui y vivent nous laisseront entrer ?

Il se retourna, attendant que je le rattrape, puis il prit le sac à dos de mon dos et le jeta sur son épaule.

— Je les convaincrai.

— Qui êtes-vous ? La femme devant la première maison que nous avions trouvée nous observait d'un œil suspicieux.

— Nous sommes... euh, juste de passage. Je lui adressai le sourire le plus radieux que je pouvais produire avec mes dents qui claquaient à cause du vent mordant.

C'était tellement plus confortable de voler toute la journée dans les bras d'Elex, à des centaines ou des milliers de pieds dans les airs. Ici au sol, son corps ne me réchauffant plus, les vents côtiers étaient brutaux.

La femme portait des bottes, un pantalon long et un gros pull sous une veste imperméable. Ses cheveux gris étaient attachés en chignon. Elle examina ma jupe courte, puis les pieds nus d'Elex. Je redoutais ce qu'elle pouvait penser de nous.

— Nous aimerions un hébergement pour la nuit, s'il vous plaît, déclara Elex avec un sourire éblouissant.

— Quel genre d'hébergement ? Elle posa le seau rempli de cailloux.

Au moins, nous ne lui avions pas fait assez peur pour qu'elle nous jette ces pierres à la tête. Malgré son âge avancé, la femme semblait certainement capable de se défendre.

— Nous nous demandions si vous pourriez nous recommander une auberge ou un bed-and-breakfast dans les environs ? expliquai-je rapidement. Juste pour une nuit.

— Une auberge ? Ici ? Elle me dévisagea comme si je lui avais demandé d'appeler une limousine.

La femme ne semblait pas particulièrement amicale, mais j'espérais que les apparences étaient trompeuses dans son cas. Après avoir réalisé que nous n'étions pas du coin, elle avait promptement abandonné le dialecte local pour une version de l'anglais que je comprenais beaucoup plus facilement. C'était très prévenant de sa part et un bon signe. Je m'accrochais à ce brin d'optimisme.

Elex fit un pas en avant, parlant lentement et prononçant chaque mot particulièrement clairement, comme s'il doutait des capacités de compréhension de la femme.

— Pourriez-vous avoir l'amabilité de nous indiquer la direc-

tion d'un logis, brave dame ? Une taverne ? Une maison d'hôtes ?
Un...

— Comment êtes-vous arrivés ici ? l'interrompit-elle, n'ayant
l'air impressionnée ni par l'un ni par l'autre de nous.

— Nous sommes venus en avion, lâcha Elex. Il m'adressa l'un
de ses sourires éblouissants, visiblement fier de lui pour avoir
retenu le mode de transport utilisé dans ce monde.

— Quel avion ? Son froncement de sourcils s'accentua avec
suspicion. Il n'y a pas d'avions ici. Nous avons un bateau qui vient
sur l'île deux fois par semaine. Le prochain arrivera demain si le
temps le permet.

— Il voulait dire un *petit* avion. Un *très* petit avion. J'inter-
vins, essayant de sauver la situation. Elex n'avait clairement
aucune idée de tout ce qu'impliquait le voyage aérien dans ce
monde. On pouvait supposer en toute sécurité qu'il n'y avait pas
d'aéroport sur cette minuscule île. Nous faisons partie d'une
expédition.

— Quelle expédition ?

— Nous sommes biologistes. Ici pour étudier... Je jetai un
coup d'œil aux volées de mouettes qui criaient en se disputant
quelque chose qu'elles avaient trouvé dans les vagues... les oiseaux.
Nous sommes... Je me creusai la cervelle, essayant de me rappeler
le mot que j'avais entendu une ou deux fois dans ma vie.
Orni...thologues. Nous sommes ornithologues, des scientifiques
qui étudient les oiseaux.

— Les oiseaux ? Elle regarda les mouettes par-dessus son
épaule. Qu'est-ce qu'il y a à étudier ? Elle haussa les épaules en
secouant la tête. Ces gens de la ville, marmonna-t-elle comme si
c'était une insulte. Il n'y a pas d'auberges ici, pas d'hôtels. Les gens
ne viennent pas ici à moins d'y vivre.

Mon cœur se serra de déception. Je me frottai les bras,
essayant de les réchauffer.

— Dans ce cas... Elex fit un autre pas en avant. Je tendis la
main vers son bras, craignant ce qu'il pourrait dire d'autre, mais
n'arrivai pas à l'arrêter. Dans ce cas, madame, ce serait exception-

nellement noble et généreux de votre part de partager votre demeure avec deux voyageurs fatigués. Il s'inclina gracieusement devant la femme, prenant sa main et la portant à ses lèvres. Juste pour une nuit. Nous serons partis au lever du soleil.

La femme cligna des yeux, tenant sa main devant elle même après qu'il l'eut relâchée.

— D'où venez-vous donc, mon garçon ? marmonna-t-elle finalement.

Il pencha la tête, sans jamais atténuer son sourire.

— De loin, madame. Le voyage a été périlleux et épuisant. Nous avons un besoin urgent de repos.

— Ha ! Elle se frappa la cuisse en riant, secouant la tête. Vous êtes quelque chose, vous !

Maintenant, ils riaient tous les deux, comme deux bons amis partageant une plaisanterie. Je déplaçai mon regard d'Elex à la femme, puis de nouveau vers lui, ne sachant pas si je devais me joindre à leur hilarité.

La femme nous lança un autre long regard évaluateur, mais beaucoup plus amical cette fois.

— C'est juste vous deux ?

J'acquiesçai, mes dents claquant de froid avec le mouvement.

— Nous paierons. Je sortis mon portefeuille de la poche kangourou de mon sweat à capuche. Nos frais de voyage avaient été bas jusqu'à présent. Je pouvais certainement me permettre de la payer pour l'hébergement. Euros ou dollars ?

— Je n'ai que faire des deux. Elle fit une grimace, déplaçant son regard pénétrant de moi à Elex. Vous êtes mariés, tous les deux ?

Quelque chose dans sa voix m'indiqua que « oui » serait la seule réponse acceptable à cette question.

J'acquiesçai à nouveau, évitant de regarder Elex.

Son regard se porta sur la salamandre en rubis à mon annulaire gauche. Son emplacement sembla la satisfaire.

— Eh bien, vous pouvez avoir la chambre de ma fille, alors. Il n'y a qu'un lit...

— Je n'ai pas besoin de lit, annonça joyeusement Elex.

— Il veut dire qu'un lit suffit, corrigeai-je rapidement.

La femme se dirigea vers un sentier de pierre usé menant à la porte d'entrée de la maison, nous faisant signe de la suivre.

— Ça ne me dérangeait pas non plus de me blottir quand j'étais plus jeune. Maintenant, j'ai besoin de mon espace. Elle ouvrit la porte, nous conduisant à l'intérieur. Vous avez faim ? J'ouvris la bouche pour répondre, mais apparemment c'était une question rhétorique car elle continua : Vous avez raté le dîner. J'ai déjà nettoyé la vaisselle et tout rangé. Je ne vais pas recommencer tout ça maintenant.

— Ça va, dis-je. Nous avons déjà mangé.

Il nous restait encore des fruits, du fromage et du pain dans le sac à dos. Ce serait suffisant pour dîner.

La maison était petite, avec un plafond bas. Une cheminée en pierre se dressait au milieu de la pièce principale. La femme grimpa à une échelle à côté et ouvrit bruyamment une trappe.

— C'est là-haut que vous irez. Elle redescendit. Comme je l'ai dit, ma fille dormait là-haut, mais elle est partie depuis longtemps vivre en ville. Les jeunes n'aiment pas rester là où ils sont nés, se lamenta-t-elle avec un soupir.

Je m'agrippai à l'échelle d'une main.

— Merci beaucoup de nous accueillir. Vous êtes sûre que vous ne voulez pas d'argent ?

— Non. Elle secoua la tête avec fermeté. Les dollars ou les euros n'ont pas beaucoup de valeur ici. Je n'ai nulle part où les échanger. Mais si votre homme ne voit pas d'inconvénient à mettre ses muscles au travail, j'aurais besoin d'aide pour réparer le mur de pierre derrière la maison. Avec juste mon mari et moi, ça prend une éternité.

— Oh... Je jetai un coup d'œil à Elex. Qu'en penses-tu ?

Ses yeux étaient fixés sur le soleil couchant par la fenêtre.

— Demain, dit-il.

— Nous pourrions vous aider une heure ou deux demain matin, proposai-je à notre hôte.

— C'est mieux que rien. Elle hocha la tête. Si vous vous levez assez tôt, je vous préparerai le petit déjeuner.

— Nous serons debout au lever du soleil, lui assura Elex.

— Bien. Elle s'attarda près de l'échelle. Je m'appelle Margret, au fait. Mon mari s'appelle Magnus.

— Merci, Margret. Elex déplaça son poids sur l'autre pied avec impatience.

Elle ne bougeait pas, attendant visiblement d'entendre nos noms en retour.

— Je suis Liz, mentis-je. Et voici Alex. Les chances que quelqu'un vienne sur cette minuscule île à notre recherche étaient minces, mais je n'allais pas prendre le risque en lui donnant nos vrais noms. Eh bien, nous ferions mieux de ne pas vous gêner. Sentant l'urgence d'Elex de se cacher avant que le soleil ne se soit couché, je commençai à grimper à l'échelle. Merci encore pour votre hospitalité.

— Passez une bonne nuit. Margret s'éloigna. Et essayez d'être silencieux là-haut.

— Je serai aussi immobile qu'une pierre, dit Elex d'un ton pince-sans-rire, en me suivant.

La chambre à l'étage était juste sous le toit. Les murs inclinés se rejoignaient au milieu, me permettant à peine de me tenir debout au centre même de la pièce. Elex devait se courber considérablement pour y tenir.

Une cheminée en pierre s'élevait de l'étage principal et traversait le toit vers l'extérieur. La chaleur irradiait de la pierre chauffée.

— Oh, c'est bien mieux que de dormir dehors. Je m'assis sur le lit simple recouvert d'une courtepointe près de la fenêtre ronde dans le pignon.

Elex s'assit par terre près de la cheminée. Pliant une jambe, il appuya un coude sur son genou.

— Je te verrai demain matin, Amber. Il semblait fatigué et un peu inquiet, comme s'il n'était pas sûr de ce que le matin apporterait.

Il regarda le ciel dehors. La fine tranche du soleil rétrécissait, à peine visible au-dessus de l'océan. La lueur rosée du coucher de soleil s'emmêlait parmi les nuages au-dessus.

— Elex...

Il se tourna vers moi, son éternel demi-sourire jouant aux coins de sa bouche.

La lumière cramoisie du coucher de soleil se reflétait sur sa peau qui devenait plus sombre, la couleur se fondant avec celle de ses yeux. Je m'agenouillai devant lui alors que ses vêtements semblaient fusionner avec son corps, devenant sombres comme ses yeux aussi. En une seconde, tout son être devint noir onyx. Sa peau durcit. Ses cheveux devinrent rigides. L'expression chaleureuse avec laquelle il me regardait se figea sur son visage.

En juste une seconde ou deux, l'homme vivant et respirant n'était plus qu'une statue immobile à nouveau.

Je tendis la main pour toucher sa joue. Elle était dure mais chaude, le début de barbe juste un peu plus long après cette journée.

— C'est incroyable, exhalai-je.

Que devait-il ressentir en retrouvant la forme dans laquelle il avait passé tant de temps contre sa volonté ? Avait-il peur ? Était-il inquiet ? Il avait semblé appréhensif, même un peu incertain quand il avait dit qu'il me verrait le matin.

Maintenant je savais qu'il pouvait m'entendre, même sous cette forme.

Je caressai doucement sa joue, murmurant :

— Bonne nuit, Elex. Repose-toi bien. Je te promets que je ne laisserai rien de mal t'arriver pendant ton sommeil.

Onze

AMBER

Je m'endormis rapidement mais me réveillai tôt. Après la sieste que j'avais faite hier après-midi, je ne pouvais pas dormir trop longtemps.

Il me fallut un moment pour me rappeler où j'étais et comment j'y étais arrivée. Les événements des deux derniers jours semblaient relever du rêve — voler la statue, découvrir qu'il s'agissait en réalité d'un homme, mais pas d'un homme ordinaire — un dragon. Honnêtement, ça aurait été plus simple si ce n'était qu'un rêve. Tellement plus simple.

Je m'assis, faisant grincer le lit étroit. Le ciel était gris à travers la petite fenêtre. Une pâle lumière teintait déjà les épais nuages d'une faible lueur jaunâtre.

— Elex ? appelai-je en sortant du lit. Après avoir rapidement remis mes vêtements, j'enfonçai mes pieds dans mes chaussures tout en me dirigeant vers lui.

Il était assis près de la cheminée, au même endroit où je l'avais laissé la veille. Je m'approchai et agenouillée devant lui, observant sa transformation en sens inverse.

Cela commença dans les yeux de la « statue ». La vie jaillit de la pierre. Son regard retrouva sa netteté. Ensuite, la lueur pulsa dans sa poitrine, se répandant le long de la surface lisse de la roche. Sa peau passa du noir d'encre à un brun chaleureux. La couleur rouge profond satura son t-shirt. Son pantalon devint gris.

Sa poitrine se gonfla d'un souffle, et une épaisse boucle sombre tomba sur son front, déplacée de la riche masse de ses cheveux par un mouvement imperceptible. Instinctivement, je tendis la main pour l'écarter de son visage.

— Bonjour, Elex, dis-je doucement.

Ses épaules se détendirent. Il recouvrit ma main avec la sienne, pressant ma paume contre sa joue.

— C'est le meilleur réveil que j'aie eu depuis de nombreuses années, dit-il en souriant, la lumière du soleil dansant dans son regard sombre. Ou peut-être même de toute ma vie.

Il embrassa ma main. Sa barbe naissante avait mi-piqué, mi-chatouillé ma peau. Je pouffai de rire en retirant brusquement ma main. Cela me fit perdre l'équilibre. Je vacillai, et il m'empêcha de tomber en me rattrapant dans ses bras.

— Merci de m'avoir gardé en sécurité cette nuit, dit-il d'une voix intime, comme celle d'un amant après une nuit passée ensemble.

— J'ai dormi aussi, répondis-je en riant. Je ne suis pas vraiment un bon garde, n'est-ce pas ?

Il frotta son nez au-dessus de mon oreille. Son souffle chaud caressa ma tempe. Nous n'étions qu'à quelques centimètres d'un baiser, réalisai-je. Si je tournais simplement la tête...

Une sensation chaleureuse s'infiltra de son corps au mien. La lumière du soleil levant semblait pulser aussi à l'intérieur de moi, m'incitant à me rapprocher. J'étalai ma main sur les plans durs de sa poitrine.

C'était si tentant de prétendre que nous étions amants, que nous *avions* passé la nuit ensemble. Que nous partagions quelque chose de plus profond que la réalité.

Ces pensées et émotions étaient dangereuses, pourtant. Elles ne pouvaient que me mener tout droit à un cœur brisé. Il ne nous restait qu'un jour ensemble. Je n'avais pas le temps de rêvasser aux baisers d'Elex. Je devais me concentrer sur d'autres choses, bien plus importantes.

Poussant contre sa poitrine, je me penchai en arrière, hors de son étreinte. Il tendit la main vers moi, mais j'étais déjà de nouveau sur mes pieds.

— Nous devons nous mettre en route, dis-je en me dirigeant vers mon sac à dos près du lit. Nous avons un mur de pierre à réparer et un océan à traverser. Tu te souviens ? Une journée chargée.

Je jetai un coup d'œil à Elex par-dessus mon épaule. Il se leva aussi, étirant ses membres autant que l'espace limité du petit grenier le lui permettait.

Nous retrouvâmes Margret et son mari dans l'espace principal en bas et prîmes le petit déjeuner avec eux à la petite table près du poêle à bois qu'elle utilisait pour cuisiner.

Après le petit déjeuner, Margret donna à Elex une paire de bottes en caoutchouc. Puis il sortit avec nos hôtes pour travailler sur le mur pendant que je nettoyais la table et faisais la vaisselle.

La force surhumaine d'Elex s'avéra bien utile, le mur fut terminé en moins d'une heure, à la grande joie de nos hôtes, et nous étions libres de poursuivre notre chemin. Je déclinai poliment la généreuse offre de Margret de nous donner des vêtements chauds. Nous n'étions pas habillés pour le climat local, mais nous ne restions pas ici. Je dis à elle et à Magnus que nous prendrions le bateau pour quitter l'île et rejoindre le reste de notre « expédition ».

Dès que leur maison avait disparu de notre vue, alors que nous tournions derrière une falaise sur la route boueuse menant à l'embarcadère, Elex s'arrêta. Enlevant son t-shirt, il me le tendit, puis posa ses mains sur mes épaules.

— Il est temps de voler, Amber.

Mon cœur manqua un battement, puis s'emballa d'excitation. L'anticipation vibrait en moi. Enroulant mes bras autour de son cou, je bondis. Il saisit mes fesses, et j'accrochai mes jambes autour de sa taille, exactement dans la même position que celle que nous avions adoptée hier.

Cette fois, cependant, je n'étais pas envahie par l'inquiétude et la peur quand je me suis pressée contre lui. Alors que ses ailes jaillissaient de son dos, nous soulevant dans les airs, j'étais euphorique.

Je rejetai la tête en arrière, laissant le vent peigner mes cheveux. Lorsque nous traversâmes les nuages mornes et avions surgi dans le ciel clair au-dessus, j'avais plissé les yeux face au soleil qui baignait mon visage.

Le ciel d'un bleu éclatant nous entourait, avec les nuages sombres flottant comme une rivière loin en dessous. Les ailes d'un dragon me portaient en avant, me faisant sentir comme une partie intégrante de cet espace vaste et ouvert, un prolongement naturel de celui-ci.

La vie réelle, avec tous ses problèmes, restait là-bas, dans la boue sous les nuages gris. Ici, il n'y avait que lumière et vent. Et l'étreinte chaleureuse de l'homme magique qui me faisait voler.

— Tu as l'air si différente quand tu souris, dit-il.

Je ne m'étais pas rendu compte que je souriais. Une sensation légère et aérienne s'épanouissait dans ma poitrine comme un ballon, me remplissant de bonheur. Sans retenue.

— À quel point différente ? demandai-je.

Il me regarda avec émerveillement.

— Tu es presque lumineuse. C'est comme s'il y avait de la magie en toi aussi.

Je ris.

— À cet instant précis, je me sens heureuse, Elex. Je n'ai pas eu beaucoup de moments comme celui-ci dans ma vie. C'est ainsi que la liberté totale doit se ressentir, j'imagine.

— Tu n'es pas libre, Amber ?

Et juste comme ça, la sensation d'euphorie s'évanouit. Les nuages sombres de mes préoccupations refirent surface et se réinstallèrent dans ma poitrine.

— La liberté est relative, n'est-ce pas ? répondis-je.

— Peut-être. Mais tant que tu contrôles ta vie et ton avenir, tu es libre de vivre comme bon te semble.

C'était là le problème. Je n'avais pas été aux commandes. Mais j'étais déterminée à y parvenir.

Je caressai du pouce le rubis sculpté autour de mon annulaire, mon chemin vers la liberté.

— J'y arriverai, Elex. Bientôt. Je contrôlerai ma vie.

Après qu'il serait parti en sécurité pour Nerifir, je vendrais la bague, rembourserais Chris car il ne me laisserait jamais tranquille si je lui devais ne serait-ce qu'un centime. Ensuite, je pourrais travailler à construire la vie que je souhaitais avoir. Je trouverais un emploi, retournerais à l'université. Et enfin, je gagnerais ma paix.

J'appuyai ma tête contre son épaule.

— Un jour, je serai libre.

— Que puis-je faire pour t'aider ?

— Tu l'as déjà fait, lui dis-je en montrant la bague.

Ses sourcils se haussèrent.

— C'est tout ce dont tu as besoin pour être heureuse et libre ?

— C'est tout, lui assurai-je.

Il pencha la tête, me regardant avec incrédulité.

— Tu es si facile à satisfaire. Tu n'as pas besoin de grand-chose.

Et pourtant, j'avais toujours dû travailler si dur, même pour les petites choses que je voulais.

ELEX

Ils ne s'arrêtèrent pas, sauf pour une pause toilette, pas même pour manger. Pour le déjeuner, il nourrit Amber avec quelques fruits qu'elle avait dans son sac à dos.

Bien qu'elle se soit un peu détendue dans les airs, elle refusa de le lâcher, même pour libérer une main pour manger. Ses bras restaient serrés autour de son cou comme un étau.

Il plongea la main dans le sac sur son dos, en sortit une boîte de raisins verts, puis les lui donna un par un. Il fit de même avec des morceaux de melon et d'ananas, n'en prenant aucun pour lui-même. Il ne leur restait pas beaucoup de nourriture, et Amber avait plus besoin de se nourrir que lui. Les humains étaient tellement plus fragiles que les fées.

— Tu ne veux pas manger, *toi* ? demanda-t-elle entre deux bouchées.

— Je n'ai pas faim. Il glissa un autre morceau de fruit entre ses lèvres. La regarder le prendre de ses doigts lui procurait un nouveau plaisir exquis. Ses lèvres effleuraient sa peau tandis qu'elle saisissait le fruit avec ses dents.

Il baissa la tête, souhaitant goûter le jus sur ses lèvres. La goûter elle.

— Elex, murmura-t-elle, s'immobilisant dans ses bras.

Elle l'avait libéré de sa promesse. Il ne risquait plus la mort certaine pour un baiser. Mais il n'aimait pas sentir son corps se tendre contre le sien à la perspective de son baiser.

Sa langue rose sortit, léchant le jus sur sa lèvre inférieure, et il ne put résister plus longtemps. Il se pencha et posa ses lèvres sur les siennes, testant doucement le terrain. Puis il s'arrêta, lui donnant une chance de s'écarter.

Elle ne le fit pas. Alors il sortit sa langue et la glissa le long de sa lèvre inférieure, savourant sa douceur.

Un souffle de sa respiration caressa son visage. Il ferma les yeux, savourant cette sensation sur sa peau qui n'avait été qu'une roche insensible pendant tant d'années.

— Encore... supplia-t-il.

Grâce aux dieux, elle obéit.

Ses lèvres se refermèrent sur les siennes, faisant tourner sa tête sous l'ouragan de délicieuses sensations. Une chaleur descendit dans sa poitrine pour aller droit à son entrejambe. Le désir pulsait entre ses jambes, son sexe gonflant, épais de feu et de chaleur. Il durcit d'une manière bien plus délicieuse que lorsqu'il se transformait en pierre. Les pulsations entre ses jambes explosaient de vie, si différentes de l'immobilité presque morte de sa forme de pierre.

Le sang coulait si vite dans ses veines que ça lui donnait le vertige.

Plus... Il avait besoin de plus. Plus d'elle.

La serrant plus près, il glissa ses mains sous son t-shirt. Elle frissonna quand l'air refroidit sa peau, et il envoya plus de feu dans ses veines, la réchauffant.

— Oh, Elex, murmura-t-elle entre les baisers.

Il craignait qu'elle ne s'arrête, mais elle remonta plus haut sur son corps, promenant ses lèvres le long de sa mâchoire.

— Pourquoi est-ce si incroyablement bon de t'embrasser ? gémit-elle contre sa peau.

Il aurait pu lui poser la même question. Elle avait un goût sucré, comme les fruits dont il l'avait nourrie et les souvenirs de la vie qu'il avait autrefois à Dakath.

À cet instant, il souhaitait lui offrir le monde – n'importe quoi pour la rendre aussi heureuse qu'il l'était.

Elle balança ses hanches, frottant son intimité contre ses abdominaux. Il pouvait sentir l'excitation vibrer dans son corps élancé.

— Laisse-moi te toucher, dit-il d'une voix rauque. Laisse-moi te faire du bien.

Elle s'arrêta, fermant étroitement les yeux, puis prit une longue inspiration.

— C'est juste physique, n'est-ce pas ? dit-elle sans le regarder. Juste du sexe. Ma seule et unique occasion de baiser avec une gargouille, exactement comme tu l'as dit quand on s'est rencontrés. Elle ouvrit enfin les yeux, mais il ne pouvait pas voir assez profondément en eux. Son expression était fermée, gardée. C'est ta seule chance de baiser avec une humaine avant de partir.

— Amber. Il caressa le côté de son visage du dos de ses doigts – la touche la plus légère, pas assez pour effrayer un papillon. Ce n'est pas obligé d'être comme ça.

— Mais c'est la seule façon dont ça pourrait être entre nous. Il n'y a pas d'autre façon. Elle se pencha vers sa caresse. Mais ça me va. Juste du sexe. Juste cette fois. Rien de plus.

Ses mots étaient secs, le mettant mal à l'aise. Il hésita.

— Ce n'est pas juste pour collectionner un trophée pour moi, précisa-t-il.

— D'accord, dit-elle rapidement du même ton sec qu'auparavant.

Ce n'était pas *d'accord*. Ce n'était pas suffisant. Juste *baiser* ne semblait pas être assez.

Elle soupira doucement.

— Qu'est-ce que tu veux de moi, Elex ?

Oh, il savait ce qu'il voulait. Il souhaitait prendre librement d'elle sans réserve. Il voulait qu'elle le désire, follement. Qu'elle l'aime et qu'elle ait besoin de lui. Qu'elle apprécie chaque minute passée avec lui, tout comme il savourait chaque moment avec elle. Il avait besoin d'avoir ses sourires et de partager son bonheur. Il désirait ardemment sa confiance inconditionnelle et son affection sans partage.

Pour tout le temps que ça durerait, il voulait tout.

Mais était-ce juste quand il ne pouvait pas lui donner grand-chose en retour ?

Il ne lui restait que quelques heures dans ce monde. Il ne voulait pas la laisser ici avec des regrets. Et des regrets seraient tout ce qu'elle aurait de lui s'il la poussait à quelque chose pour laquelle elle n'était pas prête.

Il passa ses doigts sur son oreille gauche.

— Je ne veux pas que tu regrettes quoi que ce soit.

Elle lui fit un sourire crispé.

— Alors, fais en sorte que ça en vaille la peine.

— Quand je serai parti, je veux que tu penses avec tendresse à ce moment.

Un léger souffle s'échappa de ses lèvres entrouvertes. Elle se pencha et déposa un baiser sur le côté de son cou.

— Alors donne-moi quelque chose de beau dont je me souviendrai.

Pouvait-il donner sans prendre ?

— Je te veux, Elex. Elle trouva ses lèvres avec sa bouche. Je te veux vraiment.

Il lui rendit son baiser, luttant pour rester maître de lui. Ses ailes continuaient de bouger régulièrement, mais il dut ralentir leur progression pour se concentrer sur elle.

Elle recula.

— Tu ne vas pas tomber, hein ? Devrions-nous arrêter ?

Il ne voulait pas s'arrêter, pas avant de l'avoir fait crier son nom aussi loin que le vent le porterait au-dessus des nuages.

— Je ne tomberai pas. Il mordilla la peau délicate de son cou. Les gargouilles s'accouplent dans le ciel. C'est le meilleur, crois-moi.

Il embrassa son cou, et elle inclina la tête avec un gémissement, lui en exposant davantage. Il glissa une main sous sa jupe, caressant le bord de son sous-vêtement. Elle étouffa son prochain gémissement dans son épaule et poussa ses hanches en avant, piégeant ses doigts entre son intimité et ses abdominaux.

Il fit glisser le tissu fin qui couvrait sa chair chaude. Elle haleta lorsque le bout de ses doigts entra en contact avec le point qui lui procurait du plaisir. Chaud et humide, il pulsait de vie, implorant de l'attention.

— C'est là que tu me veux, n'est-ce pas ? dit-il d'une voix rauque. Juste ici.

La satisfaction se répandit intensément dans sa poitrine quand elle gémit doucement en réponse, ondulant des hanches à la recherche de plus de contact avec sa main.

Il appuya plus fort, frottant doucement.

— Oui. Elle s'agrippa à ses épaules, enfonçant ses doigts dans sa peau.

La piqûre de ses ongles déclencha une vague de désir revigorante à travers lui. Il aurait aimé enfouir son sexe dans la chaleur humide entre ses jambes. Il sentait qu'elle le laisserait faire. À ce moment précis, elle l'aurait laissé tout faire. Elle était si profondément plongée dans son plaisir, perdue dans la poursuite de sa délivrance.

Mais il y avait une chance qu'elle le regrette plus tard. Il n'avait gagné qu'une infime partie de sa confiance, et il n'allait pas la perdre en allant trop loin.

Tout ce qu'il s'autorisa à faire fut de glisser un doigt à l'intérieur d'elle.

— Oh, Elex ! Elle poussa ses hanches vers lui, l'accueillant plus profondément.

Il craignait de pouvoir jouir lui-même, rien qu'au son de son nom et des petits gémissements avides qu'elle faisait juste après. Avec un grognement, il accéléra, l'emmenant plus haut. Ses ailes bougeaient plus vite, et tout son corps était tendu par un désir qu'il pouvait à peine contenir.

Elle gémit contre son épaule, jouissant sur sa main. Son corps tremblait dans ses bras. Il continua à la caresser doucement, l'accompagnant à travers les frissons de son plaisir, encore et encore. Jusqu'à ce qu'elle s'immobilise, étendue sur lui, son visage enfoui dans l'espace entre son cou et son épaule.

Il caressa son dos par de lents mouvements, essayant de la faire se détendre, mais elle resta tendue comme une corde dans son étreinte.

Elle relâcha un souffle tremblant.

— Tu sais ce qui est le pire quand on vole comme ça ?

— Y a-t-il des *mauvaises* choses ? Il avait apprécié leur voyage ensemble. Était-ce différent pour elle ?

Elle garda son visage caché de lui.

— C'est qu'il n'y a nulle part où s'enfuir. Quoi qu'il arrive, je suis obligée de te faire face.

— De quoi fuirais-tu, Amber ? Regrettes-tu que je t'aie touchée ?

Elle ne répondit pas.

Une sensation désagréable lui griffa l'intérieur de la poitrine. Regrettait-elle déjà ce qui s'était passé ?

— Qu'est-ce qu'il y a, Amber ? Tu te sens honteuse ? hasarda-t-il. Coupable ? Inquiète ? Ce sont des émotions déplacées, inutiles, qui ne valent pas ton temps. Je t'ai fait du bien. Tu as aimé, n'est-ce pas ?

Elle hocha la tête contre son épaule.

— C'est tout ce qui compte. Il continua à caresser son dos, sentant son corps enfin se détendre un peu, apaisé par son toucher et ses mots. Je serai parti dès demain, et personne ne saura jamais ce qui s'est passé entre nous là-haut. Il n'y a aucune conséquence. Aucune.

— Je doute qu'il n'y ait aucune conséquence à t'avoir connu, Elex. Tu ne seras pas facile à oublier.

L'idée d'être gardé dans son souvenir s'installa agréablement dans son cœur.

— Bien. Je ne veux pas que tu m'oublies. Parce que je sais déjà que je ne t'oublierai jamais. Il embrassa ses cheveux. Est-ce que je vais te manquer ?

Elle se blottit dans ses bras, semblant plus à l'aise maintenant.

— C'est possible. Elle lui fit un petit sourire.

Il essaya d'imaginer ce que ce serait de ne plus jamais revoir Amber, et il n'aimait pas du tout le serrement dans sa poitrine que cette pensée provoquait.

AMBER

D'une façon ou d'une autre, je finis par m'assoupir à nouveau. Qui aurait pu penser que somnoler dans l'air glacial, haut au-dessus de l'Atlantique, pourrait être si confortable ? Mais je ne sentais pas le froid. Elex y veillait.

— Amber, dit-il pour me réveiller en frottant doucement sa tête contre la mienne. Réveille-toi, s'il te plaît.

— Quoi... Que se passe-t-il ?

Il me tenait dans ses bras comme un bébé, ma tête reposant sur son épaule, mes jambes drapées sur son bras gauche. Mes deux mains étaient posées sur sa poitrine. Je ne m'accrochais pas à lui dans mon sommeil. Il n'y avait que ses bras pour m'empêcher de tomber.

Avec un sursaut de panique, j'enroulai à nouveau mes bras autour de son cou.

— Je ne te laisserai pas tomber, m'assura-t-il. Je te l'ai promis, tu te souviens ?

— Peut-être bien. Mais je me sens mieux en m'accrochant aussi. Mieux vaut prévenir que guérir. Lui faire confiance aussi complètement demanderait plus de foi que je ne craignais pouvoir en avoir. Est-ce que tout va bien ? Tu t'es ennuyé ? C'est pour ça que tu m'as réveillée ?

— Non. Il resta sérieux. Il se fait tard.

C'était le soir. Le soleil approchait de l'horizon et il n'y avait que l'eau à perte de vue en dessous de nous.

— Merde. Je sentais son inquiétude dans chaque fibre de mon corps. On n'atteindra pas la terre ferme avant le coucher du soleil, n'est-ce pas ?

Il secoua la tête.

— Pas à cette vitesse. Non.

— Est-ce à cause de ce mur de pierres que tu as aidé à construire ? Ça nous a coûté une heure ce matin, alors qu'on aurait pu voler à la place. Je ne voyais pas d'inconvénient à aider des gens en échange de leur hospitalité, mais je ne voulais vraiment pas mourir à cause de ça maintenant.

— Ça, et... il jeta un regard coupable sur le côté. Je me suis un peu écarté de notre route quand je te touchais.

— Oh... Une vague de chaleur me monta au visage. La sensation fantôme de ses doigts dans ma culotte me fit me tortiller dans ses bras. Est-ce que ça nous a ralentis ? Mais tu as dit que les gargouilles pouvaient s'accoupler en vol.

— On peut. C'est assez facile de rester en l'air tout en faisant l'amour. Cependant, maintenir la vitesse et rester sur la bonne trajectoire demande un peu plus de concentration mentale.

— Ce que tu n'avais pas avec ta main sous ma jupe, ai-je conclu pour lui.

— Exactement. Un sourire malicieux s'étendit sur son visage. Malgré la situation désastreuse que cela avait provoquée, il savourait clairement les souvenirs de moi chevauchant sa main.

Je jetai un regard inquiet vers l'eau en contrebas. Elle s'étendait à perte de vue.

— Il n'y a même pas la plus petite île en vue, murmurai-je, luttant contre la crainte glacée qui s'insinuait dans ma poitrine.

— Je vais devoir plier l'espace pour nous amener à terre, dit-il.

Et autant nous emmener directement en Géorgie plutôt que sur une île.

— Comment ça se passe exactement, ce pliage de l'espace ?

— Je vais devoir utiliser la magie pour ça. Et c'est physiquement éprouvant, surtout ici. Ce monde n'est pas propice à l'utilisation de la magie.

— Il n'y a rien de magique dans la réalité humaine, ai-je admis.

— J'ai besoin que tu sois éveillée et consciente, Amber. Accroche-toi à moi aussi fort que possible et ferme les yeux. Ça pourrait devenir lumineux pendant un moment.

— D'accord. Je me réajustai dans ses bras, changeant ma position pour enrouler mes jambes autour de sa taille à nouveau. Me tenir avec les quatre membres me semblait plus sûr qu'avec seulement deux. Tu sais où tu nous emmènes ? Tu te souviens de la carte et de l'emplacement du parc ?

— Oui, mais je préfère atterrir quelque part plus proche de l'endroit où nous passerons la nuit, puisque nous n'avons pas beaucoup de temps.

— D'accord. Sollicitant ma mémoire, je lui donnai le nom du premier motel au sud d'Atlanta auquel je pouvais penser, puis lui expliquai où il se situait sur la carte. Tu veux que je sorte mon téléphone ? Tu as besoin de revoir les captures d'écran de la région ?

— Non. Il secoua la tête. Je pense avoir une idée. Accroche-toi bien.

L'air sembla vibrer autour de nous. Le corps d'Elex se réchauffa. La chaleur émanait de lui, se répandant comme un halo de brume et de lumière.

— Ferme les yeux, Amber, prévint-il d'une voix impossible à désobéir.

Je fis ce qu'il me demandait, enfouissant ma tête contre son épaule et contractant tous mes membres autour de lui.

Un vent chaud tourbillonna autour de nous, raclant ma peau et faisant voler mes cheveux. Une secousse traversa à la fois mon corps et celui d'Elex. Puis nous tombâmes et... nous nous écrasâmes.

Mes fesses heurtèrent quelque chose de dur et abrasif comme du gravier. Elex appuya son bras au sol, nous empêchant de rouler sur le côté. Mes yeux étaient ouverts, mais je ne me souvenais ni quand ni comment je les avais ouverts.

Nous étions assis sur le parking recouvert de gravier du motel même dont j'avais parlé à Elex.

— Wow, tu l'as fait !

Un gémissement étouffé fut ma seule réponse.

— Elex ? Je me penchai en arrière, prenant sa tête entre mes mains. Tu vas bien ?

Ses paupières s'affaissaient et il grimaça en rejetant ses épaules en arrière. Il me tenait encore fermement avec un bras.

— Tu peux me lâcher maintenant. On est au sol. En sécurité. Plus de vol.

Lentement, ses muscles se relâchèrent, son bras retomba, me libérant.

— Comment te sens-tu ? demandai-je.

Il avait dit que ce "pliage de l'espace" était physiquement éprouvant, et il en avait certainement l'air. Ses jambes tremblaient quand il essaya de les rassembler sous lui.

— Laisse-moi t'aider.

Je me remis sur pied, puis passai son bras sur mes épaules pour l'aider à se lever. Il gémit à nouveau, luttant visiblement pour rester debout. Je m'arrêtai, lui laissant le temps de rassembler ses forces.

Il n'y avait personne dehors près du motel, mais quelques voitures sur la route voisine ralentissaient, leurs conducteurs nous lançant des regards curieux à travers les vitres.

— Écoute, dis-je. On va juste essayer d'atteindre ce banc près de l'entrée du bureau du motel pour l'instant. Je te laisserai te reposer là pendant que j'irai à l'intérieur nous chercher une chambre. D'accord ? Je ne veux pas que la direction te voie dans cet état. On n'a pas besoin de questions.

À mon grand soulagement, il hocha la tête, comprenant manifestement ce que je lui disais. Quoi qu'il lui soit arrivé, cela ne semblait pas affecter ses capacités mentales.

Je venais à peine de l'installer sur le banc quand mon téléphone sonna avec un message.

"Où es-tu putain ?" Chris voulait savoir.

C'était le dernier d'une douzaine de messages de plus en plus furieux qu'il m'avait envoyés ces deux derniers jours, sans compter les tentatives d'appels.

Je poussai un soupir. Cet homme détestait être ignoré. Tôt ou tard, je devrais m'occuper de lui. Je préférais "plus tard", mais la situation empirerait si je ne lui donnais pas quelque chose bientôt.

"Je n'ai pas la statue. Mais je te rendrai l'avance en totalité. Donne-moi quelques jours." J'appuyai sur *"envoyer"*, puis éteignis le téléphone.

Il me faudrait revoir Chris, au moins une fois, pour lui rendre l'argent. Il serait furieux de l'échec de notre arrangement, mais les affaires tombent parfois à l'eau. Il devrait s'en remettre.

Après avoir obtenu une chambre de motel, j'aidai Elex à entrer, puis le guidai vers le lit.

— Non, croassa-t-il quand j'essayai de l'aider à s'y allonger. Tu ne veux pas de moi là-dessus. Il s'effondra plutôt sur le sol à côté du lit.

— Pourquoi pas ? Tu as besoin de te reposer.

Il inclina son menton vers la lueur bordeaux du coucher de soleil dans la fenêtre.

— Dormir à côté d'un rocher ne serait pas confortable pour toi.

D'une certaine façon, ça ne me dérangeait pas. Je partagerais le lit avec lui sous n'importe laquelle de ses formes.

Je m'assis sur le sol en face de lui.

— Tu vas aller bien ?

Il me fit un petit sourire rassurant.

— Ce n'était pas une trop longue distance à couvrir, dieu merci. D'ici demain matin, je serai en forme.

— Tu voudrais manger quelque chose ? De l'eau ?

Il secoua la tête.

— Il n'y a pas le temps. Demain…

Le dernier rayon du soleil couchant glissa sur son visage et s'éteignit, drainant chaque signe de vie de lui. Sa peau s'assombrit et durcit en pierre. Mais je ne voyais plus simplement une statue. Ses yeux me fixaient directement, et ils ne semblaient pas aveugles. Au contraire, ils voyaient au-delà de moi, jusqu'au fond de mon âme.

— Bonne nuit, Elex. Je caressai sa joue.

Sa barbe naissante avait un peu poussé, devenant moins piquante maintenant. Je me demandais s'il la raserait en retournant à Nerifir ou s'il la laisserait pousser en barbe complète. J'essayai d'imaginer à quoi il ressemblerait soit rasé de près, soit avec une barbe.

Où atterrirait-il une fois rentré chez lui ? Pourrait-il rester le prince qu'il était ? Devenir roi un jour ? Et sinon, quelle vie finirait-il par se construire là-bas, dans ce monde totalement différent ?

Ma poitrine se creusa, mon cœur se serra à l'idée que je ne saurais jamais rien de tout cela. Une fois qu'Elex partirait demain, je ne le reverrais ni n'entendrais plus jamais parler de lui.

Jamais.

L'immense vide de ce mot était incompréhensible, comme la taille de l'Univers. C'était froid et écrasant.

AMBER

Il faisait chaud. Trop chaud pour un début de printemps en Géorgie. Le climatiseur grinçait désespérément à la fenêtre de notre chambre de motel, mais il ne faisait rien pour soulager la chaleur qui m'avait réveillée.

La sueur s'accumulait autour de mon cou, malgré la douche fraîche que j'avais prise avant de me coucher la veille. Et mon dos... Mon dos semblait collé à un four brûlant.

— Alors c'est comme ça que dorment les humains, dit une voix rauque derrière moi, puis un bras musclé m'entoura et une jambe se posa sur ma hanche. Au moins portait-il son pantalon.

— Elex, gémis-je. Tu te sens mieux ?

Je repoussai les couvertures dans la limite des mouvements que me permettait mon piège de gargouille.

— En effet, répondit-il joyeusement.

Je me tournai vers lui.

— Qu'est-ce que tu fais dans mon lit ?

Il avait son habituel air séduisant, comme si la « distorsion de l'espace » d'hier soir n'avait jamais eu lieu. Ses yeux étincelaient, sa peau brillait. Chaud comme un poêle, il n'avait pas la moindre trace de sueur visible nulle part.

— Le soleil est déjà levé, annonça-t-il en retirant ses membres de moi.

Les rideaux étaient tirés, mais la lumière du jour filtrait déjà. Visiblement, j'avais trop dormi ce matin. Et visiblement, quelqu'un n'avait pas manqué l'occasion.

Je me redressai sur mon coude.

— Alors tu as profité du moment pour examiner la façon dont dorment les humains ?

— Exactement. Il sourit, découvrant des dents blanches dans la pénombre de la chambre. Je comprends l'attrait de passer la nuit comme ça, dans les bras l'un de l'autre.

— Mais pas avec toi, s'il te plaît. Je ris. Si tu étais resté ici toute la nuit, j'aurais été bouillie vivante au matin. Pourquoi es-tu si chaud ? Je parle de ta température corporelle, pas de ton physique. Il était bien conscient de sa beauté et de son sex-appeal. Pas besoin de le lui rappeler.

— C'est le feu du dragon, expliqua-t-il. C'est trop chaud pour toi ?

— Beaucoup trop chaud.

Il parut perplexe.

— Mais ça te plaisait quand nous volions.

— Parce que l'air était beaucoup plus froid là-haut. Il semblait encore un peu confus, alors j'ajoutai : Les humains se sentent généralement à l'aise seulement dans une fourchette très précise et étroite de températures. Tout ce qui sort de cette fourchette est soit trop froid, soit trop chaud. Par exemple, si j'étais aussi chaude au toucher que toi en ce moment, je serais probablement dangereusement malade et j'aurais besoin de me refroidir par tous les moyens possibles.

— Vraiment ? Son front se plissa d'inquiétude. Je vais réduire la chaleur alors.

— C'est si facile à réguler pour toi ?

— Ce n'est pas difficile.

Il n'avait pas l'air différent, rien n'avait changé. Mais la chaleur étouffante diminua. Quand je touchai son avant-bras, il était instantanément plus frais.

— Wow. Merci.

Je m'étirai, frottant le sommeil de mes yeux.

Réaliser que c'était le jour où nous allions nous dire adieu fit descendre sur moi un voile de tristesse.

Peut-être que ce serait moins douloureux si nous nous séparions rapidement ?

— Nous devrions y aller, dis-je. Nous devons nous préparer, prendre le petit déjeuner et nous rendre au ruisseau avant l'ouverture du portail.

— Ou... nous pourrions rester au lit encore quelques minutes. Nous avons le temps. Il écarta mes cheveux de mon visage, passant ses doigts dans mes mèches du côté droit, puis caressa la partie rasée au-dessus de mon oreille gauche. Qui t'a fait ça ?

Le ton de sa voix impliquait que j'aurais pu être mutilée contre ma volonté, ce qui me fit sourire.

— Le rasé ? C'est juste une coiffure. J'aime bien.

— Donc tu *voulais* que tes cheveux soient inégaux comme ça ? Il n'y avait ni dégoût ni jugement dans ses mots, juste un désir de comprendre, comme s'il essayait d'apprendre autant que possible sur moi avant de devoir partir.

— Oui. Je me les fais couper comme ça depuis deux ans maintenant. Même si je pourrais essayer quelque chose de différent la prochaine fois. Si j'ai assez de patience pour les laisser pousser pour une fois.

Il continuait de caresser le dessus de mon oreille. C'était tellement agréable. Je commençais à comprendre pourquoi les chats adoraient être grattés à cet endroit précis. J'aurais même pu me mettre à ronronner, moi aussi, s'il continuait comme ça.

— Et ça ? Il toucha le piercing dans ma narine. Est-ce que ça a un but ? Une signification ?

— Non. Purement pour la mode. J'en avais plus, mais je les ai tous enlevés quand j'ai commencé à travailler au bureau. J'ai gardé celui-ci, cependant. C'est mon préféré. Tu l'aimes bien ?

Il haussa les épaules.

— C'est toi. Tout ça. Bien sûr que j'aime. Sa main glissa sur mon épaule, puis le long de mon dos jusqu'à ma hanche. Je *t'*aime bien.

Pourquoi devait-il dire ça ? Pourquoi maintenant ?

Je l'aimais bien aussi. Beaucoup. Mais je gardai ma bouche fermée. Rien de bon ne sortirait de prononcer ces mots à voix haute. Surtout maintenant qu'il s'apprêtait à partir pour de bon.

Agrippant ma hanche, il me rapprocha, embrassant l'endroit au-dessus de mon oreille, puis ma joue, puis le coin de ma bouche.

— Je n'ai jamais rencontré quelqu'un comme toi, murmura-t-il contre mes lèvres.

Sa main trouva son chemin sous le t-shirt dans lequel je dormais.

— Je sais. Comment aurais-tu pu ? Tu as dit qu'il n'y avait pas d'humains dans ton royaume, plaisantai-je, utilisant un ton plus léger comme défense contre l'ouragan d'émotions qu'il suscitait en moi.

— Je ne parle pas seulement du fait que tu sois humaine, Amber. Il avait clairement l'intention que cette conversation soit plus que ce à quoi j'étais prête. Tu es si fragile et vulnérable, mais tu essaies tellement de réussir dans ce monde par toi-même. Je souhaite de tout mon cœur que tu y parviennes.

Il prit ma bouche dans un baiser, me privant de tout sens de la réalité. Tout s'effaça. Cette chambre de motel usée avec son climatiseur encombrant, la ville, tous les problèmes de ma vie et les inquiétudes concernant l'avenir.

Tout cessa d'exister, seul Elex demeurait.

— J'aimerais être là pour te voir réussir, chuchota-t-il contre mes lèvres. J'aimerais pouvoir t'accompagner dans ton voyage...

Je reculai brusquement et pressai un doigt sur ses lèvres. Les souhaits n'avaient aucune utilité sans actions. Et ses actions l'éloigneraient de moi dans moins d'une heure, pour ne plus jamais être revu.

— Ne fais pas ça, dis-je fermement. Il ne faisait pas partie de mon avenir. Cela ne servait à rien de rêver à des choses qui ne se réaliseraient jamais. Embrasse-moi encore. S'il te plaît.

Il s'exécuta, prenant ma bouche avec ardeur et passion. Pétrissant mon sein, il effleura le bout de son pouce. Je me penchai en arrière, enlevant mon t-shirt. Ce geste était une invitation à mon corps pour lui.

Hier, Elex avait mentionné que j'avais honte d'être avec lui. Il avait essayé de me réconforter en disant que « personne ne le saurait ». Il supposait que je m'inquiétais de ce que les gens pourraient penser.

Il se trompait tellement. Je me fichais de ce que les autres diraient ou penseraient. Je n'avais pas de réputation à maintenir ou de personnes à impressionner. Ma plus grande préoccupation était ma propre sécurité. Ce n'était pas de la honte que j'avais ressentie, mais de la peur. La peur de m'attacher tellement à quelqu'un que cela m'aurait rendue vulnérable.

Les relations avaient souvent des conséquences considérables. Mais avec Elex, c'était différent. Il n'y avait aucun risque qu'il frappe à ma porte à une heure quelconque. Il ne m'appellerait pas à l'improviste. Il ne s'attendrait pas à ce que je lui rende service simplement parce que nous avions eu des relations sexuelles dans le passé.

Bientôt, il serait parti. Il ne me resterait que des souvenirs. Quel mal y avait-il à ajouter un souvenir magique de plus à partager avec lui ?

Il traça un chemin de baisers le long de mon corps, puis attrapa un mamelon avec sa bouche, le suçant doucement. Des étincelles brûlantes de désir parcouraient ma poitrine jusqu'à mon cœur.

J'enfonçai mes mains dans ses cheveux épais, savourant la sensation de ses mèches soyeuses entre mes doigts.

Il descendit encore plus bas, embrassant une piste de mon nombril jusqu'entre mes cuisses.

— Elex... Je me raidis quand il écarta mes jambes avec son menton.

Je n'avais jamais eu la bouche d'un homme près de cet endroit auparavant. Chris détestait faire un cunnilingus, et mon premier béguin du lycée n'avait pas duré assez longtemps pour explorer cette possibilité.

Des pensées anxieuses et inutiles traversèrent mon esprit, étouffant mon excitation. Voulait-il vraiment le faire ? Le faisait-il juste par obligation ? Et s'il détestait ça ? Et s'il me détestait *moi* après ? Et si...

Le souffle chaud d'Elex balaya la peau sensible de ma cuisse intérieure.

— S'il te plaît, laisse-moi, Amber. S'il te plaît, laisse-moi *sentir*, supplia-t-il. J'ai besoin de te goûter. Partout.

J'en avais besoin aussi. Je devais le sentir partout. Je pris une inspiration, écartant lentement mes jambes pour lui. Un gémissement m'échappa lorsqu'il posa sa bouche sur moi. Il grogna de satisfaction contre ma chair sensible, la vibration du son se répercutant en une vague de plaisir à travers mon corps.

— Elex. Je tirai sur ses cheveux, le forçant à me regarder.

Il sourit, se léchant les lèvres. Les longs poils de barbe sur son menton chatouillaient et piquaient mon endroit le plus sensible. Le besoin douloureux pulsait entre mes jambes, me faisant remuer.

Voulais-je vraiment qu'il s'arrête ? Maintenant ?

— Peu importe. Je lâchai ses cheveux. Continue, c'est tout.

Laissant retomber ma tête sur l'oreiller, je m'abandonnai complètement à lui tandis qu'il plongeait à nouveau. Sa langue glissa en moi. Ses lèvres caressèrent le bouton de mon clitoris. La chaleur se répandit à travers moi.

J'agrippai les draps, roulant ma tête sur l'oreiller. Comment faisait-il pour que ce soit si merveilleux ? Comment était-ce possible que ce soit incroyablement bon ?

Il augmenta la pression, lisant avec expertise le besoin désespéré qui prenait possession de mon corps. Je m'immobilisai, me concentrant sur cette unique étincelle blanche et brûlante de l'orgasme qui approchait. Il donna un coup de langue, la libérant.

Mon orgasme explosa en éclats de plaisir intense. J'agrippai les draps de mes poings, le chevauchant vague après vague.

La caresse d'Elex s'adoucit. Il traîna lentement sa langue à travers mes plis brûlants, récoltant chaque dernière goutte de mon plaisir.

— Exquis. Il se lécha les lèvres après avoir déposé un dernier baiser entre mes jambes.

Je fixais le plafond, mon corps flottant dans un nuage chaud d'extase.

Il remonta jusqu'à mon visage.

— Tu n'as aucune idée, Amber... Il me regardait avec émerveillement. Aucune idée à quel point c'est incroyable de ressentir à nouveau tout avec tant d'intensité.

Mais peut-être que si ? Aucun autre homme ne m'avait fait me sentir aussi *intensément* bien auparavant. Toutes mes expériences avant Elex s'estompaient et pâlissaient après ce qu'il venait de me faire. Comme si je venais seulement de découvrir le sexe tel qu'il devrait être.

Il caressa mon bras, faisant glisser lentement le bout de ses doigts sur ma peau. Le geste était délibéré, empreint de conscience. Après en avoir été privé si longtemps, il ne prenait aucun contact pour acquis.

— Comment as-tu survécu ces dix dernières années, Elex ? Comment n'es-tu pas devenu fou, piégé dans la pierre ? Comment es-tu resté... toi-même ?

Il n'était pas simplement resté en vie. Elex avait conservé son humour et sa capacité à se soucier des autres. Il n'était pas devenu amer, vindicatif ou cruel. Il était resté *vivant*, bien qu'étant figé dans un état proche de la mort pendant si longtemps.

— Comment as-tu fait ?

— Il faut aimer la vie pour survivre à quelque chose comme

ça, Amber. Tu dois l'aimer farouchement et inconditionnellement pour surmonter même les moments les plus sombres. J'avais foi qu'un jour je profiterais à nouveau de la vie. C'est ce qui m'a gardé sain d'esprit pendant toutes ces années, m'aidant à tenir bon.

— Tu savais que tu serais libre à nouveau ?

— Je voulais juste vivre pour voir un autre jour. Il souleva une épaisse mèche de mes cheveux, puis la laissa s'écouler entre ses doigts, cheveu par cheveu. Te voir *toi* à mon réveil a été une surprise bienvenue.

Je souris, repensant à ce matin-là.

— Tu ne pouvais pas attendre pour me toucher.

— Je ne peux toujours pas attendre pour le faire. Il glissa sa main autour de ma taille. C'est un pur plaisir de te toucher, Amber. La meilleure sensation qui soit.

C'était aussi un plaisir de le toucher. Je pris son visage en coupe, sa barbe courte caressant mes paumes. Il se pencha contre mon toucher avec un sourire. Je glissai ma main le long des crêtes dures de son abdomen et glissai mes doigts dans la ceinture de son pantalon de survêtement.

Avec une inspiration brusque, il écarta ses hanches.

— Attends...

J'immobilisai ma main.

— Quelque chose ne va pas ?

Tout ce que nous avions fait jusqu'à présent avait été pour *mon* plaisir. Mais je souhaitais lui donner quelque chose aussi.

Cependant, il se tendit près de moi.

— Ça semble plus *juste* que tout. Mais... Ralentis, mon étincelle, s'il te plaît. Je n'ai rien ressenti du tout pendant plus d'une décennie. Il y a tant de sensations quand je suis avec toi. Si intenses. Je crains... il me fit un tendre sourire. Je crains que le plaisir puisse me tuer.

J'exhalai un doux rire, déposant un baiser sur le bout de son nez.

— Nous irons doucement, alors. Laisse-moi juste le toucher

pour l'instant. Je serai douce. Je bougeai mes doigts dans un mouvement léger comme une plume le long de sa dureté.

Il ferma les yeux, se détendant un peu sous mon toucher. Sa confiance m'excitait.

— Puis-je le voir ? Je tirai sur la ceinture de son pantalon.

Il acquiesça, ouvrant les yeux suffisamment pour me regarder à travers ses épais cils.

Je baissai son pantalon, libérant son érection. Elle était dure comme la pierre, plus foncée que le reste de sa peau brun chaud, avec des veines épaisses et saillantes qui me donnaient envie de la lécher.

— Impressionnant, ronronnai-je, traçant une longue veine de mon doigt.

J'étais sa première femme depuis tant d'années, je voulais que ce soit spécial pour lui.

Je voulais qu'il se souvienne de moi.

Prête à le prendre dans ma bouche, je fis un mouvement pour descendre le long de son corps, mais il m'arrêta.

— Nous n'avons que cette unique fois, Amber. Il n'y en aura pas d'autre. S'il te plaît. Je veux être en toi.

Il se dressa au-dessus de moi sur ses bras, et j'écartai mes jambes pour lui. Le prenant dans ma main, je le guidai en moi. Sa poitrine se gonfla d'une profonde respiration tandis qu'il entrait en moi, lentement, centimètre par délicieux centimètre. Je soulevai mes hanches, l'accueillant en moi, mon corps s'étirant autour de sa largeur considérable.

Il s'immobilisa au-dessus de moi, ses yeux sombres fixés sur les miens.

— Viens avec moi, Amber.

Mon souffle se bloqua dans ma poitrine quand je réalisai qu'il ne parlait pas de sexe. Il voulait que je vienne à Nerifir avec lui.

— Elex. J'enroulai mes bras autour de son cou. À ce moment-là, je ne souhaitais rien d'autre que de rester comme ça, connectée à lui pour toujours. Ce n'est pas juste de me demander ça maintenant.

— Je sais. Mais je ne veux pas que tu réfléchisses trop longtemps ou trop sérieusement à ce sujet.

En ce moment, sa chose « longue et dure » était profondément enfouie en moi, altérant sérieusement mon jugement et ma concentration. Je n'étais pas pleinement en contrôle de mes émotions.

— Je n'ai aucune idée où et quand j'atterrirai plus tard aujourd'hui, dit-il. Mais je déteste penser que tu ne seras pas là. Je veux que tu viennes avec moi.

Le besoin se répandait en moi à cause de la façon dont nos corps étaient connectés. Je bougeai mes hanches, le faisant gémir. Il se retira un peu, envoyant une vague de désir à travers moi.

— Je ne peux pas... parvins-je à dire.

Je luttais pour rassembler mes pensées afin de formuler une réponse cohérente. Je savais que je ne pouvais pas l'accompagner à Nerifir, mais c'était si difficile de me rappeler les raisons de ne pas le faire.

Ce n'était pas un jeu équitable auquel il jouait.

— Viens. Il s'enfonça à nouveau en moi.

Je frissonnai sous une nouvelle vague de plaisir.

Il bougea en moi avec des coups durs et impitoyables.

— Viens avec moi, Amber.

L'orgasme me secoua, bien plus intense que jamais auparavant. Le plaisir me parcourait encore quand il me rejoignit dans sa jouissance. Je fléchis mes bras et mes jambes autour de lui, le chevauchant avec lui.

Il s'effondra sur le lit à côté de moi, l'air épuisé mais loin d'être détendu. Un feu fervent brûlait dans l'obscurité de ses yeux.

— Viens avec moi, Amber, répéta-t-il, prenant mon visage en coupe. Je te veux avec moi.

Je pris sa main dans la mienne, reprenant mon souffle. Il méritait une explication, et j'essayai de lui en donner une.

— Si je quitte cet endroit, je devrai tout recommencer à zéro, dis-je. Dakath est un monde dont je sais si peu de choses.

— Je te dirai tout ce que tu dois savoir. Je t'apprendrai...

Je secouai la tête, ne laissant pas ses douces paroles et la tendresse dans ses yeux m'attirer.

— Nerifir est le foyer des fées, des êtres comme toi - forts, puissants et magiques. Que serais-je parmi eux ? Encore plus faible et impuissante que je ne l'ai jamais été ici.

— Quoi qu'il arrive, je te protégerai. Sa voix était pleine de conviction, mais il détourna son regard de moi. Au fond de lui, il savait que j'avais raison, même s'il souhaitait que ce ne soit pas le cas.

— Je vieillirai et mourrai des siècles avant toi. Non. Je secouai à nouveau la tête. Je suis vraiment désolée, Elex, mais je n'appartiens pas à ton monde. Ça me fait mal de te voir partir. Ça fait vraiment mal... Je fermai étroitement les yeux contre la douleur. Mais je dois rester ici, dans le monde que je connais. Au moins ici, j'ai une chance de devenir quelqu'un un jour.

— Amber... Le désir profond dans sa voix m'éventra. Je ne pouvais pas le laisser continuer.

— S'il te plaît, comprends. Je suis tellement fatiguée d'être faible et sans défense, de compter sur d'autres personnes, de risquer qu'elles profitent de moi. Je veux être celle qui contrôle mon avenir. Et je suis en train d'y parvenir. Je veux une vie stable où je sais ce que le lendemain apportera. Rien de là où tu vas n'est prévisible. Pas même pour toi.

— Tu ne me fais pas confiance pour prendre soin de toi ?

— Je ne fais confiance à personne, Elex. *Je* suis la seule personne sur laquelle je peux totalement compter.

Il gémit, serrant ses poings de frustration.

— J'aimerais pouvoir apaiser tes doutes. J'aimerais pouvoir te promettre plus...

Mais c'était là le problème. Il ne pouvait rien me promettre. Il ne savait même pas lui-même ce qui l'attendait de l'autre côté de la mystérieuse Rivière des Brumes.

ELEX

Amber leva les yeux de la carte sur l'appareil qu'elle appelait « téléphone portable » et s'approcha du bord de l'eau du ruisseau.

— Est-ce que ça ressemble à l'endroit avec le portail ? demanda-t-elle en pointant vers l'amont.

L'eau claire qui coulait sur les roches plates lui semblait familière, mais la forme de la berge ne correspondait pas à ce dont il se souvenait de ce jour où les *brack*s l'avaient poussé à travers le portail, lui volant à jamais la seule vie qu'il connaissait.

L'anticipation bourdonnait en lui. Il était si proche. Si proche de rentrer chez lui, quelque chose dont il avait rêvé depuis si longtemps. Ce rêve était maintenant plus près de la réalité que jamais. Tout ce qu'il avait à faire était de trouver le portail.

— Peut-être autour de ce virage ? examina-t-il plus attentivement la courbe de la berge. Ça devrait être là. Je crois.

Il longea le bord de l'eau, forçant sa mémoire à se rappeler chaque détail du jour où il avait été arraché de Dakath.

— Regarde. Là ! Amber toucha son bras, pointant avec excitation vers l'amont.

L'air chaud s'élevait de l'eau en volutes de brouillard. Une brume scintillait au-dessus du cours d'eau, se dissipant dans l'air. Sauf à l'endroit que montrait Amber.

La brume s'épaississait là-bas. Elle semblait refléter le miroitement du soleil sur l'eau en dessous. Des étincelles dansaient et jouaient dans le brouillard, le teintant de rose.

C'était joli, mais presque naturel. *Presque*, car il n'y avait aucune source naturelle de cette couleur rose dans le ruisseau ou autour. C'était la couleur de la magie de la Rivière.

Amber hoqueta, serrant son bras.

— Elex, c'est ça, n'est-ce pas ?

Ses pieds restèrent plantés sur place. Après avoir rêvé de rentrer pendant si longtemps, il aurait dû se précipiter vers le portail aussi vite que ses pieds et ses ailes pouvaient le porter, mais quelque chose le retenait, les doigts fins sur son bras.

Il se tourna vers elle.

— Oui. C'est ça.

Ses yeux verts et chaleureux le piégeaient plus efficacement que n'importe quelle contrainte.

— Eh bien... Vas-y, dit-elle doucement, sa voix petite et fragile. Rentre chez toi, comme tu le voulais.

Elle le libérait. C'était sa chance de s'envoler. Pourquoi le poids dans sa poitrine lui donnait-il l'impression qu'il ne s'élèverait plus jamais ?

— C'est un adieu alors ? croassa-t-il.

S'il savait seulement ce qui l'attendait à son retour. S'il pouvait seulement lui promettre la vie d'une princesse à Dakath, la vie qu'elle méritait.

Au lieu de cela, il ne saurait jamais comment sa vie se déroulerait ici sans lui. Cette pensée provoquait un sentiment troublant qu'il savait l'accompagner aussi longtemps qu'il vivrait.

— Je ne t'oublierai jamais. Elle se blottit dans ses bras.

Les larmes qui brillaient dans ses yeux le firent s'étouffer à sa prochaine respiration.

— Amber...

Sa seule véritable étincelle de vie. Il l'attira dans ses bras, souhaitant ne jamais devoir la lâcher.

Prenant son visage entre ses mains, elle l'attira pour un dernier baiser d'adieu.

Cela l'éventra. Le baiser remplit le vide dans sa poitrine de chagrin et de plaisir. C'était ce qu'Amber avait été pour lui depuis l'instant où il l'avait rencontrée, un plaisir intense et une douleur déchirante qui s'intensifiaient à mesure que le moment de la séparation approchait.

Elle s'écarta de lui, rompant le baiser qu'il aurait voulu voir durer éternellement.

— Tu devrais y aller, haleta-t-elle, inclinant son menton vers le portail derrière lui. Cette chose ne restera pas ouverte beaucoup plus longtemps.

— Je ne veux pas partir. Ses propres mots le choquèrent. Pas sans toi.

Elle le fit taire en plaçant une main sur sa bouche.

— Non. S'il te plaît. Ses yeux brillaient intensément, reflétant la tempête qui faisait rage en elle. Les décisions prises sous l'impulsion du moment ne sont pas fiables. Crois-moi, j'en ai pris. Beaucoup. Et j'ai fini par regretter chacune d'entre elles. Écoute ce que te dit ta raison, Elex, pas ton cœur... Sa voix se brisa. Elle déglutit difficilement avant de continuer avec une résolution renouvelée. C'est ce que je suis déterminée à faire désormais, moi aussi.

Il la regarda fixement. Pour une fois, son esprit était tout à fait d'accord avec son cœur. Il avait besoin d'elle. Mais il ne pouvait pas prendre cette décision à sa place. Elle avait clairement indiqué qu'elle souhaitait rester.

— Vas-y... Elle desserra ses doigts, détachant ses bras de lui. Vas-y, Elex. S'il te plaît. Elle fit un petit pas en arrière, ses mains tremblantes. Tu dois partir.

Ses yeux remplis de larmes regardèrent derrière lui vers le portail, puis de côté... vers autre chose.

L'horreur envahit son visage, lui donnant un sursaut d'alarme.

— Chris, siffla-t-elle entre ses dents, puis elle poussa sa

poitrine de toute sa force humaine. Cours, Elex ! Envole-toi. Ne les laisse pas t'attraper !

Il fit volte-face.

Des hommes couraient entre les arbres sur la rive opposée du ruisseau. Ils portaient des armes aux longs canons épais qui devaient projeter quelque chose d'assez gros pour abattre un dragon en plein vol.

Aucune arme fabriquée dans ce monde ne le tuerait. Mais elle pourrait le neutraliser assez longtemps pour que le portail se referme et qu'ils le ramènent à Ghata.

— Envole-toi, Elex ! cria Amber en se mettant à courir.

Elle se dirigeait dans la direction opposée aux hommes qui approchaient et loin du ruisseau avec le portail.

Les humains levèrent leurs armes. Des tirs déchirèrent la paisible matinée. Le métal siffla près de lui avec un bruit strident.

Ses ailes jaillirent de son corps à la vitesse d'une pensée, déchirant la chemise rouge qu'il portait. Des morceaux de métal tirés par les armes humaines percèrent le cuir de ses ailes, brûlant sa chair de douleur. Des flammes jaillirent de l'une des armes plus grandes. Apparemment, les humains avaient aussi un moyen de cracher du feu.

Les flammes traversèrent le ruisseau, le léchant de chaleur. Il n'était pas imperméable au feu sous cette forme, mais il n'avait pas le temps de se transformer.

Le portail scintillait, s'amincissant.

Il battit des ailes, s'élançant dans les airs.

Amber se précipitait entre les arbres. Son objectif était clairement de s'éloigner des hommes armés. Mais où courait-elle ? Il n'y avait rien pour elle que plus d'arbres, puis un champ ouvert au-delà, sans endroit où se cacher.

— Amber, arrête ! cria un homme en veste de cuir, puis ordonna sèchement : Attrapez-la.

Deux hommes se détachèrent du groupe, entrant dans le ruisseau pour le traverser.

Qu'arriverait-il à Amber une fois qu'il aurait quitté ce monde ?

Il n'avait pas de réponse et pas le temps d'y réfléchir.

D'un battement d'aile, il tourna brusquement, puis plongea vers le sol, zigzaguant entre les arbres.

Arrachant la femme qui courait du sol, il remonta en virant vers le portail qui disparaissait.

— Elex, non ! Amber s'agrippa à ses bras, agitant ses jambes dans le vide.

Il la tenait fermement, volant à travers la pluie de balles et de flammes que les humains en-dessous leur tiraient dessus.

— Retiens ton souffle ! cria-t-il.

Enveloppant de ses ailes la femme dans ses bras, il plongea dans la brume scintillante rose.

ELEX

Une fois de plus, il fut plongé dans la Rivière des Brumes. Mais cette fois, il ressentit chaque sensation dans son intégralité.

L'eau fraîche du ruisseau les submergea, mais seulement pour un instant. Puis la douce caresse des brumes mythiques la remplaça. Ils étaient suspendus dans la lueur rose tendre, transportés d'un monde à l'autre.

Il inspira profondément.

— Tiens bon, Amber. Accroche-toi à moi aussi fort que tu peux.

— Mon Dieu, Elex... Mon Dieu... Elle s'agrippait à lui, son cœur battant frénétiquement contre sa poitrine, sa voix saccadée. Elle semblait perdue et délirante.

Lui pardonnerait-elle jamais ce qu'il avait fait ?

Mais il n'avait pas le temps de demander pardon.

Un frisson caressa sa peau. L'odeur vive de son foyer l'atteignit à travers le courant laiteux de la Rivière.

— Retiens ton souffle, lui ordonna-t-il.

Le courant tiède de la Rivière des Brumes disparut, remplacé par un courant glacial et bien plus turbulent. Le tonnerre de l'eau qui se précipitait résonna dans ses oreilles. Le courant tournoyait et se tordait, le projetant violemment contre des rochers acérés.

Quelque chose heurta son coude. Puis une arête tranchante déchira sa cuisse. Une douleur aiguë traversa ses ailes, et il les ramena brusquement, les cachant dans son corps.

L'air s'échappa de ses poumons. Il fouilla l'eau de ses mains, battant des jambes dans une recherche désespérée de la surface.

Sa tête émergea. Il haleta, aspirant l'air glacial et engourdissant à grandes goulées affamées. L'eau gris acier s'agitait tout autour de lui, moussant avec une dentelle cristalline à sa surface. Le courant se frayait un chemin entre les hautes berges de chaque côté. Les rochers noirs étaient vernis de glace le long du bord de l'eau. Leurs pics acérés jaillissaient des rapides tumultueux.

Amber !

Elle n'était plus dans ses bras.

La panique le traversa. Il plongea, fouillant le courant à sa recherche. L'eau glacée engourdissait ses membres, et il força le feu dans ses veines à brûler plus intensément pour maintenir ses muscles en mouvement.

Amber n'avait aucune capacité pour réchauffer son corps. Cette rivière lui volerait la vie en quelques instants.

L'horreur de cette pensée le poussa à plonger à nouveau pour ratisser le courant à sa recherche.

Comment avait-il pu la lâcher ? Pourquoi ? Quand ? Était-ce le coup à son bras qui l'avait arrachée de son étreinte ? Ou cela s'était-il produit plus tôt ? Alors qu'ils étaient encore dans la Rivière des Brumes ?

Cette idée lui donna la nausée. S'ils s'étaient séparés dans la Rivière des Brumes, Amber ne serait pas à Dakath. Les humains n'appartenaient pas à Nerifir. On ne pouvait traverser ici que si l'on était accompagné par un être féerique.

Amber ne pouvait pas venir à Dakath sans lui. Elle se retrouverait dans son monde. Mais ce serait probablement à une époque et un endroit différents de ceux d'où il l'avait prise.

Son cœur se serra. Et s'il l'avait arrachée à son monde unique-ment pour la perdre dans un lieu inconnu ?

Le courant l'emporta autour d'un virage et vers un terrain plat, une plage couverte de roches éparses et de glace.

Il sortit de l'eau et grimpa sur les rochers. La glace craqua sous ses genoux. La fine poudre de neige fondait sous ses paumes chauffées.

— Amber ? Il scruta les alentours.

Il n'y avait rien que des rochers, de la glace et de l'eau noire tourbillonnante couronnée d'écume blanche. L'inquiétude lui transperçait la poitrine, encore et encore. Mais il s'accrochait à un fil d'espoir, aussi ténu soit-il.

— Amber !

Il escalada le flanc rocailleux de la montagne au bord de la plage. Une douleur aiguë émanait de la profonde blessure à sa cuisse. Son bras droit refusait d'obéir quand il essayait de le soule-ver. Il devait être cassé à cause du coup qu'il avait reçu au coude dans l'eau. Serrant les dents, il fit de son mieux pour ignorer la douleur et continua à grimper.

Après s'être élevé suffisamment pour voir davantage de la rive, il se retourna pour regarder en arrière.

À en juger par la position du soleil dans le ciel, il était environ midi à Dakath. La neige d'un blanc éclatant scin-tillait entre les rochers noirs. Sa couche s'épaississait en remontant la montagne. Ce devait être l'hiver dans le royaume, soit tout au début, soit tout à la fin. Il reconnais-sait les rochers noirs de sa patrie, mais pas l'emplacement exact ou la rivière.

De sa position en hauteur au-dessus de la plage, il examina soigneusement chaque creux entre les rochers, chaque parcelle de terre le long de la rive, à la recherche d'Amber.

— Je vous en prie, dieux, je vous en supplie, faites qu'elle soit vivante, murmura-t-il.

Juste au-delà des rochers à l'extrémité opposée de la plage, il aperçut un petit groupe de personnes qui montaient un sentier depuis l'eau. Elles étaient trois, vêtues de rouge. Toutes des femmes.

Il plissa les yeux, observant les cordes jaunes attachées autour des tailles de leurs longues robes rouges. Des capuchons rouges, bordés de dentelle dorée, couvraient leurs têtes. C'étaient les tenues typiques des sœurs du Sanctuaire de Mère *Salamandra*.

Deux d'entre elles portaient chacune un joug sur les épaules, avec un seau d'eau qui se balançait à chaque extrémité. La troisième femme tenait une épée dans chaque main.

Une arme ? C'était inhabituel.

Les sœurs *Salamandras* formaient un ordre pacifique. Elles offraient un abri à quiconque était dans le besoin et détestaient l'agression. Elles n'avaient pas non plus besoin de se protéger. Aussi loin qu'il s'en souvienne, le Sanctuaire avait toujours été vénéré et estimé. La vue de la robe rouge suffisait souvent pour que celle qui la portait reçoive le plus grand respect.

La grande femme aux épées s'arrêta brusquement. Elle se pencha sur le côté, comme si elle avait repéré quelque chose derrière les rochers qui bordaient le sentier depuis la rivière.

Son cœur s'arrêta presque complètement quand il vit ce que la femme fixait : une paire de jambes nues, égratignées et meurtries. Quelqu'un était allongé derrière les rochers.

Amber !

Ses jambes étaient drapées sur un rocher plat. L'éclair de ses cheveux roux était visible plus près du sentier.

L'une des femmes déposa ses seaux, posant le joug arqué sur eux, puis se précipita vers Amber.

Il vit les jambes d'Amber tressaillir, puis elle les ramena sous elle, se redressant.

Elle était à Dakath. Vivante.

Il expira, louant tous les dieux qu'il connaissait. La douleur dans sa poitrine s'atténua.

— Amber ! cria-t-il, mais le vent arracha son nom de ses lèvres, l'emportant dans la direction opposée. Ni Amber ni les femmes ne l'entendirent.

Il déploya ses ailes, prêt à voler vers elle. Une décharge de douleur le paralysa un instant. Ses deux ailes lui faisaient mal, criblées de trous causés par les projectiles des armes qui lui avaient tiré dessus dans le monde des humains. Le bout de l'aile droite pendait inutilement dans le vent. La fine épine dorsale était brisée. La peau avait été déchiquetée, probablement lorsqu'il avait été projeté contre les rochers dans les rapides.

Il chercha l'itinéraire le plus rapide pour descendre vers la plage. Ensuite, il devrait nager autour d'une falaise abrupte qui séparait la plage du sentier où se trouvaient les femmes et Amber.

Avant de commencer sa descente, il jeta un dernier regard au groupe pour marquer leur position exacte dans son esprit.

Les femmes semblaient soudainement alarmées. Elles s'écartèrent précipitamment du sentier. Celle aux épées leva les yeux avant d'aider Amber à se cacher derrière les rochers.

Il s'arrêta, essayant de comprendre ce qui les avait effrayées. Il regarda vers le ciel, comme la grande femme l'avait fait.

Haut parmi les nuages gris de l'hiver, trois formes ailées planaient. Elles descendaient de plus en plus bas vers le sol, trois hommes gargouilles.

Est-ce que les hommes qui approchaient effrayaient les femmes ? Mais pourquoi ?

De toute évidence, les femmes en savaient plus que lui sur le lieu et l'époque où Amber et lui étaient arrivés. Il jugea sage de suivre leur exemple et se dissimula sous une falaise pour se cacher également.

Les hommes atterrirent sur la plage en contrebas et replièrent leurs ailes. Tous les trois étaient vêtus de pantalons en daim avec des bottes en cuir souple et des tuniques en laine brodées avec des fentes dans le dos pour leurs ailes. Ils ne cachaient pas leurs ailes, les drapant sur leurs épaules comme des capes pour une protection supplémentaire contre le vent.

— C'est là que tu les as vues, Osym ? demanda un homme grand à la peau sombre et burinée à celui aux cheveux couleur sable et au teint rougeaud.

Osym scrutait les rochers entourant la plage.

— Ici... Ou peut-être sur l'autre plage, en aval ? dit-il d'une voix incertaine.

— Eh bien, *ici* ou en aval ? demanda le troisième avec impatience, ses longs cheveux noirs soufflant dans le vent glacial de l'hiver.

Elex n'aimait pas son impatience vorace. Il y avait quelque chose de féroce et de dangereux dans l'empressement de cet homme.

— Je ne sais pas ! Osym souffla d'un air frustré. Je crois avoir vu un éclair rouge, les robes portées par les *salamandras* du Sanctuaire.

— *Un éclair rouge*, se moqua celui aux cheveux longs. Tu devrais peut-être arrêter le vin un moment si tu vois des choses. Les éclairs ne sont pas des femmes, idiot.

Le premier homme, qui semblait être le chef du petit groupe, se lécha les lèvres.

— Taisez-vous. Tous les deux. Personne ne doit savoir que nous sommes après les *Salamandras* du roi. Ses yeux sombres se plissèrent, scrutant les environs. J'ai vu un sentier depuis les airs. Il est derrière cette falaise. Cherchons là-bas. Il déploya ses ailes, se préparant à s'envoler à la recherche des femmes.

L'inquiétude s'éveilla en Elex. Les femmes souhaitaient clairement éviter cette rencontre. Quelles que soient les intentions des hommes, il avait le sentiment qu'elles ne pouvaient pas être bonnes. Mais comment pouvait-il les arrêter ? Un contre trois ?

Les hommes semblaient bien nourris. Ils étaient armés et chaudement vêtus. Il était blessé, son feu épuisé par le froid et la traversée d'un autre monde. Il ne pouvait pas les combattre, mais peut-être pouvait-il les distraire.

Il sortit de sa cachette.

— Salutations, braves hommes.

Tous trois pivotèrent dans sa direction. Le chef dégaina une longue épée. Des couteaux apparurent dans les mains des deux autres.

L'alarme sur leurs visages s'apaisa tandis qu'ils prenaient conscience de son état lamentable.

Les yeux du chef s'arrêtèrent brièvement sur les restes de la chemise rouge d'Elex qu'Amber lui avait offerte. Ses ailes avaient déchiré le dos du vêtement. Les rochers dans la rivière avaient arraché d'énormes trous à l'avant. Mais Elex espérait que les lambeaux du tissu rouge étaient encore assez grands pour que le chef croie qu'ils étaient "l'éclair rouge" qu'Osym avait repéré du ciel et abandonne la recherche des femmes.

— Qui diable es-tu ? Le chef abaissa son arme.

— Je suis un voyageur. La prudence lui dictait de ne pas révéler son nom ou son titre, du moins pas avant d'en savoir plus sur le *quand* il avait atterri et qui étaient ces personnes.

Osym glissa son regard le long de la silhouette meurtrie d'Elex.

— Tu n'as pas l'air en forme, déclara-t-il.

— Je... Il ajusta la ceinture de son pantalon déchiré et trempé. Le côté droit était imbibé de sang à cause de la blessure à sa cuisse. J'ai glissé sur la glace et je suis tombé dans la rivière. C'est un courant puissant. J'ai failli ne pas m'en sortir vivant.

Le chef ricana, sans la moindre compassion dans ses yeux plissés.

— Où vas-tu ?

— Au château du roi, le Pic de Bozyr, répondit-il, trouvant l'idée sur le moment. Le Pic de Bozyr était une destination aussi bonne qu'une autre. Peut-être même meilleure que la plupart. Selon exactement *quand* il était, le château du roi aurait pu être sa maison.

— Hein ? Osym posa ses mains sur ses hanches. Et qu'est-ce qui te fait croire que tu serais le bienvenu au Pic de Bozyr ?

— Qui est ton seigneur ? demanda le chef.

L'intensité s'accentua dans le regard pénétrant du chef, faisant réaliser à Elex à quel point la réponse à cette question devait être d'une importance vitale.

— Personne, répondit-il avec prudence. J'ai été élevé en dehors de Dakath. Mes parents sont maintenant morts, et je souhaite retourner sur la terre de mes ancêtres. Je vais au Pic de Bozyr pour offrir mes services au roi.

Il aurait aimé savoir qui était le roi actuel. Cela l'aurait aidé à s'orienter le long de la chronologie de l'histoire du royaume. Mais il craignait que poser cette question ne rende les hommes encore plus méfiants. Il ne voulait pas trop révéler sur lui-même, ne sachant pas à qui et à quoi il avait affaire.

— Un étranger ? Le soupçon dans le regard du chef s'épaissit.

— C'est un espion ! L'homme aux cheveux longs pointa un couteau vers Elex. Il ne nommera pas son seigneur parce que c'est l'un des Rebelles.

Les Seigneurs Rebelles.

C'était le nom d'un groupe de Grands Seigneurs qui s'étaient autrefois opposés au Roi Edkhar, son arrière-arrière-grand-père. La rébellion avait provoqué une guerre brutale qui avait duré des décennies.

Était-ce là où il se trouvait ? Environ un millénaire dans le passé ?

La stupeur le figea. Un frisson qui n'avait rien à voir avec le vent glacial saisit ses membres.

— Pas un espion... marmonna-t-il.

La Guerre des Seigneurs Rebelles avait été la dernière guerre brutale à Dakath. Des centaines de milliers de personnes étaient mortes dans d'interminables batailles sanglantes. Cette guerre avait été l'événement le plus terrible du passé, à l'époque d'où il venait.

Était-ce son *présent* maintenant ?

Osym s'essuya la bouche avec sa manche.

— Ouais, comment sait-on que tu n'essaies pas de t'infiltrer dans le château du roi pour nous espionner ? Comme Draig l'a dit ?

— Ou pour essayer de tuer le Roi Edkhar ? ajouta Draig, repoussant ses longs cheveux de son visage pour que le vent les ramène aussitôt.

— Ce n'est pas le cas. Elex força son cerveau à réfléchir à la manière d'utiliser ce qu'il savait à son avantage.

Le Roi Edkhar avait gagné la guerre. Les Seigneurs Rebelles avaient été vaincus lors de la Bataille du Pic de Bozyr. Le fils du roi, Elex, son homonyme et arrière-grand-père, était né peu après et avait pris le Trône de Dakath après la mort du Roi Edkhar.

Les trois individus qui se tenaient devant lui, aussi déplaisants soient-ils, avaient combattu du côté des vainqueurs. Le côté qu'il devait prendre également.

— Je veux servir le roi, dit-il. Je veux rejoindre son armée pour combattre les Seigneurs Rebelles.

— Hah ! Draig ricana. L'armée du roi n'est pas un endroit pour de la racaille comme toi. Il cracha entre ses dents.

La colère bouillonna en Elex. Il pouvait être blessé et affaibli, mais il était de sang royal. Des siècles plus tard, il serait le premier dans la ligne de succession au Trône de Dakath.

Comment ce roturier osait-il le mépriser ?

Il redressa sa colonne vertébrale, s'éloignant des rochers contre lesquels il s'était appuyé pour se soutenir, et prit une large posture, ignorant la douleur lancinante qui zigzaguait à travers la chair déchirée de sa jambe.

— Je suis de noble lignée. Ma mère appartenait à une ancienne lignée saurienne. Ce n'était pas un mensonge. Ses deux lignées parentales étaient aussi vieilles que le temps lui-même. Que le roi teste ma magie. Il verra ce que j'ai à offrir.

La confiance était une arme puissante. Les trois brutes se turent, le regardant avec un nouvel intérêt.

— Bon, il n'y a pas de mal à l'emmener au Pic de Bozyr si on le surveille. Osym se tourna vers son chef pour obtenir des conseils.

Le chef dévisagea longuement Elex.

— Nous laisserons le Haut Général décider quoi faire de lui.

— Ou le roi peut tuer l'espion lui-même. Draig haussa les épaules.

— Peux-tu voler ? demanda le chef.

Elex ramena ses épaules en arrière, déployant à nouveau ses

ailes. Elles lui faisaient mal, comme chaque autre partie de son corps. La pâle lumière du soleil brillait à travers les trous laissés par les tirs des humains. Les marques de brûlure de leur feu ternissaient l'éclat de la peau. Mais le plus gros problème était la colonne vertébrale brisée. Elle rendait son aile droite inutilisable, et il ne pouvait pas voler en n'utilisant qu'une seule aile.

— Non. Je ne peux pas. Il replia ses ailes.

Le chef grogna, étirant son cou. Elex se demanda s'il reconsidérait l'idée de l'emmener. Il ne s'y opposerait pas. S'ils le laissaient derrière, il aurait une chance de retrouver Amber d'une manière ou d'une autre.

— Osym. Le chef claqua des doigts. Transforme-toi et porte-le.

— Pourquoi moi ? gémit Osym, mais il détacha sa ceinture puis retira sa tunique par-dessus sa tête. Pourquoi Draig ne peut-il pas le faire ? Il fait un froid de canard.

Draig roula des yeux.

— Je jure devant les dieux, tu n'es pas un vrai dragon. Je n'ai jamais entendu quelqu'un se plaindre du froid autant que toi.

Osym bouda, enlevant ses bottes et son pantalon.

— C'est le vent. Essayer de rester au chaud dedans, c'est juste gaspiller son feu. Ce vent maudit emporte toute la chaleur, continua-t-il à se plaindre tout en pliant ses vêtements puis en les attachant avec sa ceinture en un paquet avec ses bottes et ses couteaux. Tiens. Il tendit le paquet à Elex. Garde-le. C'est le moins que tu puisses faire.

Complètement nu, Osym s'éloigna d'eux à la recherche de plus d'espace, puis se transforma en dragon.

— Prêt ? Le chef s'envola, suivi par Draig.

Avec des pattes rugueuses et griffues, Osym saisit Elex par le milieu, pressant ses bras contre son torse. Tout le corps d'Elex fut secoué de douleur quand Osym s'élança du sol et s'envola dans le ciel gris et nuageux.

En s'éloignant, Elex jeta un regard vers le sentier où il avait vu les femmes pour la dernière fois. Il n'y avait plus aucune trace d'elles maintenant.

Avec la guerre en cours, il ne pouvait pas imaginer un endroit plus sûr pour Amber que l'Ordre de *Salamandra*. Ces femmes étaient des guérisseuses. Elles prendraient soin d'elle. Elle serait en sécurité avec elles jusqu'à ce qu'il vienne la chercher quelques jours plus tard, après que son aile soit guérie.

Il devait convaincre le roi de l'engager. Une position dans l'armée signifiait une vie stable, tant maintenant qu'après la guerre. Aux côtés du roi, il aurait un endroit où vivre et le respect de la cour. Il ferait tout pour gagner la confiance royale et prendre une place digne de sa lignée.

Alors il pourrait enfin offrir à Amber la vie d'une princesse.

AMBER

Je ne sentais plus mon corps. Comme si mon âme l'avait quitté et que je n'avais plus de corps du tout.

— Hé, m'appela doucement une voix, une voix de femme.

D'où venait cette femme ? N'étais-je pas censée être avec Elex ?

Non. J'étais censée être seule. Dans le parc d'Indian Springs en Géorgie, aux États-Unis. Elex était censé être parti, retourné d'où il venait, vers le royaume magique dans les Montagnes de Dakath à Nerifir.

Mais il m'avait emmenée avec lui.

J'ouvris les yeux pour rencontrer une paire d'yeux noirs comme le charbon qui me fixaient. L'inquiétude plissait le front à la peau brune légèrement scintillante de la femme. Une épaisse tresse noire reposait sur son épaule.

— Elle est vivante, dit-elle rapidement à quelqu'un, puis elle écarta mes cheveux mouillés de mon visage. Comment es-tu arrivée ici, ma pauvre ?

La femme ne parlait pas anglais. Pourtant, je comprenais

chaque mot. Ce qui était encore plus miraculeux, c'est que je savais aussi comment lui répondre dans sa langue.

— Je... Ma gorge se noua tandis qu'un frisson parcourait mon corps. Je tremblais violemment en m'asseyant avec l'aide des femmes.

— Elle a froid, Zenada. Un autre visage féminin apparut dans mon champ de vision. Celle-ci avait les yeux bruns et la peau plus claire, avec des taches de rousseur parsemées sur son nez et ses joues.

Elle toucha mon bras. La chaleur me pénétra par ce contact, picotant ma peau tandis que le froid glacial reculait.

— Elle est blessée, aussi. La femme aux yeux noirs, Zenada, fronça les sourcils en voyant les égratignures sur mes bras et mes jambes.

— Dragons ! s'exclama doucement quelqu'un, mais avec suffisamment d'alarme dans la voix pour me faire sursauter.

L'avertissement venait de la troisième femme. Elle était grande, plus grande que les deux autres, et elle tenait une épée courte et large dans chacune de ses mains.

— Cachez-vous !

À son avertissement, les deux premières femmes me saisirent sous les bras, me traînant facilement derrière les rochers noirs et brillants qui étaient éparpillés dans toute la zone aussi loin que je pouvais voir. Les deux femmes se faufilèrent entre plusieurs énormes rochers, me cachant avec elles. La troisième femme nous rejoignit peu après.

— Restez immobile, ordonna-t-elle, son visage sombre se fondant presque avec les rochers autour de nous. Pas un mot. Elle posa un doigt sur ses lèvres pleines et bien dessinées.

De toute façon, je n'aurais pas pu dire un mot ni bouger un muscle même si j'avais essayé. J'avais l'impression que mon corps avait été jeté avec des cailloux dans une bétonnière. Chaque os me faisait mal, chaque muscle était en agonie. Ma tête me faisait souffrir, ma gorge était rugueuse et sèche. Et je continuais à trembler de froid, malgré les efforts de la femme aux taches de rousseur pour me réchauffer. Le claquement de mes dents était le seul bruit que j'étais capable de produire.

Sans dire un mot, Zenada étala ses mains sur mes jambes. La chaleur filtrait de ses paumes, faisant fondre la sensation d'engourdissement de mes muscles. Je m'appuyai contre un rocher un peu plus confortablement tandis que mes tremblements s'atténuaient.

Je ne savais pas combien de temps s'était écoulé pendant que nous nous cachions dans les rochers. Mais finalement, la grande femme dit :

— Ils sont partis.

Les deux autres exhalèrent audiblement de soulagement.

— Tu viendras avec moi. La grande femme glissa l'une de ses épées dans le fourreau sur son dos, puis me hissa avec son bras autour de ma taille. Il pourrait y avoir d'autres dragons dans la région, avertit-elle les deux autres femmes. Nous devons nous dépêcher.

— Il y en a toujours plus, Isar, marmonna Zenada entre ses dents en se relevant.

— Qu'ils brûlent tous dans leurs propres flammes. Les mots de la femme aux taches de rousseur ressemblaient beaucoup à une malédiction.

Elle et Zenada récupérèrent leurs jougs - ces planches étroites et courbées, sculptées avec des crochets aux deux extrémités. Les posant sur leurs épaules, elles accrochèrent un seau d'eau à chaque bout, puis s'engagèrent sur le sentier, équilibrant les seaux sur les jougs sur leurs épaules.

— Je... je ne peux pas partir, protestai-je. La conscience m'était lentement revenue, me permettant de réfléchir. Elex doit être quelque part par ici.

Isar grimaça.

— Qui est Elex ?

— C'est mon... Qui était Elex pour moi ? Il n'y avait pas de définition qui correspondait à ce que nous étions. Mon ami.

— Un dragon ? demanda Isar.

— Euh... oui.

— Ugh, grogna-t-elle, ajustant sa prise sur moi alors qu'elle s'engageait sur le sentier après les autres. Cette femme était forte. Elle me portait pratiquement, tandis que je bougeais à peine les pieds. Il n'y a aucun dragon dans les environs. S'il était ici avant, il est parti. Est-ce lui qui t'a déshabillée ? L'expression de dégoût s'accentua sur son visage avec un éclair de colère dans ses yeux brun doré.

— Déshabillée ? Je jetai un coup d'œil à mon corps.

Je portais ma courte jupe en jean et mon sweat à capuche. Le sweatshirt avait une longue déchirure sur une manche et quelques grands accrocs sur ma poitrine et mes épaules, laissant voir mon débardeur en dessous et les profondes égratignures sur ma peau.

Comparée aux longues robes des femmes et aux nombreuses couches de jupes visibles en dessous quand elles marchaient, je devais leur paraître presque nue. Et maltraitée.

— Nous étions dans la rivière... essayai-je d'expliquer. Elex ne m'a pas fait de mal.

— Les hommes peuvent être cruels et dégoûtants. Isar secoua la tête sous sa capuche bordée de dentelle. Mais tu es en sécurité maintenant. Je veux dire, tu *seras* en sécurité une fois que nous aurons atteint les murs du Sanctuaire.

Elle continuait à scruter nerveusement les alentours.

Avec un soudain souffle d'air, une ombre tomba du ciel. Un homme atterrit sur notre chemin, trop près de Zenada, qui marchait en tête. Elle hoqueta, reculant en trébuchant, et tomba sur son séant. Avec un cri d'angoisse, elle saisit l'un des seaux juste à temps. L'autre tomba, l'eau se répandant sur les rochers du sentier, s'infiltrant dans la terre entre eux.

— Weyx ! Espèce de salaud. Isar me déposa sur le rocher le plus proche du sentier. Cache-toi, me siffla-t-elle.

Incertaine de ce qui se passait, je me précipitai derrière le rocher, accroupie à quatre pattes.

Isar passa en courant devant les deux autres femmes pour se placer à l'avant de notre petit groupe face à l'homme.

— Hors de mon chemin, dragon ! Elle brandit ses deux lames en guise d'avertissement.

Il eut un sourire narquois, donnant un coup de pied dans le seau vide.

— Je vois que vous avez eu soif, sales putains.

Serrant contre elle son unique seau d'eau restant, Zenada rampa hors de portée de ses coups de pied.

— Quelqu'un de ton village a jeté un sort sur notre puits, empoisonnant l'eau du Sanctuaire !

Isar maniait ses épées, faisant siffler l'air sous ses lames.

— Tu peux vouloir notre mort, Weyx. Mais nous vivrons, que ça te plaise ou non. Maintenant, écarte-toi, ou je te découperai en lanières et les tresserai en ceinture pour ma robe.

Jetant un coup d'œil depuis ma cachette derrière le rocher, j'observai la corde attachée autour de sa taille fine, soulagée de constater qu'elle ressemblait à un cordon ordinaire tressé de fils jaunes, et non à la chair séchée de quelqu'un. En même temps, la menace d'Isar était suffisamment puissante pour me faire croire qu'elle était tout à fait capable de faire subir à Weyx le sort dont elle le menaçait.

Il devait l'avoir senti aussi, car il ne s'en moqua pas comme d'une plaisanterie. Ses sourcils se froncèrent. Ses yeux lançaient des éclairs de haine vers la grande femme qui lui faisait face.

— Pas avant que vous n'ayez brûlé votre immonde *sanctuaire* jusqu'aux fondations et quitté notre montagne pour de bon, grogna-t-il. Il n'y a pas de place pour des êtres comme vous sur le même versant que notre village respectable.

Il fit un mouvement pour donner un coup de pied dans le seau que Zenada tenait dans ses bras, mais la femme se recroquevilla, le préservant. Frustré, il attrapa la troisième femme par sa robe, la tirant vers lui.

— Laquelle d'entre vous est la putain du roi ? Celle-ci ?

— Ertee, haleta Isar. Lâche-la !

Ertee gémit, rentrant la tête dans les épaules. La saisissant par la gorge, Weyx secouait la frêle femme comme une poupée de chiffon.

Un grondement profond monta de la poitrine d'Isar. Ses yeux dorés s'assombrirent de menace. Elle bondit en avant avec ses armes. L'une de ses lames transperça l'aile de Weyx. Du sang rouge goutta sur les rochers noirs du flanc de la montagne.

Il grogna, prenant une position large.

— Brûlez, sales putains !

Ses ailes s'étendirent davantage alors qu'il grandissait. Des griffes déchirèrent le cuir de ses bottes. Son visage s'allongea, de la fumée s'enroulant hors de ses narines.

Je sanglotai d'effroi, me pressant contre le rocher derrière lequel je me cachais. J'avais déjà vu la forme de dragon d'une gargouille. Et je connaissais la puissance dont ils étaient capables.

Zenada et Ertee se recroquevillèrent également, mais Isar resta droite, faisant face au monstre en lequel Weyx se transformait devant nos yeux.

Elle jeta ses épées de côté, détacha la corde autour de sa taille, puis arracha sa robe écarlate de son corps.

Son crâne chauve était décoré de spirales dorées. Des clous en cristal et des pointes dorées scintillaient à ses oreilles. Les bras largement écartés, ses yeux dorés brillant de menace, Isar restait bien des fois plus petite que le dragon qui se dressait sur son chemin, mais elle semblait infiniment plus féroce et plus déterminée.

Soudain, sa peau sombre se couvrit de petites écailles. Une crête se forma au milieu de sa tête. Son visage s'allongea. Une longue langue fourchue jaillit entre ses lèvres amincies. Elle s'accroupit, puis bondit dans les airs.

Un lézard grand, élancé, or et gris s'élança hors des vêtements de la femme. L'or scintillait sur le sommet de la crête qui courait le long de sa tête et de son dos. La créature grandit en plein saut. Plus grande qu'une personne, elle restait significativement plus petite que le dragon brun-rougeâtre qui bloquait notre chemin.

— Dieux, aidez-la, s'il vous plaît, chuchota Ertee, joignant ses mains contre sa poitrine.

Le brave lézard semblait avoir besoin de toute l'aide possible, en s'attaquant à l'énorme dragon cracheur de feu.

Il semblait stupéfait par son audace à l'attaquer mais se ressaisit rapidement. Sa poitrine se dilata, la fumée tourbillonnant autour de ses narines dilatées de façon menaçante.

Le lézard ne lui laissa pas la chance d'exhaler. Ses griffes glissant sur ses écailles brillantes, elle grimpa sur sa poitrine, puis plongea ses dents dans son cou.

Sa morsure perça les écailles plus petites juste sous son menton. Du sang coulait des coins de sa gueule. Le liquide cramoisi se mêlait à quelque chose de clair et plus visqueux que le sang. La substance scintillait d'étincelles d'or et de rouge, comme si elle était parsemée de paillettes ou... de magie.

Se propulsant loin du dragon avec ses pattes griffues, la salamandre géante bondit en arrière. Elle toucha le sol près du tas de vêtements d'Isar, puis se transforma en la femme accroupie. Sa peau nue scintillait d'or, mettant en valeur les motifs sur son crâne. Elle se redressa d'un mouvement gracieux, puis tendit la main vers ses vêtements.

— Nous devons sortir d'ici. Elle essuya le sang du dragon de sa bouche avec le dos de sa main.

Un frisson parcourut le corps du dragon. Ses ailes tremblèrent, s'affaissant. Le feu ne se matérialisa jamais dans son souffle. Ses yeux sortirent de leurs orbites. La blessure à son cou crachait des étincelles rouges. Le sang qui en coulait bouillonnait.

Basculant, le puissant dragon tomba, s'écrasant sur les rochers au bord du sentier.

— Nous devrons nous débarrasser de ses vêtements. Zenada pointa du doigt le tas de chiffons déchirés - tout ce qui restait des affaires de Weyx.

Isar enfila précipitamment sa longue chemise de lin aux larges manches brodées, puis drapa sa robe sur son corps musclé et glissa la capuche sur sa tête. Elle ne prit pas la peine d'enfiler la robe de laine sans manches, la jeta simplement par-dessus son épaule.

— Nous ne pouvons pas emporter ses vêtements avec nous, dit-elle, semblant anxieuse de quitter les lieux.

Le corps du dragon rétrécit. Les ailes se rétractèrent dans son dos. Les écailles fondirent dans sa peau qui paraissait exceptionnellement pâle en contraste avec le flanc noir de la montagne. En tant qu'homme nu, étalé sur les rochers froids et coupants, Weyx ressemblait trop à un humain, petit et vulnérable. Et bien mort.

— Ils trouveront ses cendres, avertit Ertee.

La peau du cadavre se fissura comme un lit de rivière asséché. Les fissures s'élargissaient, leurs bords se consumant d'étincelles. La lueur se répandait, brûlant à travers la peau, la chair et les os, comme si le poison d'Isar faisait consumer le corps du dragon de l'intérieur.

Zenada enveloppa rapidement les restes des vêtements de Weyx en un paquet, puis grimpa sur le rocher le plus proche et poussa le paquet derrière celui-ci. Quand elle sauta de nouveau sur le sentier, la lueur brûlante avait consumé le corps de l'homme, ne laissant qu'une fine couche de cendres noires. Le vent en emporta une partie.

Isar aspergea les rochers avec de l'eau d'un des seaux, lavant les cendres.

— Prions pour que Mère *Salamandra* nous envoie bientôt de la neige pour tout recouvrir, marmonna-t-elle, rendant le seau à Zenada. Allons-y. Où est l'étrangère ? Isar me chercha derrière les rochers. Viens ici. Nous devons nous dépêcher. Elle me traîna de derrière les rochers par le col de mon sweat, puis me conduisit, me portant à moitié, à nouveau sur le sentier.

Je me blottis contre son corps fort, me cachant du froid dans les plis de sa robe.

Que venait-il de se passer ? Qui étaient ces personnes ? Comment étais-je arrivée ici ?

Les questions volaient dans mon esprit fiévreux. Si je m'arrêtais sur l'une d'elles à la fois, cependant, j'en connaissais les réponses.

J'étais dans les Montagnes de Dakath. Où ailleurs y aurait-il des hommes qui se transforment en dragons ?

Elex m'avait amenée ici, mais je n'avais aucune idée d'où il était maintenant.

Et... je venais d'assister à un meurtre.

— Tu ne dois jamais parler de ce qui s'est passé ici, siffla Isar à voix basse. Tu m'entends ? Jamais. À personne.

Dix-Huit

AMBER

Nous avions grimpé le sentier pendant ce qui semblait une éternité. La paroi rocheuse à notre gauche s'éloigna, se transformant finalement en précipice. Le chemin se rétrécit, s'accrochant au flanc de la montagne à droite. Les vents violents nous fouettaient sans obstacle. Je frissonnais sous leurs assauts. Même le corps d'Isar ne pouvait me protéger de cette agression du froid et du vent à cette altitude.

— Nous y sommes, dit-elle en glissant son épée dans le fourreau sur son dos à côté de l'autre.

La haute muraille qui se dressait devant nous comportait une solide porte en bois, renforcée de larges bandes métalliques. Elle semblait aussi robuste que celle d'une forteresse. Les dragons pourraient facilement survoler le mur. Mais les habitants du Sanctuaire devaient également se méfier d'autres prédateurs.

Isar frappa du poing contre le bois.

— Ouvrez ! Nous sommes revenues !

Quelque part, loin derrière la porte, un métal grinça. Une chaîne cliqueta, et la porte s'ouvrit en craquant, juste assez pour laisser passer les femmes, une par une.

— Allez-y, fit Isar en faisant signe à Ertee, puis à Zenada d'entrer.

Une fois les deux femmes à l'abri derrière le mur, elle jeta un regard par-dessus son épaule, scrutant le chemin puis le ciel. Personne ne nous suivait. Isar me tira à l'intérieur également.

Nous entrâmes dans une étroite cour bordée d'un côté par la haute muraille et de l'autre par la pente abrupte de la montagne. Une entrée en forme d'arche était creusée dans la montagne, bloquée par un ensemble de doubles portes massives.

— Fermez, ordonna Isar.

Une femme vêtue d'une robe rouge tourna une roue entourée d'une épaisse chaîne rouillée, fermant le portail par lequel nous venions de passer.

— Avez-vous rapporté de l'eau ? Son regard inquiet se posa sur le seau vide que Zenada avait déposé. Que s'est-il passé ?

— Nous en avons récupéré, répondit Zenada en indiquant d'un mouvement de menton les deux seaux pleins sur la palanche d'Ertee.

— Apporte-les à la cuisine, dit doucement Isar à Ertee, puis se tourna vers la femme à la porte. Va chercher la Mère. Nous avons besoin d'aide ici. Elle pivota pour me montrer.

Les yeux gris de la femme s'écarquillèrent à ma vue.

— Qui est-ce ? Elle resta figée.

— Dépêche-toi, insista Isar. Va chercher la Mère.

— Qui êtes-vous ? Une femme grande et majestueuse marchait lentement autour de moi, m'examinant de la tête aux pieds tandis que je frissonnais au milieu d'une grande salle sombre.

— Ce n'est pas une gargouille, Mère, répondit Isar à ma place. Elle croisa les bras sur sa poitrine, prenant une posture large. Elle avait retiré sa robe à capuche et remis sa robe avant de rencontrer la femme qu'elle appelait Mère.

Leurs robes et seaux désormais disparus, Zenada et Ertee se tenaient également à proximité.

— *Cela*, je peux le voir. La Mère pinça les lèvres, concentrée. Je peux dire ce qu'elle *n'est pas*. Je n'arrive simplement pas à déterminer ce qu'elle *est*.

— Un loup-garou, peut-être ? suggéra timidement Ertee.

La Mère s'approcha. Un doigt sous mon menton, elle releva mon visage vers le sien. Un réseau de rides craquelait la peau autour de ses yeux selon un motif particulier. On aurait dit des fissures dans une croûte dure recouvrant de la lave liquide.

Je serrais mes bras contre moi, ne cherchant même pas à empêcher mes dents de claquer. Mes vêtements étaient encore humides de la rivière, et il faisait froid dans cette salle taillée dans la montagne, même sans le vent.

— Elle est gelée, déclara Zenada, avec une pointe de compassion dans la voix. Puis-je la réchauffer, Mère ?

La femme ignora la demande de Zenada.

— Je ne sens pas la moindre trace de magie en elle. Ce qui est très inhabituel.

— Je suis humaine. J'arrachai mon menton à ses doigts avec un éclair d'irritation. Si elle devait m'interroger, elle pouvait au moins me donner une couverture d'abord ou laisser Zenada me toucher avec ses mains chaudes et magiques.

— Une humaine ! Les sourcils noirs de la Mère se haussèrent jusqu'à la dentelle de sa capuche. Elle portait une robe rouge identique à celle des autres femmes. La seule chose qui la distinguait était une chaîne plate et large sur ses épaules avec un pendentif doré en forme de lézard suspendu sur sa poitrine.

Elle laissa son regard glisser le long de mon corps comme si elle me voyait pour la première fois.

— Tu as traversé la Rivière des Brumes, dit-elle, bouche bée. Tu n'as pas pu le faire seule. Les humains n'appartiennent pas à Nerifir. Qui t'a aidée ?

Après la réaction d'Isar quand j'avais mentionné Elex, j'avais jugé plus sage de garder le silence à son sujet, au moins jusqu'à ce que j'en apprenne davantage sur cet endroit. Isar me regarda avec expectative mais ne fournit aucune information à la Mère en mon nom.

— Qu'importe qui l'a fait ? Ils ne sont plus là. Je me frottai les bras, essayant de maintenir ma circulation sanguine pour conserver un minimum de chaleur.

La salle n'avait pas de fenêtres. Plusieurs torches aux murs l'éclairaient, mais il ne faisait pas vraiment plus chaud à l'intérieur qu'à l'extérieur. En plus du froid, j'étais si épuisée que je craignais de m'effondrer sur le sol de pierre à tout moment. Seule l'adrénaline devait me maintenir debout.

Les yeux bleu pâle de la Mère se fixèrent sur le rubis rouge à l'annulaire de ma main gauche.

— D'où tiens-tu cela ? Elle fit un pas en avant, saisissant ma main.

— C'était un cadeau. Je tirai sur ma main, mais elle serra ses doigts autour de mon poignet, tenant fermement.

— Le sceau du Sanctuaire, gravé dans la pierre de rubis royal, murmura-t-elle, fixant la bague avec une expression choquée.

Elle essaya de la retirer de mon doigt.

— C'est à moi ! Je secouai ma main, mais elle ne voulait pas la lâcher, tournant la bague autour de mon articulation.

Mais quels que soient ses efforts, la bague ne glissait pas.

— Un cadeau, dis-tu ? Elle laissa tomber ma main, et je la mis promptement sous mon aisselle, cachant la bague de sa vue. Celui qui te l'a donnée ne voulait clairement pas qu'on te la prenne contre ta volonté. Qui était-ce ? Qui t'a donné cette bague ? Est-ce la même gargouille qui t'a amenée à Dakath ?

Je serrai les lèvres, ne disant mot. Pourquoi le ferais-je ? Jusqu'à présent, elle n'avait rien fait pour gagner ma confiance. Je ne lui révélerais même pas ma couleur préférée, sans parler du reste.

Zenada s'agita, s'éclaircissant la gorge.

— Elle pourrait avoir un puissant protecteur au Pic de Bozyr.

Isar déplaça son poids sur l'autre pied.

— Si elle en avait un, il l'a abandonnée, observa-t-elle avec nonchalance. Nous l'avons trouvée au bord de la rivière, à moitié nue, blessée et seule.

Une aiguille de chagrin me perça le cœur. Elex m'avait-il vraiment abandonnée ? M'aurait-il amenée ici juste pour me laisser ?

Je ne le connaissais pas vraiment. Nous n'avions passé que quelques jours ensemble. D'une certaine manière, je souhaitais croire au meilleur de lui, malgré le fait qu'il m'ait arrachée à mon monde contre ma volonté. Je voulais croire qu'Elex ne m'abandonnerait pas comme ça. Mais alors, cela signifiait que quelque chose lui était arrivé, et je craignais le pire.

L'expression de la Mère devint calculatrice tandis qu'elle faisait un nouveau tour autour de moi, m'inspectant avec une attention renouvelée.

— Une humaine... dit-elle lentement. Levant la main, elle souleva une mèche de mes cheveux et la frotta entre ses doigts. Avec des cheveux couleur de la flamme royale. Sa poitrine se gonfla d'un lourd soupir. Cela peut t'attirer beaucoup d'ennuis, enfant. Sa voix résonnait d'inquiétude. Et à nous, par défaut.

Ertee s'approcha.

— Nous ne pouvons pas la renvoyer. Mère, s'il vous plaît. Elle ne peut même pas se réchauffer. Elle mourra dehors avant la tombée de la nuit.

Un frisson me parcourut en réalisant à quel point cette affirmation était vraie. Avec les températures en dessous de zéro dehors, je ne tiendrais pas longtemps dans mes vêtements mouillés. « La tombée de la nuit » semblait être une estimation généreuse à ce stade.

La Mère posa son regard pesant sur moi.

— Réponds-moi sincèrement, humaine. Y a-t-il un dragon qui s'intéresse à toi ?

Le seul dragon que je connaissais était Elex. Et je ne pouvais pas dire avec certitude s'il « s'intéressait à moi » ou même s'il était encore en vie.

— Non, dis-je. Dans ce monde, comme dans n'importe quel autre, je ne pouvais compter que sur moi-même. Il n'y a que moi. Ça a toujours été le cas.

Elle se frotta le menton, perdue dans une profonde concentration.

— Quelqu'un vous a-t-il vues venir ici avec elle ? demanda-t-elle à Isar.

L'autre femme se tint plus droite, les épaules rejetées en arrière.

— Non.

Je supposai que Weyx ne comptait pas, puisqu'il était maintenant mort et ne pouvait de toute façon pas parler de ce qu'il avait vu.

La Mère hocha la tête avec satisfaction.

— Bien. Personne ne doit savoir que l'humaine est ici. Elle toucha à nouveau la mèche de mes cheveux qui tombait sur mon visage. Il faut s'en débarrasser. Rasez... Non, utilisez la cire de l'arbre à goudron pour éliminer chaque cheveu de cette couleur sur son corps. Et retirez cette chose de son nez. Elle pointa le piercing dans ma narine. Ses yeux, de la couleur du ciel hivernal glacé, rencontrèrent les miens. Si tu es assez intelligente pour rester discrète et hors de vue, tu pourrais survivre, humaine.

AMBER

Je me débattis tandis qu'elles essayaient de m'allonger sur l'une des nombreuses pierres longues à l'autre bout de la salle. Je réussis même à asséner un coup satisfaisant sur la pommette d'Isar. Bien que cela ait fait plus mal à ma main que ça ne l'ait affectée d'une quelconque manière. Elle attrapa ma main, puis tordit mon bras, m'immobilisant efficacement.

— Ce sera fait, d'une façon ou d'une autre, humaine, siffla-t-elle à mon visage, son souffle chaud heurtant ma peau glacée. Tout ce que tu peux faire, c'est aggraver les choses.

— Tiens. Ertee fouilla dans les plis de sa robe de ses doigts tremblants, produisant une petite fiole de liquide chatoyant. Prends une gorgée de ceci. Avec un regard par-dessus son épaule en direction de l'endroit où Mère avait quitté la salle quelques minutes auparavant, elle approcha la fiole de mes lèvres.

Je détournai brusquement la tête.

— Je ne vais pas le boire. Je ne sais pas ce que c'est.

— Intelligente, murmura Zenada d'un ton approbateur, assise sur mes jambes alors qu'elles m'avaient épinglée à une dalle plate de granit érigée devant une statue féminine au bout de la salle. Mais fais une exception juste pour cette fois. Tu *devrais* le boire.

— Ça te fera moins te soucier de ce que nous allons te faire, insista Ertee. Fais-moi confiance, ça rendra les choses meilleures.

— Je ne fais confiance à personne, rétorquai-je. Certainement pas à un groupe de femelles à l'esprit faible qui suivent aveuglément une femme psychopathe qui leur a ordonné de me faire du mal.

Les yeux d'Isar brillèrent de colère.

— *Avoir l'esprit faible* serait de refuser de prendre des précautions. Ce monde n'est pas sûr pour quiconque est différent. Tu es la seule humaine dans tout Dakath. Combien de temps penses-tu que tu tiendrais ? Surtout avec des cheveux de la couleur qui appartient à la lignée royale ? Ça attirera l'attention sur toi alors que ta meilleure chance de survie est de rester invisible.

Même avoir ma couleur de cheveux était maintenant un crime d'une certaine façon. Je n'étais dans ce monde que depuis une minute à peine, et j'étais déjà devenue une criminelle ici aussi.

— Si les dragons découvrent ton existence, tu n'auras pas de paix, insista doucement Ertee. Ils te prendront. C'est plus sûr pour toi de rester ici avec nous.

Zenada caressa ma main qu'Isar tenait fermement dans sa poigne.

— Le Sanctuaire a la protection du roi. Les villageois ne peuvent pas nous faire de mal.

— Ce n'est pas faute d'essayer de trouver un moyen, marmonna Isar dans sa barbe, me rappelant Weyx et les affirmations des femmes selon lesquelles le puits était empoisonné.

— Pourquoi vous détestent-ils ? demandai-je.

Isar ricanai.

— Les hommes, parce qu'ils ne peuvent pas nous avoir. Les femmes, parce qu'elles pensent que nous volons leurs hommes, de toute façon.

— Ce n'est pas aussi simple. Ertee lui a lancé un regard désapprobateur. Nous ne cadrons tout simplement pas. Les lois du royaume stipulent que la place d'une *Salamandra* est sous la protection d'un dragon. Chaque femme a besoin d'un homme pour que la société s'épanouisse. Mais ça ne fonctionne pas toujours comme ça pour tout le monde.

— Certaines d'entre nous s'épanouissent mieux sans un putain d'homme, cracha Isar entre ses dents.

— Ou nous ne pouvons pas toujours avoir l'homme que nous voulons, ajouta Zenada.

Ertee soupira.

— Les femmes célibataires n'ont aucun rôle dans la vie de Dakath. Si tu n'es pas mariée ou veuve, si ta magie n'est pas assez forte pour prêter le serment de la sorcière, le Sanctuaire est le seul endroit où tu es autorisée à exister.

D'après les paroles d'Elex, j'avais une impression très différente de son monde. Il m'avait dit que les femmes à Dakath étaient respectées et aimées. *Chéries*, avait-il dit. Voulait-il dire que seules les femmes mariées l'étaient ? Comme si le reste n'avait aucune importance ?

Je n'avais pas perçu Elex comme quelqu'un d'aussi cruel ou d'esprit étroit. Avais-je pu si mal le lire ? Ou sa vie au château royal était-elle si confortable et isolée du reste du royaume qu'il n'avait aucune idée de ce qui se passait dans son propre royaume ?

— Il n'a jamais mentionné ça... Les mots m'échappèrent.

— Qui ? Le dragon qui t'a amenée ici ? Il a menti ? Isar secoua la tête, pas impressionnée. Pourquoi ne suis-je pas surprise ?

Je ne voulais pas croire qu'Elex m'avait délibérément menti. Il n'avait aucune raison de le faire. Peut-être ne connaissait-il pas toute la vérité lui-même, vivant une vie protégée de prince héritier ? Peut-être avait-il choisi de l'ignorer, se cachant derrière les murs du château de son père ?

— Je n'ai pas à rester à Dakath. Je n'ai jamais voulu venir ici en premier lieu. Ramenez-moi à la rivière. Je trouverai le portail et partirai.

Les femmes échangèrent des regards inquiets.

— Mais Mère a dit... commença Ertee.

Isar secoua impatiemment la tête, la faisant s'arrêter.

— Chaque voyage à la rivière est rempli de dangers, dit-elle.

J'inspirai de l'air pour argumenter, mais elle ne me laissa pas faire.

— Je ne retournerai pas à la rivière à moins qu'il n'y ait pas d'autre choix. La nuit approche. Tu devras rester au Sanctuaire, au moins pour l'instant. Et tu ne peux pas rester ici à moins que nous ne fassions ce que Mère nous a dit de faire.

— C'est pour ta propre protection, implora Zenada.

— Écoute, je vais en prendre une gorgée aussi, si ça te fait te sentir mieux. Ertee prit une gorgée du liquide à l'apparence étrange de la fiole. Par Mère *Salamandra*, j'en avais besoin moi-même. Elle lécha la goutte scintillante qui s'accrochait à sa lèvre.

Je jetai un coup d'œil au pot en céramique posé sur le tabouret en bois à proximité. Du goudron noir coulait sur son côté, prêt pour je ne sais quelle procédure folle d'épilation qu'elles voulaient me faire subir.

Ertee caressai le côté de mon visage.

— Nous serons douces. Nous l'avons déjà fait.

— Ça fait plus mal quand tu te débats, ajouta Zenada.

Isar relâcha sa prise sur mon bras, me permettant de libérer ma main. Je pris la fiole avec le liquide qui chatoyait de rose et de bleu des mains d'Ertee.

— Qu'est-ce que c'est déjà ? demandai-je, en prenant une bouffée. Le liquide rose-bleu dégageait un parfum agréable qui me rappelait une pâtisserie.

— *Camyte,* expliquai Ertee. Zenada l'obtient par son bienfaiteur à Bozyr...

Zenada enfonça un coude dans le côté d'Ertee, faisant haleter l'autre femme qui se tut.

— Bois-le ou non. D'une façon ou d'une autre, nous ferons ce que nous devons faire, dit-elle rapidement.

« *Ça fera juste plus mal si tu résistes* », ajouta mon esprit pour elle.

— Nous perdons du temps. Isar m'arracha la fiole. Le coucher du soleil serait là avant que nous ayons une chance de terminer.

Saisissant les cheveux à l'arrière de ma tête, elle inclina ma tête en arrière. Je criai, essayant de protester, mais elle inclina rapidement la fiole, déversant son contenu dans ma bouche ouverte. Je crachotai et toussai alors que le liquide parfumé coulait dans ma gorge.

Isar jeta la fiole, qui roula sur le sol avec le tintement du cristal heurtant la roche.

— Faisons-le.

La panique me traversa. La panique et l'indignité alors qu'elles déchiraient mes vêtements, écartaient mes jambes et enduisaient mes bras, mes jambes et mes parties intimes de goudron chaud et puant.

« *Chaque cheveu de cette couleur* », avait dit Mère. Et elles avaient pris ses mots littéralement.

Une fois que le goudron avait un peu durci, elles l'arrachèrent de mon corps, avec les cheveux, y compris ceux sur ma tête.

Je hurlai. Quelle que soit cette potion magique qu'elles m'avaient forcée à avaler, elle ne semblait pas avoir d'effet. Je ne me souciais pas moins de ce qui m'arrivait. Je me sentais violée, indignée et blessée. Je criai et combattis leurs mains, peu importe combien ces mains étaient fortes et combien mes protestations s'avérèrent futiles.

Finalement, tous les morceaux de goudron avaient été arrachés de moi. Certains de mes poils étaient trop courts, car je m'étais rasée quelques jours plus tôt, mais d'une manière ou d'une autre, elles les avaient tous enlevés quand même. Ma peau brûlait comme si elle était en feu. Des larmes coulaient sur mon visage.

— Terminé, exhala Zenada. Son visage était rougi. Des mèches de ses épais cheveux noirs s'étaient détachées de sa tresse et se dressaient follement autour de sa tête.

Les deux autres femmes n'avaient pas l'air en meilleur état. Il y avait une égratignure sous l'œil d'Isar et une déchirure sur l'encolure de la robe d'Ertee. Elles semblaient essoufflées, comme si elles venaient de donner un bain à un chat.

Je n'étais peut-être pas beaucoup plus forte qu'un chat par rapport à elles, mais voir les résultats de ma résistance m'a donné une certaine satisfaction. Elles avaient peut-être gagné, mais je les avais fait travailler pour ça.

— Est-ce que ça a fait mal ? demanda Ertee avec inquiétude.

— Comme un fils de pute, répondis-je en serrant les dents. Ça fait encore mal. Maudites soyez-vous.

Je redressai mes jambes, les abaissant sur les couvertures matelassées qui recouvraient la roche. Le mouvement tira sur ma peau, me faisant grimacer dans une vague de douleur brûlante.

Zenada toucha doucement mon bras.

— C'est chaud.

— Elle ne peut pas réguler sa température corporelle, rappela Ertee. J'irai chercher de la glace. Est-ce que ça aiderait ? me demanda-t-elle.

— Ça ne pourrait pas être pire. Je haussai les épaules, et elle se précipita hors de la salle.

Isar toucha la bague d'Elex sur mon doigt.

— Le *camyte* n'a pas fonctionné.

— Sans blague. Je ravalai un gémissement.

La douleur brûlait à travers tout mon corps, semblait-il. Mais j'étais contente que l'épilation de l'enfer soit terminée. La brûlure était beaucoup moins intense que la douleur aiguë de l'arrachage de mes cheveux avec la racine.

— Ta bague doit avoir des protections contre les sorts et les effets de la nourriture magique. Tu aurais dû l'enlever avant que nous commencions.

— C'est maintenant que tu me le dis. Dès qu'elle le mentionna, je me souvins qu'Elex avait dit quelque chose à propos des protections aussi, mais je ne pouvais pas me souvenir de ses mots exacts. À ce moment-là, je n'avais aucune raison de les mémoriser. Je ne savais pas que j'aurais effectivement une chance de tester les qualités magiques de la bague. Je n'aurais jamais pensé que je me retrouverais ici...

Je soupirai et caressai la surface dure et sculptée de la pierre de la bague. Son poids sur mon doigt m'était devenu familier maintenant et étrangement réconfortant.

— Eh bien, c'est trop tard maintenant. Ce qui est fait est fait. Isar ramassa le seau rempli des morceaux de goudron durci et tous mes cheveux qui y étaient piégés, puis quitta la pièce.

Zenada apporta une autre couverture. La tenant dans ses bras, elle s'assit sur un rocher plat à proximité. Il y avait plusieurs dizaines de dalles longues similaires, disposées apparemment au hasard autour de la statue de la femme sur un dais.

— À quoi servent ces rochers ? demandai-je à Zenada. Ils ressemblent à un autel sauf qu'il y en a trop pour que ce soit ça.

— Ce sont nos perchoirs. C'est là que nous passons la nuit. Nous nous y asseyons aussi pendant les enseignements de Mère, répondit Zenada.

— Est-elle comme... votre Mère spirituelle, ou êtes-vous toutes apparentées à elle ? Elles ne ressemblaient pas à une famille, mais leur façon de s'adresser à la femme m'avait troublée.

— Non. Mère n'a pas d'enfants, en ce sens qu'elle n'en a jamais mis au monde. Mais elle est la Mère de notre Ordre et la Directrice du Sanctuaire.

Ertee revint, portant une pile de chiffons humides.

— Voici. Ceux-ci devraient aider. Elle posa les chiffons sur un autre rocher, puis en prit un et le drapa sur ma jambe.

Le tissu était glacé, apaisant la brûlure. Je gémis de soulagement.

— Bien ? Elle sourit. Je superposai le tissu avec de la neige pour le refroidir. Encouragée par ma réaction, elle posa rapidement d'autres morceaux de tissu sur mes jambes, mes bras et ma tête. Elle en plaça même délicatement un entre mes cuisses. Tu te sens mieux ?

Je lui fis un petit signe de tête, en prenant soin de ne pas déranger le tissu sur ma tête.

— Donc vous m'avez rendue chauve... Le dernier mot se logea dans ma gorge.

— Il n'y a rien de mal à être chauve, m'assura Ertee. Isar se rase la tête. Elle prétend que c'est mieux dans un combat. Personne ne peut t'attraper par les cheveux ou t'étrangler avec ta propre tresse.

Comment avaient dû être les vies de ces femmes si c'étaient là les choses qu'elles devaient considérer en choisissant une coiffure ?

Je tournai la tête sur le côté, mon regard tombant sur la statue sur le dais.

— Et c'est votre déesse ? Celle que vous vénérez ?

Zenada suivit mon regard vers la statue.

— Oui. C'est la Grande Mère *Salamandra*.

La statue sur le dais n'était pas entièrement une femme, remarquai-je. Son buste était humanoïde avec un visage beau et serein, une épaisse tresse drapée sur son épaule, et une paire de petits seins couverts par une cascade de perles et de bijoux pendant de son cou. Elle tenait une longue lance d'une main et un bouquet de fleurs des champs de l'autre.

La partie inférieure de la statue était le corps d'un lézard géant. Deux pattes griffues dépassaient de sous ses jupes. Une longue queue s'enroulait autour du dais, encerclant un tas d'objets en forme d'œuf aux pieds de la femme.

— Elle est la mère des dix-sept fils qui ont fondé notre royaume, expliqua doucement Ertee. L'un est devenu roi. Les autres ont commencé les lignées nobles des seize Hauts Seigneurs que nous avons maintenant à Dakath.

Isar revint, portant un bol dans ses mains.

— Le repas de midi est passé depuis longtemps. Mais puisque tu l'as manqué... Elle me tendit le bol et une cuillère, puis se tint incertaine, ne sachant pas comment me nourrir alors que j'étais allongée.

— Je vais le faire. Ertee prit le bol de ses mains.

Zenada m'aida à m'asseoir, soutenant ma tête et mes épaules.

Les morceaux de tissu glacés sur mon corps avaient fait leur travail, refroidissant la brûlure. L'air froid, cependant, me faisait maintenant frissonner de façon incontrôlable.

— Oh non. Zenada secoua la tête avec inquiétude. Elle a froid maintenant.

Isar me couvrit avec la couverture de rechange que Zenada avait laissée sur le rocher à proximité.

— Ça doit être difficile de n'avoir aucun contrôle sur ta température corporelle. Elle borda la couverture tout autour de moi.

— Ça doit être très pratique d'avoir le contrôle sur ça, rétorquai-je, les faisant toutes sourire.

Avec Zenada me soutenant dans ma position assise, Ertee m'offrit une cuillerée d'une substance sombre semblable à une bouillie. Elle avait une forte odeur de noisette.

— Sarrasin, expliqua-t-elle. C'est bon. Essaie.

Mon estomac semblait s'être rétréci à rien ces dernières heures. Il était vide, bien que je n'aie pas eu faim, submergée par tout le reste.

— Merci, mais je peux me nourrir moi-même. Je pris la cuillère de sa main, puis je mangeai le sarrasin chaud. Il manquait d'assaisonnement et avait un goût plutôt aqueux, mais je ne m'étais pas plainte. La chaleur s'installa agréablement dans mon estomac froid et vide, et je tendis la main pour en avoir plus avec ma cuillère.

— À quelle fréquence les humains mangent-ils ? demanda Ertee.

— Trois repas par jour, dis-je la bouche pleine, puis j'ajoutai : Au moins.

Ertee échangea un regard avec Isar.

— Nous devrions le faire savoir à Mère. Elle me dit ensuite : Nous avons un repas par jour au Sanctuaire, mais Mère peut faire une exception pour toi.

Elle aurait intérêt. La dernière chose dont j'avais besoin était de mourir de faim dans ce monde comme je l'avais souvent fait dans le mien.

Isar hocha la tête sans un mot. La lumière des torches sur les murs se reflétait dans les tourbillons dorés peints sur sa tête. Les bras croisés sur sa poitrine, elle fixait la statue.

— Ertee m'a parlé de votre déesse, dis-je entre deux cuillerées de sarrasin. Elle a donné naissance au début de votre peuple...

Le regard d'Isar me coupa court.

— Que sais-tu de *mon* peuple, humaine ? siffla-t-elle, ses yeux brun doré semblant briller sur son visage sombre.

Le sarrasin se coinça dans ma gorge. La cuillère se figea dans ma main. La peur saisit mon cœur d'une emprise glacée. Isar semblait en colère, et je ne voulais pas être à l'extrémité réceptrice de la colère de cette femme.

— Je... bégayai-je.

— Isar, réprimanda doucement Ertee. Elle n'est pas d'ici. Elle ne connaît pas l'histoire de Dakath.

Je relâchai un souffle.

— Je ne la connais vraiment pas.

Isar relâcha ses épaules, sa colère se refroidissant.

— Mon peuple. *Notre* peuple... dit-il, englobant de son regard toutes les femmes dans la pièce. Nous étions autrefois la fière race entièrement féminine des sauriens. Nous vivions dans la vallée, au pied des Montagnes de Dakath. Nous avions notre propre armée et notre propre gouvernement. Nous n'obéissions à aucune loi sauf les nôtres. Jusqu'à elle... Elle lança un regard furieux à la statue. Il n'y avait aucune révérence pour la divinité dans les yeux d'Isar, mais un ressentiment brûlant. Sa mâchoire bougea.

— À cette époque, les sauriens et les dragons vivaient séparément. Ertee prit la suite de l'histoire. Sa voix douce et lyrique contrastait fortement avec la narration profonde et puissante d'Isar. Les femmes occupaient la vallée. Les hommes nichaient haut dans les pics enneigés des montagnes. Les sauriens pondaient des œufs, desquels naissaient uniquement des bébés femelles. Les dragons... Elle avala sa salive. Ils se reproduisaient en volant et violant des femmes des villes sauriennes. Une fois fécondé avec la semence d'un homme, l'œuf produirait un garçon. Après avoir pondu un œuf pour le dragon qui l'avait prise, la femme était libre de retourner là d'où elle avait été volée. L'homme gardait l'œuf et élevait le garçon pour qu'il devienne comme lui : cruel, sauvage et sans cœur.

— N'y avait-il qu'un seul œuf pondu à la fois ? demandai-je.

Ertee hocha la tête.

— Toujours un seul, s'il y en a un. Les enfants sont rares parmi les faes de Nerifir. Certains n'en ont jamais.

— Mais la Grande Mère *Salamandra* en a eu dix-sept ? Je jetai un coup d'œil à la pile d'œufs aux pieds de la statue de femme-lézard.

— Ce qui l'a instantanément rendue divine, bien sûr, ricana Isar. La femme n'avait clairement aucune vénération pour la déesse. Je me demandais pourquoi elle était au Sanctuaire. Isar avait prouvé qu'elle pouvait prendre soin d'elle-même même face à un dragon de taille normale. Pourquoi restait-elle enfermée derrière ces murs ?

— Est-ce ainsi que les gargouilles se reproduisent ? demandai-je. En pondant des œufs ? Elex ne l'a jamais mentionné.

Zenada sourit, prenant mon bol vide.

— Plus maintenant. Nous mettons nos enfants au monde maintenant, tout comme les autres faes.

— La Grande Mère a été la dernière à pondre des œufs, continua Ertee. Le dragon qui l'avait volée ne l'a pas relâchée après qu'elle ait pondu le premier. Quand elle a pondu le deuxième, il a réalisé qu'elle n'était pas une femme ordinaire. Il l'a gardée, la faisant pondre un œuf chaque année. Au fur et à mesure que les garçons avaient éclos, leur mère était là, prenant soin d'eux. Elle a enseigné à ses enfants la voie saurienne de l'amour et de la compassion. Alors que leur père les entraînait à la guerre, elle leur a enseigné la miséricorde. Après qu'il les ait fait se battre jusqu'à ce qu'ils saignent, elle soignait leurs blessures, les réconfortant et les berçant pour dormir.

— Le dragon ne l'aurait pas supporté, bien sûr, intervint Isar. Elle rendait ses fils guerriers « faibles », prétendait-il. Après qu'elle ait pondu le dix-septième œuf, il lui a dit de partir. C'est alors qu'elle l'a tué. Un sourire joua sur les lèvres de la femme. La joie brilla dans ses yeux.

— Elle l'a tué ? demandai-je. Le père de ses enfants ?

Isar haussa les épaules.

— Il l'a volée à sa famille et l'a violée pendant des années. Puis il a voulu lui enlever ses enfants. Elle s'est transformée dans sa forme de *Salamandra* et l'a mordu, obtenant finalement sa vengeance.

— Elle l'a mordu, répétai-je. L'image du lézard géant gris doré déchirant le cou du dragon sur le chemin de montagne vers le Sanctuaire me revint à l'esprit.

Ertee prit le bol vide de Zenada. Et Zenada abaissa la couverture qui me couvrait.

— Laisse-moi soigner tes égratignures. Elle plaça ses paumes chaudes sur mes épaules, les faisant glisser le long de mes bras. La chaleur irradiait de ses mains, détendant mes muscles. Les bords de la longue entaille peu profonde sur mon bras supérieur picotaient comme s'ils étaient couverts de bulles de gaz.

Ertee continua son histoire.

— Au début, toutes les femmes avaient du poison dans leur morsure. Maintenant, seules de rares le font. Elle glissa un regard furtif vers Isar. Celles qui en ont sont chassées et exterminées. Elle me lança un regard appuyé. Elles doivent se cacher, gardant leur secret de tous.

— Je comprends, répondis-je à sa supplication non dite. Le secret d'Isar est en sécurité avec moi.

Ertee sourit, me couvrant à nouveau avec la couverture alors que Zenada avait terminé avec sa touche guérisseuse.

— Que s'est-il passé ensuite ? demandai-je, me sentant investie dans l'histoire de la femme-salamandre maintenant.

— Mère *Salamandra* est retournée vers son peuple dans la vallée. Elle a amené ses fils avec elle, et les sauriens ont élevé les hommes les plus forts que Dakath ait jamais vus. Parce que le pouvoir devient plus fort quand il est utilisé avec compassion. La haine est plus sage quand elle est contrebalancée par l'amour. La patience dompte l'agression, forgeant la vraie force. Les fils de Mère *Salamandra* sont devenus les vrais chefs dont Dakath avait besoin. Le plus jeune fils est devenu le roi, avec ses seize frères prenant les trônes des Hauts Seigneurs. Ensemble, ils ont uni les sauriens et les dragons...

— La pire chose qu'ils aient faite, nota Isar.

— Unis, Dakath a eu des centaines de milliers d'années de paix et de prospérité, a contesté Zenada.

— Jusqu'à ce que ce ne soit plus le cas, lança Isar par-dessus son épaule à Zenada. Jusqu'à ce que le grand-père du roi Edkhar ferme les yeux sur le vol et le viol de la nièce du Seigneur Orirel par son fils.

— Elle est venue volontairement, protesta Zenada.

Isar posa ses mains sur ses hanches.

— C'est ce qu'elle a dit après avoir été gardée dans les chambres du prince pendant des années, enchaînée et torturée. Elle a été contrainte de mentir en échange de sa liberté.

Zenada se déplaça inconfortablement sous le regard d'Isar.

— Elle a fini par épouser un Haut Seigneur bien au-dessus de son rang.

— Ils l'ont mariée pour la faire taire. Puis sa famille a commencé une guerre, utilisant sa tragédie de vie comme excuse pour avancer leur position, alors qu'ils n'avaient rien fait pour la libérer avant.

— Mais le roi Edkhar ne peut pas être tenu pour responsable...

Isar leva les mains en l'air de frustration.

— Ouvre les yeux, Zenada. Vois-tu où nous sommes maintenant ? Où est l'unité et la prospérité dont tu parles ? Tout cela s'est détérioré depuis que le père du roi Edkhar a pris la couronne. Ses cruautés n'ont connu aucune limite, et son fils n'est pas beaucoup mieux. À certains égards, il est même pire.

— Le roi n'est pas mauvais.

La voix de Zenada était à peine audible. Des larmes brillaient dans ses yeux. Pourtant, Isar ne lui montra aucune pitié.

— Juste parce qu'il t'emmène dans le ciel de temps en temps ne fait pas de lui un homme bon, Zenada. Il t'utilise. Tu as assez de cicatrices sur ton corps pour me donner raison.

Avec un sanglot étranglé, Zenada bondit sur ses pieds et se précipita vers la sortie.

— Isar, dit doucement Ertee. Ce n'est pas sa faute si elle l'aime. L'amour ne choisit pas toujours sagement. Tout le monde n'a pas autant de chance que toi et moi.

Les yeux dorés de la femme plus grande se remplirent de chaleur quand elle regarda son amie. Isar baissa rapidement la tête, touchant doucement les lèvres d'Ertee avec les siennes.

Elles étaient plus que des amies, réalisai-je. Le sentiment qui brillait dans leurs yeux dirigé l'une vers l'autre avait la puissance et la tendresse de l'amour. Je n'avais jamais eu ça dans ma vie, mais je ne pouvais pas le confondre avec autre chose.

Les lourdes portes s'ouvrirent avant que Zenada les atteigne. Plus de femmes entrèrent dans la salle avec Mère à la tête du groupe.

— Reste, Zenada, ordonna-t-elle. Le coucher du soleil est sur nous.

La tête baissée, Zenada rejoignit le groupe. Elles se dirigèrent toutes vers notre bout de la salle où la statue de Mère *Salamandra* se tenait, entourée par les perchoirs de pierre.

Les femmes se répandirent autour de la statue. Hors de leurs robes, elles étaient toutes vêtues de chemises de lin similaires avec de larges manches brodées sous des robes rouges sans manches. La tête baissée, elles jetèrent des regards curieux dans ma direction. Mère jeta un rapide coup d'œil à ma tête, toujours partiellement couverte par le tissu humide.

— La femme humaine restera au Sanctuaire, annonça-t-elle. Vous ne devez parler d'elle à personne au-delà de ces murs.

Les femmes, environ trois douzaines d'entre elles au total, hochèrent la tête silencieusement, prenant leurs places sur les longues roches plates éparpillées autour du dais avec leur déesse.

Personne n'avait demandé mon nom, et je ne l'avais offert à personne. Pour elles toutes, je n'étais qu'une « femme humaine ». Et peut-être que c'était pour le mieux.

— Bonne nuit. Ertee tapota ma main avant de se diriger vers un rocher vide à proximité.

— Nous te verrons le matin, dit Isar avec un bref hochement de tête, puis elle prit place sur le rocher à côté de celui d'Ertee.

Sans fenêtres dans la salle, il était impossible de dire quelle heure il était. Mais les gargouilles avaient senti que le coucher du soleil arrivait.

Les rochers étaient assez longs pour que les femmes s'allongent. Mais comme Elex, elles préféraient les positions assises. Certaines étaient assises droites, les mains jointes sur leurs genoux. D'autres se penchèrent en arrière, appuyées sur leurs bras, avec leurs jambes pliées ou étirées sur le rocher.

En un battement de cœur, leur chair se transforma en pierre. Leur peau, de toutes les nuances de beige, brun et gris, se transforma en roche qui ne correspondait pas nécessairement à la couleur de la peau vivante de la même personne.

La pierre d'Isar était un granit tacheté de blanc et noir avec une poussière de brillance dorée. Ertee se transforma en une roche couleur terre cuite et brique. Et celle de Zenada ressemblait à un quartz gris clair semi-transparent, avec une touche de rose profondément à l'intérieur.

Personne ne me regardait plus. Même si certaines pouvaient encore me voir, personne ne m'arrêterait dans ce que je souhaiterais faire.

Si Mère n'avait pas verrouillé les portes, j'aurais été libre de quitter cet endroit lugubre. Même si les portes étaient verrouillées, j'aurais pu toujours trouver un moyen de m'échapper.

Je bougeai mes jambes sous la couverture. Grâce aux chiffons froids d'Ertee et à la touche magique de Zenada, ma peau fraîchement épilée se sentait beaucoup mieux. La douleur dans mes os et la douleur dans mes muscles s'étaient également atténuées, tout comme la douleur de mes blessures. Je pouvais partir.

Mais où irais-je ?

Je pouvais prendre le chemin de retour vers la rivière, trouver le portail et retourner dans mon monde. Ma vie là-bas n'était peut-être pas si géniale, mais au moins c'était dans le monde que je connaissais. J'y avais grandi, apprenant les règles de survie. Avant qu'Elex ne me prenne, j'avais un plan. Avant que Chris n'apparaisse avec sa bande au ruisseau et ne ruine tout.

Chris...

Un soupçon lancinant me tracassait. Comment les *bracks* et les frères Miller m'avaient-ils trouvée si facilement sur le quai de la gare à Munich ? Personne ne savait qui j'étais ni à quoi je ressemblais. Pourtant, quand l'un d'eux m'avait attrapée, il semblait être absolument sûr d'avoir la bonne femme.

Chris apparut également au ruisseau en Géorgie quelques minutes seulement après qu'Elex et moi y soyons arrivés. Et il était venu préparé. Il savait que nous y serions, même s'il ne pouvait pas savoir que j'étais de retour dans le pays. Je ne lui avais jamais dit où j'étais.

Mon téléphone. C'était la seule explication que je pouvais trouver. Je l'avais éteint pour la nuit au motel, mais je l'avais rallumé dans le parc le lendemain matin pour voir la carte du ruisseau.

Chris avait fait tracer mon téléphone d'une manière ou d'une autre. Et au lieu de me protéger des criminels, il les avait envoyés après moi. J'avais toujours su que je ne pouvais pas lui faire confiance, mais je n'avais pas été assez méfiante. Chris ne m'aurait jamais laissée être libre de lui. Il m'aurait plutôt trahie et fait tuer que de me laisser partir pour de bon.

Est-ce que tout cela importait maintenant puisque je ne pouvais pas revenir au même moment ?

Mais voulais-je revenir ? Voulais-je au moins essayer ?

Je me tournai sur le côté dans le nid de couvertures chaudes. Mon corps n'était peut-être plus aussi douloureux, mais j'étais épuisée. Je doutais de pouvoir descendre le chemin rocheux et escarpé dans l'obscurité sans tomber et me blesser ou, pire encore, me casser le cou.

Me blottissant plus profondément dans mes couvertures, je savourai le peu de confort qu'elles m'apportaient.

La lumière des torches vacillait, mourant lentement. Les ombres sombres des femmes de pierre s'étiraient et glissaient à travers le sol. La statue de Mère *Salamandra* semblait maintenant être l'une d'entre elles, simplement une autre femme parmi les siennes.

C'était un monde différent, un rêve bizarre dont je croyais à moitié que je me réveillerais le matin. Seulement, je craignais que ce ne soit pas un rêve. C'était ma nouvelle réalité. Mon ancien monde était maintenant parti.

Une fois de plus, j'ai touché la bague sur mon doigt. Le rubis se sentait chaud, pulsant avec la magie qu'il renfermait. Dans mon monde, ses qualités magiques n'ajoutaient aucune valeur à la pierre. À Nerifir, elles s'avéraient significatives.

Faisant glisser mon pouce sur la pierre précieuse sculptée, je laissai mes pensées dériver vers Elex.

« Écoute ce que ton esprit te dit, pas ton cœur... » lui avais-je dit. Et c'était le conseil que j'avais essayé durement de suivre moi-même dernièrement. Mais en ce moment, mon esprit était fatigué. Alors que je me blottissais dans mes couvertures, regardant la lumière des torches mourir, mon cœur prit le relais.

Et mon cœur avait besoin d'Elex. Mon cœur était malade d'inquiétude pour lui.

Et s'il n'avait pas survécu à la rivière ? Après tout ce qu'il avait traversé dans mon monde, aurait-il pu être tué aussi stupidement, si près de rentrer chez lui ?

Je ne pouvais pas imaginer Elex mort. Il aimait tellement la vie. Même enfermé dans la pierre pendant des années, il avait gardé son enthousiasme pour la vie. Je refusais de croire qu'il était parti. La logique me disait que si moi, tellement plus faible qu'un fae, j'avais survécu, alors lui aussi aurait dû survivre.

Quelque chose en moi s'était réchauffé quand j'avais pensé à lui, comme si son cœur touchait le mien, me faisant croire qu'il était vivant.

Mais où était-il alors ? Et pourquoi m'avait-il laissée toute seule sur cette berge glaciale ?

ELEX

Sans fenêtres dans la sombre cave, il ne pouvait pas voir le soleil se lever, mais celui-ci le réveilla tout de même.

Une étincelle le fit sursauter de l'intérieur. Son corps s'adoucit, passant de la pierre à la chair. Son sang circula tandis que son cœur battait à pleine vitesse.

Avec la pleine conscience vint la douleur, lui faisant souhaiter d'être resté sous sa forme de pierre un peu plus longtemps.

Après qu'on l'eut enchaîné dans cette pièce sans fenêtre au sous-sol du Pic de Bozyr la nuit dernière, il avait déchiré une bande de ce qui restait de sa chemise et l'avait nouée au-dessus de la blessure sur sa cuisse. Ce matin, le sang ne coulait plus de la longue et profonde entaille. Son corps avait commencé à guérir.

Son bras droit, cependant, n'avait pas du tout bonne mine. Il ne pouvait toujours pas le bouger. Son coude avait gonflé jusqu'à presque doubler de volume. Il lui fallait une énergie supplémentaire pour maintenir la chaleur hors de cette zone. Mais le sang affluait vers la blessure, y apportant le feu et avec lui, la douleur brûlante.

Il bougea sur le sol dur, ramenant précautionneusement son bras dans une nouvelle position. La douleur ne s'atténua pas. Il avait besoin d'un guérisseur pour remettre les os brisés en place. Comme tous les faes, les gargouilles n'étaient pas facilement blessées et guérissaient bien, mais elles avaient besoin d'aide pour les blessures graves comme celle qu'avait subie son bras.

Pour l'empêcher de se transformer en dragon, ses ravisseurs lui avaient mis un collier de fer. Les longues pointes acérées à l'intérieur du collier lui auraient transpercé le cou s'il essayait de se transformer. Les pointes éraflaient et piquaient sa peau à chaque mouvement, ajoutant à sa torture.

En appuyant prudemment sa tête contre le mur froid, il pensa à une histoire qu'il avait entendue quand il était petit. C'était l'histoire d'un jeune garçon loup-garou qui n'écoutait pas ses parents, ce qui lui attirait toutes sortes d'ennuis sur sa petite tête poilue. Sauf que la plupart de ces ennuis ressemblaient plutôt à une aventure aux yeux d'Elex à l'époque.

Le garçon loup-garou pouvait se guérir lui-même, se remettant rapidement de n'importe quelle blessure. Jamais auparavant Elex n'avait souhaité être un loup-garou comme il le faisait maintenant.

La porte du donjon grinça, s'ouvrant loin dans le couloir. Ce bruit tira Elex de ses réflexions semi-délirantes, mais il garda les yeux fermés, ne souhaitant pas faire face à sa sombre réalité.

Des pas lourds résonnèrent dans le corridor de pierre à l'extérieur de sa cellule, annonçant des visiteurs. Le bruit s'arrêta à l'entrée voûtée de sa cellule. Elle n'avait pas de porte. Ce n'était pas nécessaire puisque des chaînes le retenaient en place, fixées au mur.

— Qui es-tu ? demanda une voix bourrue.

Elex ouvrit lentement les yeux et leva le regard vers l'homme qui le dominait. Le nouveau venu était grand, avec de longs cheveux châtain tressés des deux côtés de son visage, la peau à peine une ou deux nuances plus claire que ses cheveux, et un œil bleu acier qui le fixait. L'autre orbite était couverte d'un cache-œil en cuir.

L'homme semblait avoir perdu son œil, et aucun guérisseur ne l'avait aidé à en régénérer un nouveau. Comment cela avait-il pu arriver ? N'importe quelle femme aurait dû être capable de l'aider avec ça, à moins que la blessure n'ait été causée par le feu d'un dragon, ce qui ne semblait pas être le cas. Il n'y avait pas de marques de brûlures sur le visage de l'homme.

— Je pourrais te poser la même question, croassa Elex. Qui es-tu, *toi* ?

Osym sortit la tête de derrière le large dos de l'homme.

— Réponds au Haut Général ! cria-t-il en donnant un coup de pied dans le tibia d'Elex.

Elex tressaillit mais parvint à éteindre la flamme de colère qui s'élevait en lui. Son père lui avait enseigné qu'on pouvait accomplir davantage avec la patience et la diplomatie qu'avec l'agression directe.

— J'exige de parler au roi, dit-il, doucement mais fermement. Je répondrai à toutes les questions du roi.

Osym ricana.

— N'est-ce pas exactement ce qu'un espion dirait ?

Que faisait cet homme agaçant au Pic de Bozyr ? Son père n'aurait jamais toléré quelqu'un comme lui à sa cour. Son arrière-arrière-grand-père devait être un piètre juge de caractère pour permettre à des hommes comme Osym de rôder ici.

— Je t'ai déjà dit que je ne suis pas un espion, dit-il, s'efforçant de garder son sang-froid. Combien de fois dois-je le répéter avant que ça ne pénètre dans ton crâne épais et sans cervelle ?

— Hé ! fulmina Osym, s'élançant pour frapper Elex à nouveau.

D'une main levée, le Haut Général l'arrêta, faisant un pas en avant. Il s'accroupit devant Elex, puis prit son menton dans sa main gantée.

— Tu ne ressembles à aucun des seigneurs rebelles ni à un

membre de leurs familles, dit le Haut Général en examinant le visage d'Elex.

— Quelle surprise, railla Elex avec une bonne dose de sarcasme, puis il arracha son menton de la main du général. Je n'ai rien à voir avec les seigneurs ou leurs familles.

— Pourquoi étais-tu près de la rivière ?

La dernière fois qu'il était à Dakath, personne n'aurait posé une telle question à un homme ou une femme. Les gens étaient libres d'aller où ils voulaient dans le royaume.

Mais l'époque d'où il venait était différente. La paix, la confiance et la justice régnaient à Dakath quand son père était roi. Maintenant, une guerre faisait rage. La confiance était un luxe que personne ne pouvait plus se permettre. Il devait aussi en être avare. Il devait continuer à insister pour parler au roi. Personne d'autre ne pouvait être digne de confiance avec les informations qu'il détenait.

— On dit qu'on t'a trouvé sur la rive, mouillé et blessé. Que faisais-tu dans la rivière glacée en plein hiver ? exigea le Haut Général.

Il haussa les épaules.

— Je suis tombé. Tu l'as dit toi-même, c'est glacé dehors.

— Que faisais-tu alors *près* de la rivière ?

Il soutint le regard de l'unique œil d'acier du général.

— Je me promenais.

Le regard du Haut Général étincela dangereusement tandis qu'il se redressait.

— Tu ne sembles pas savoir ce qui est bon pour toi, étranger. As-tu besoin de temps pour y réfléchir ? ricana-t-il en se tournant vers Osym. Laisse-le ici un moment. Ni nourriture, ni eau. Pas besoin de lui faire perdre son temps à manger ou à boire. Laisse-le *réfléchir*.

Ils partirent. La porte au bout du couloir claqua de nouveau. Elex s'affaissa contre le mur de sa prison. Un réconfort inattendu vint du contact avec la surface dure et froide du mur. Il se retourna, pressant sa joue contre elle, et resta immobile, laissant son esprit vagabonder.

Être seul, immobile et affamé n'avait rien de nouveau pour lui. Le Haut Général devait penser qu'il l'avait condamné à une nouvelle torture, mais c'était exactement ainsi qu'Elex avait passé des années piégé dans la ménagerie de Ghata.

Ils ne pouvaient pas le garder ici longtemps. Avec la guerre qui faisait rage, ils devraient agir tôt ou tard. Ils devraient soit le tuer comme espion, si c'était ce qu'ils croyaient qu'il était, soit le libérer et le laisser combattre pour le roi.

Il devait juste persévérer et espérer obtenir gain de cause. En attendant, il avait du temps à tuer. Pour se distraire de la douleur, il pouvait tout aussi bien continuer à rêvasser d'être un loup-garou. Il ferma les yeux. Mais au lieu des histoires d'enfance, des pensées concernant la fille humaine aux cheveux roux envahirent son esprit.

Maladroite mais fougueuse, Amber occupait son imagination depuis le premier instant où il l'avait vue. Il admirait sa détermination. Mais il y avait aussi en elle une douceur et une vulnérabilité qui éveillaient son instinct de protection.

D'une certaine façon, il était content qu'elle ne soit pas avec lui en ce moment. Il frémissait à l'idée de ce que ses ravisseurs pourraient lui faire s'ils mettaient leurs mains avides sur elle. Amber ne lui avait jamais fait confiance. Et après qu'il l'eut arrachée à son monde, elle devait probablement le détester maintenant. Mais au moins, elle était en sécurité dans le Sanctuaire *Salamandra*. Et cette pensée lui apportait du réconfort.

Il rêva du ciel dans l'étrange monde humain. De voler, ses ailes largement déployées et remplies de force après tant d'années de dormance. Il se souvint de son corps léger et souple dans ses bras, la chaleur de l'excitation les maintenant tous deux au chaud.

Un sourire apparut sur ses lèvres. Il avait apprécié ces quelques jours avec elle plus que... eh bien, plus que tout ce dont il pouvait se souvenir dans sa vie. Lui parler était léger et facile – un vrai plaisir après des années de silence. Les conversations avec Amber avaient été comme une bouffée d'air frais, une bouée de sauvetage. Se les rappeler le réchauffait intérieurement, apaisant la douleur.

Et maintenant, il ne souhaitait plus penser à rien ni à personne d'autre qu'Amber. D'une manière ou d'une autre, cette étrange fille humaine aux cheveux roux était devenue son refuge de bonheur.

AMBER

Durant les jours qui suivirent, je passai la plupart de mon temps sur l'un des rochers que les *Salamandras* appelaient perchoirs. Contrairement à la majorité des femmes du Sanctuaire, je m'y allongeais, l'utilisant comme un lit. Pendant cette période, Isar avait mené quelques expéditions périlleuses jusqu'à la rivière pour chercher de l'eau, mais je n'avais pas demandé à les accompagner.

Le lendemain de mon arrivée, Ertee me tendit une jarre en terre cuite avec un couvercle en bois. À l'intérieur, je découvris une pâte rouge betterave qui dégageait un parfum plutôt agréable de miel et de roses.

— Qu'est-ce que c'est ? demandai-je.

— Mets-la sur ta tête et partout sur ton corps où nous avons retiré les poils. Ça empêchera leur repousse.

Je grimaçai, et elle me regarda avec compassion.

— Si tu ne le fais pas, dans quelques semaines, nous devrons utiliser le goudron à nouveau.

La menace de devoir subir à nouveau cette procédure barbare d'épilation me suffit pour étaler rapidement la pâte rouge sur tout mon corps et continuer à l'utiliser chaque matin. La pâte devenait transparente une fois appliquée sur la peau et ne tachait pas. Elle rendait également ma peau douce et agréable tout en gardant ma tête chauve et mon corps complètement épilé.

La douleur brûlante avait disparu durant la nuit. Mes ecchymoses et égratignures semblaient bien cicatriser. Mais la faiblesse générale persistait même plusieurs jours plus tard. Je ne me sentais pas très bien.

— Traverser la Rivière des Brumes n'a pas dû être facile, commenta Zenada tout en soignant à nouveau mes blessures.

Le contact de ses mains douces était plus réparateur que n'importe quel baume pour mes plaies. Une sensation chaude et picotante se propageait de ses paumes à mes muscles. J'imaginais mes os se reposant et mes muscles se reconstituant, ma peau se refermant tandis que sa magie circulait en moi.

— Toutes les femmes peuvent faire ça ? demandai-je. Elex avait dit que toutes les femmes gargouilles étaient guérisseuses.

— Dans une certaine mesure. Zenada hocha la tête, ajoutant fièrement : La magie de ma famille a toujours été plus puissante que celle de la plupart des autres, ce qui fait de moi la principale guérisseuse du Sanctuaire.

J'étais reconnaissante envers Zenada et son don. Malgré toutes les choses horribles qui étaient arrivées, j'étais reconnaissante pour les petites bénédictions qui les accompagnaient.

Le quatrième jour après mon arrivée à Dakath, je me sentis enfin assez forte pour marcher dans la cour. Il n'y avait cependant pas beaucoup d'espace pour se déplacer. Malgré l'heure tardive de la matinée, la petite cour restait largement plongée dans l'ombre de la montagne et du haut mur extérieur avec le portail.

Mes jambes tremblaient encore d'instabilité tandis que j'avançais péniblement le long du mur, soutenue par Ertee à mes côtés. Elle m'aida à m'asseoir sur un rocher grossièrement taillé qui dépassait du sol près des fondations du Sanctuaire.

Zenada nous suivit dehors.

— Tiens. Elle me fourra quelque chose de rond dans la main. Je t'ai apporté un cadeau. Elle m'adressa un sourire éclatant.

Je regardai le navet à la peau violette dans ma main.

— Merci. Mais je peux le partager. Je levai les yeux vers elle, puis me tournai vers Ertee.

Les deux femmes secouèrent la tête.

— Les humains ont besoin de manger plus souvent que nous, n'est-ce pas ? Zenada retira sa robe, puis enleva sa tunique.

Comme je l'avais demandé, j'étais nourrie trois fois par jour. Sauf que les portions étaient considérablement réduites. Au lieu d'un bol entier de la bouillie servie ce jour-là, je recevais une tasse, accompagnée d'un verre d'eau le matin, une autre tasse à midi et une dernière juste avant le coucher du soleil. C'était suffisant pour me maintenir en vie, mais j'accueillais avec joie tout ajout à ce maigre régime.

— Merci. Je mordis dans la peau dure du navet. Sa chair blanche en dessous avait un goût amer, mais la sensation de son poids qui se déposait dans mon estomac était satisfaisante.

Zenada retira sa chemise brodée, ne gardant qu'une bande de tissu nouée sur sa poitrine et un long caleçon. Elle se dirigea ensuite vers le côté opposé de la cour et sortit un morceau de chaîne d'un coffre en bois aux charnières rouillées qui se trouvait là.

S'asseyant à côté de moi, Ertee fit glisser sa capuche de sa tête, puis déroula sa longue tresse blonde comme le lin qu'elle portait enroulée autour de sa tête.

— Que fait Zenada ? demandai-je en regardant l'autre femme plonger la boule attachée à l'extrémité de la chaîne dans un petit baril contenant une substance visqueuse comme du miel ou de la sève.

— Elle va s'entraîner à danser. Ertee défaisait sa tresse. De sa poche, elle sortit un peigne ébréché sculpté dans une corne d'animal. Elle me regarda avec hésitation. Est-ce que tes cheveux te manquent ?

Ma main eut un sursaut, mais je l'empêchai de toucher ma

tête sous la capuche de la robe rouge que je portais maintenant comme tout le monde.

— Non, dis-je promptement, gardant un ton désinvolte. Ce ne sont que des cheveux.

Malgré mes paroles, une légère pointe d'envie me pinça la poitrine quand elle dénoua ses longs cheveux, mais je la réprimai pour m'en occuper plus tard, quand je me sentirais plus forte, ou peut-être jamais.

— Je n'ai jamais eu de cheveux longs comme les tiens, de toute façon, dis-je à Ertee. Je n'ai jamais eu la patience de les laisser pousser.

— Ça demande du temps. Elle hocha la tête en passant le peigne dans ses cheveux.

Pendant les instants qui suivirent, je mangeai mon navet en silence, observant Zenada qui laissait la substance visqueuse s'égoutter de la boule au bout de sa chaîne dans le seau où elle l'avait plongée.

— Elle va danser avec ce truc ? demandai-je à Ertee.

Elle acquiesça.

— Zenada est une danseuse de feu. Elle doit s'entraîner quotidiennement pour perfectionner ses compétences.

— Qu'est-ce qu'une danseuse de feu exactement, ici ?

Ertee indiqua Zenada d'un mouvement du menton.

— Regarde simplement.

L'autre femme tenait sa main à côté de la boule sur la chaîne. Une flamme jaillit, enveloppant instantanément la boule.

— Wow ! J'interrompis mon geste alors que ma main tenant le navet se dirigeait vers ma bouche. Elle peut créer du feu ?

— Non. Ertee secoua la tête avec un sourire. Les femmes ne peuvent pas créer de feu comme les dragons. Mais Zenada peut générer assez de chaleur pour enflammer une substance inflammable. La sève d'arbre qu'elle utilise brûle lentement mais s'enflamme rapidement.

— Je vois. Je mordis à nouveau dans mon navet tandis que

Zenada balançait lentement la boule enflammée au bout de la chaîne comme un pendule.

Son attention était entièrement concentrée sur la boule. Ses yeux sombres suivaient chacun de ses mouvements tandis qu'elle la balançait de plus en plus largement, étendant sa trajectoire. Avec une torsion fluide de son corps, elle fit monter la boule, lui faisant décrire un cercle complet.

Je haletai, mais Ertee gloussa.

— Ne t'inquiète pas. Zenada sait ce qu'elle fait.

L'autre femme tourna et avança dans un rare rayon de lumière dans la cour. Un ruban de peau plissée sur son dos devint visible. Tandis que Zenada tournoyait à nouveau, je remarquai d'autres cicatrices similaires sur tout son torse. Plus claires que sa peau lisse et brune, les cicatrices marquaient ses bras, ses côtés et son dos comme de longs rubans argentés.

— Sa compétence lui a coûté cher, fis-je remarquer. Ce sont des cicatrices de brûlures, n'est-ce pas ?

Ertee ne répondit que par un long soupir.

— Les gargouilles ne sont-elles pas imperméables au feu ? demandai-je.

Se mordant la lèvre, Ertee passa le peigne dans ses cheveux avec plus de force qu'auparavant.

— Sous cette forme, nous ne le sommes pas, dit-elle finalement. Bien que les brûlures de feu ordinaires puissent guérir sans laisser de cicatrices.

— Celles-ci n'étaient donc pas ordinaires ?

Une ombre sombre voila le bleu clair des yeux d'Ertee.

— Ces brûlures proviennent du feu d'un dragon. Elles ne guériront jamais complètement.

J'observais la gracieuse danseuse manier le feu dans ses mains. Son corps élégant et agile avait été marqué à vie. Avait-elle été blessée intentionnellement ? À cette pensée, la colère et la compassion pressèrent si fort ma poitrine qu'il était difficile de respirer. Moi aussi, j'avais été blessée par des hommes. Seulement, contrairement à moi, Zenada portait ses cicatrices à l'extérieur.

— Elle est belle, n'est-ce pas ? Ertee sourit, admirant la danse.

— C'est une œuvre d'art, répondit une voix plus grave depuis l'entrée du Sanctuaire. Isar se tenait dans l'embrasure, les bras croisés sur sa poitrine.

Le visage d'Ertee s'illumina à la vue de la femme.

— C'est ton tour de t'entraîner ?

— Pas encore. Après un rapide coup d'œil alentour, Isar s'approcha. Prenant le menton d'Ertee dans sa main, elle déposa un baiser affamé sur sa bouche.

J'eus le souffle coupé, témoin de la passion à peine contenue entre elles. Leur comportement suggérait que la romance entre les femmes du Sanctuaire, si elle n'était pas complètement interdite, n'était pas non plus encouragée. Ces deux-là avaient manifestement du mal à rester séparées trop longtemps.

Zenada éteignit le feu en faisant rouler la boule sur le sol glacé.

— La place est à toi. Elle sourit à Isar.

Je devinai que, la cour étant aussi minuscule, elles devaient planifier leurs tours pour l'utiliser. Isar se dirigea vers l'espace ouvert tandis que Zenada remettait ses vêtements.

— Je ferais mieux d'aller aider Mère à purifier à nouveau le puits, dit-elle, se dirigeant vers le Sanctuaire. Les dieux savent combien de cycles il faudra avant que l'eau ne soit complètement potable à nouveau.

Isar attacha sa jupe sur le côté, puis sortit ses épées de leurs fourreaux. Dès le premier coup d'épée dans l'air, il devint évident que son entraînement était très différent de celui de Zenada. Isar s'entraînait pour tuer, pas pour divertir.

— Elle est forte. Et si rapide, dis-je, admirant les mouvements fluides et puissants de la grande femme.

— Elle est incroyable. Ertee dissimula un sourire, touchant furtivement ses lèvres, roses et gonflées après le baiser d'Isar. Isar est forte, courageuse et loyale. Si les temps avaient été différents, elle aurait pu être une guerrière dans l'Armée du Roi. Elle aurait pu être une glorieuse générale, menant les hommes à la bataille. Au lieu de cela, elle est enfermée ici, soupira-t-elle, avec moi.

— Vous vous aimez, affirmai-je sans l'ombre d'un doute. Leur amour était évident, et elles ne faisaient pas grand-chose pour le cacher. Pourquoi ne partez-vous pas d'ici ?

On m'avait dit que Dakath n'avait pas de place pour une femme seule, mais deux, c'était mieux qu'une, non ?

Ertee baissa les yeux, se concentrant à nouveau sur le brossage de ses cheveux.

— C'est dangereux là-bas.

Je repensai à l'attaque du dragon sur notre chemin depuis la rivière.

— Les villageois n'aiment pas les femmes du Sanctuaire. Mais et si vous n'aviez rien à voir avec le Sanctuaire ? Est-ce que vous deux pourriez vivre ensemble ailleurs ?

Elle rangea le peigne et commença à tresser ses cheveux. Son regard dériva lentement vers Isar.

— J'aimerais que ce soit possible.

L'admiration dans ses yeux m'incita à demander :

— Comment vous êtes-vous rencontrées ?

— Oh, c'est une longue histoire, dit-elle avec un petit sourire. J'ai été mariée autrefois, à un homme, comme ma famille souhaitait que je le fasse. Je n'aimais pas mon mari, pas comme j'aime Isar, mais nous étions amis, et je le respectais. Il a rejoint l'Armée du Roi parce qu'il pensait que c'était la bonne chose à faire pour protéger notre souverain contre les Seigneurs Rebelles.

— Où est-il maintenant ? demandai-je doucement.

— Mort. Il a été tué dans l'une des toutes premières batailles il y a de nombreuses années. Je l'ai pleuré et il me manquera toujours en tant qu'ami. J'aimais l'endroit que nous avions, une petite maison au milieu d'un verger de pommiers dans la vallée. Elle joignit les mains sur ses genoux, baissant les yeux. Parfois, je rêve de partager une maison comme celle-là avec Isar. Mais cela ne pourrait jamais être.

— Pourquoi pas ?

— Deux femmes partageant un foyer sans homme ? Il y a des décennies, nous aurions peut-être pu nous en sortir. Il y a des siècles ? Absolument. Les gens simples comme nous, sans titres ni lignées nobles pour nous inquiéter, étaient libres de partager leur vie avec qui ils voulaient. Mais plus maintenant. Elle serra ses mains si fort que ses articulations blanchirent. Les dragons dirigent ce monde désormais, fermement et sans pitié. Peu importe qui gagne cette guerre – le roi ou les Seigneurs Rebelles – les *Salamandras* ont déjà perdu.

Je fixais le sol sous mes pieds. Peu importe dans quel monde je me trouvais, les difficultés semblaient me suivre partout. À Dakath, elles semblaient m'avoir attendue pendant des décennies avant même mon arrivée.

— Eh bien, dit Ertee. J'ai eu la chance de trouver Isar. Elle me rend plus heureuse que je ne l'ai jamais été.

— Vous vous êtes rencontrées ici, au Sanctuaire ?

— Non. Nous venons du même village. Bien que nous nous soyons rarement parlé avant. Nos chemins se croisaient rarement chez nous. Mais elle m'a avoué qu'elle m'aimait quand mon mari est parti à la guerre. Après sa mort, j'ai été envoyée au Sanctuaire des *Salamandras* comme l'exige la nouvelle loi pour toutes les veuves. Isar était déjà promise à un homme en mariage, mais elle s'est portée volontaire pour nous accompagner, moi et une autre femme, également veuve. « Un dernier voyage avant le mariage », a-t-elle dit. Un dragon nous a attaquées en chemin, tuant l'autre femme. Isar s'est occupée de lui. Puis... elle baissa la voix jusqu'à un murmure, elle a pris les vêtements et le nom de l'autre femme, juste pour être avec moi ici.

— Je ne le dirai à personne, l'assurai-je, réalisant qu'elle avait partagé un secret avec moi.

Elle n'avait pas l'air particulièrement inquiète.

— Merci. Je sais que tu ne le ferais pas. Tu n'as rien à gagner de cela. Personne ne se soucie de ce qu'une vieille veuve enfermée dans le Sanctuaire pourrait dire. C'est un lieu d'oubli parfait.

— *Une vieille veuve ?* Toi ? Comme toutes les autres personnes que j'avais rencontrées jusqu'à présent, Ertee semblait avoir une vingtaine d'années, peut-être une trentaine, avec une peau lisse et un corps mince et juvénile. Ses yeux étaient la seule partie qui trahissait son âge. La tristesse en eux avait besoin de bien plus que quelques décennies pour atteindre l'intensité qu'elle avait. Quel âge as-tu, Ertee ?

Un sourire s'attarda sur ses lèvres tandis qu'elle soulevait les cheveux au-dessus de son oreille. Un réseau de minuscules fissures sur le motif du lit de rivière séché et craquelé abîmait la peau délicate de sa tempe et en dessous. Il s'étendait de la racine de ses cheveux jusqu'à son oreille. Je me rappelais où j'avais déjà vu ce motif – sur le cadavre de Weyx, juste avant qu'il ne se réduise en cendres, et autour des yeux de Mère.

— Tu vois ça, mon amie humaine ? C'est le signe du vieillissement. Ertee laissa retomber ses cheveux. J'ai quatre cent quatre-vingt-sept ans. Il ne me reste plus beaucoup de temps dans ce monde, et je suis parfaitement satisfaite de passer ce qui reste là où je suis. Son regard glissa de nouveau vers la femme maniant les épées. La bouche d'Ertee se serra aux coins avec inquiétude. Isar n'a même pas cent ans. Elle a toute une vie devant elle. Pourtant, elle a choisi de l'enterrer ici, avec moi. Elle est si brillante et pleine de vie. Elle a tant à offrir à ce monde si seulement le monde la laissait faire. Je sais qu'elle rêve de voyager. Elle veut voir davantage notre royaume et au-delà.

— La laisserais-tu partir ? Toute seule ?

Elle rencontra mon regard.

— Isar ne me quitterait pas, même si je le lui demandais. Et je suis trop égoïste pour le lui demander. Elle est la seule lumière que j'aie dans cette vie obscure. Je ne suis pas assez forte pour vivre sans elle. Elle se pencha plus près, soutenant mon regard. Isar détient le vrai secret, celui que j'aimerais que tu ne connaisses pas.

L'image du lézard géant déchirant la gorge du dragon surgit à nouveau dans mes souvenirs.

— Le meurtre ? répondis-je en baissant la voix.

Elle porta un doigt à ses lèvres en signe de silence.

— Et le poison, murmura-t-elle si doucement que je l'entendis à peine. Je suis désolée que tu doives porter le fardeau de ce secret avec nous. Mais si tu le dis à quelqu'un, elle sera capturée et… tuée. Elle prit une respiration tremblante.

— Je ne dirai rien, promis-je.

— Merci.

Elle épingla à nouveau sa tresse autour de sa tête.

— Alors ? Quelle est *ton* histoire ?

— La mienne ? Je lissai mes mains sur la jupe de la robe qu'on m'avait donnée à porter. Elle était usée jusqu'à la corde, comme celle de tout le monde. Je n'ai pas vraiment d'histoire.

Ou peut-être que j'en avais trop, trop longue à raconter à une femme que je venais de rencontrer quelques jours plus tôt.

— Tout le monde a vécu une histoire si tu as atteint l'âge adulte, objecta Ertee. Quel âge as-tu, petite humaine ?

J'étais presque aussi grande que Zenada et probablement même un peu plus grande qu'Ertee, mais elle m'appelait « petite humaine », tout comme Isar.

— J'ai vingt-cinq ans.

Elle siffla, ses sourcils clairs se haussèrent.

— Si jeune.

— Selon les normes des fées, peut-être, acquiesçai-je. Mais vingt-cinq ans représentent plus d'un quart de la durée de vie humaine. Je suis définitivement une adulte.

— Pourquoi as-tu quitté ton monde ?

— Je… je grimaçai. Je ne l'avais pas prévu.

— Tu as été emmenée ? La compassion saturait les traits délicats de la femme silencieuse. Enlevée par un homme ?

J'étais à court de mots. En restant silencieuse, je lui permettais de penser le pire d'Elex. Il n'avait jamais eu la chance d'expliquer ses actions. En même temps, je n'avais aucune envie d'inventer des excuses pour lui.

— Eh bien… Ertee tapota ma main avec la sienne. Tu es ici maintenant, et lui non. Le Sanctuaire n'est pas le pire endroit où se trouver à Dakath. Tu peux te faire une vie ici. Elle remonta la capuche de sa robe sur sa tête et se leva. Je ferais mieux de retourner à mes corvées maintenant. Elles semblent se multiplier si je les néglige trop longtemps.

Avec un sourire et un signe de la main pour Isar, Ertee retourna au Sanctuaire, me laissant assise seule sur mon rocher.

La lame d'Isar chantait tandis qu'elle tranchait l'air frais de la montagne avec son épée.

— Impressionnant, murmurai-je, puis je me levai pour m'approcher.

— Attention. Elle immobilisa sa lame, la mettant de côté. Ce n'est pas malin de s'approcher de quelqu'un qui manie deux épées, humaine.

Elle sourit. L'une de ses lames dansa dans sa main tandis qu'elle faisait tournoyer son manche entre ses doigts.

Je ne m'éloignai pas, hypnotisée par son habileté.

— Tu fais paraître ça si facile.

— Tu veux essayer ? Elle m'offrit une épée.

Je saisis son manche. L'arme lourde entraîna mon bras vers le sol dès qu'Isar la lâcha.

— Bordel, ça pèse une tonne ! Je ne m'attendais pas à ce qu'elle soit si lourde. Isar l'avait maniée comme si c'était un cure-dent.

Elle rit.

— Tu es si faible ! Comme une souris.

Tenant l'épée à deux mains, je la lui rendis.

— Adieu mes espoirs d'en utiliser une un jour.

Elle me regarda pendant une minute.

— Faible ou forte, tout le monde a besoin d'un moyen de se protéger.

Ma protection avait toujours été une combinaison de méthodes, allant de me cacher et rester silencieuse à crier, donner des coups de pied et courir, selon la situation. Je ne m'étais jamais fiée aux armes, car j'avais vu de mes propres yeux combien facilement elles pouvaient être prises et retournées contre vous par quelqu'un de plus fort.

Je reculai d'un pas.

— Il n'y a pas grand-chose que je puisse faire contre une gargouille, et encore moins contre un dragon.

— Peut-être pas grand-chose. Isar inclina la tête, me donnant un regard évaluateur. Mais tu pourrais acquérir une compétence que même ta faiblesse n'entraverait pas.

— Que veux-tu dire ?

Elle alla au coffre où Zenada gardait son équipement. Les *Salamandras* semblaient y ranger un tas de choses, y compris des armes, car Isar en sortit un arc long et un étui en cuir contenant quelques flèches.

— Essayons ceci.

Elle laissa le couvercle du coffre ouvert, m'emmenant à quelques pas de là jusqu'à l'extrémité opposée de la cour.

— Attends une minute. Je me grattai le nez. Tu veux que je tire une flèche ? Avec un arc ?

Elle se pencha vers moi.

— Tu es petite, légère et faible.

— Merci, répondis-je avec sarcasme. Il n'y avait absolument aucun besoin de me rappeler mes lacunes. J'en étais parfaitement consciente.

— En combat singulier, tu n'aurais aucune chance contre un dragon.

— Sans blague.

— Ta meilleure chance de te défendre est quand il est aussi loin que possible. Ce qui signifie... elle me mit l'arc dans la main, tu dois le combattre à distance.

Je sortis une flèche de l'étui allongé et touchai la pointe sombre. Elle était acérée mais semblait trop petite.

— *Ça* ne blessera jamais un dragon. Tu as vu leurs écailles ?

Elle me fit un sourire en coin.

— Tu ne tires pas là où ils ont des écailles. Ces flèches sont faites de fer de Nerifir, le seul métal qui peut tuer une fée. Si tu l'atteins dans l'œil, il mourra très probablement.

— Ha ! Tu penses que je peux tirer une flèche dans l'œil d'un dragon en vol tout en restant hors de portée de son feu ? J'aurais ri si je ne me sentais pas si mal d'être aussi inutile.

Elle arqua un sourcil sombre.

— Essayons.

Il me fallut du temps et des efforts pour ne serait-ce qu'ajuster la flèche sur l'arc sans laisser tomber l'un ou l'autre, voire les deux. Quand je fus enfin prête à tirer, Isar recula.

— Vise le coffre, dit-elle.

Je fis de mon mieux pour viser et me sentis extatique que la flèche s'envole de l'arc au lieu de tomber à mes pieds lorsque je la relâchai. Je visais le centre du couvercle ouvert du coffre. Cependant, la flèche toucha le coin supérieur droit.

Mais elle avait touché. Et elle y restait, son extrémité avec les plumes tachetées blanches et brunes tremblant sous l'impact.

— Wow... Je la regardais, abasourdie. J'ai touché.

À moins de six mètres, à au moins trente centimètres de la cible, mais j'avais touché.

— En effet. La voix d'Isar était empreinte de satisfaction. Il y a de l'espoir pour toi, petite humaine. Elle tapota ma tête à travers ma capuche.

— Hé ! Je secouai la tête en riant. Donne-moi le sac. J'arrachai l'étui avec les flèches de ses mains.

— Le *sac* s'appelle un carquois.

— Peu importe. Je haussai les épaules en sortant une autre flèche du *carquois*. Ça va être amusant.

Isar recula, prenant sa pose habituelle, les bras croisés sur sa poitrine. Elle regardait avec amusement tandis que je luttais pour la placer correctement sur la corde.

— As-tu besoin d'aide ? Elle s'approcha et me montra comment faire, puis ajusta la position de mes bras. Comme ça. Prête ?

— Oui... j'ai compris. Je me mordis la lèvre, tendant la corde de l'arc et dirigeant la flèche vers la cible. Je retins mon souffle, libérant la flèche, et... Elle vola droit vers le bas, s'écrasant sur les rochers de la cour, à peine un mètre de moi. Merde.

— Réessaye, encouragea Isar, imperturbable.

C'est ce que je fis. Encore et encore. J'essayai jusqu'à ce que le soleil ait dépassé son zénith. Je tirais flèche après flèche. Il n'y en avait que sept dans le carquois. Quand toutes étaient parties, je devais courir partout dans la cour pour les récupérer avant de pouvoir tirer à nouveau.

Finalement, cependant, je n'avais plus qu'à marcher jusqu'au couvercle du coffre pour en retirer les sept, car j'avais enfin réussi à les envoyer toutes les sept dans le couvercle et elles étaient toutes plantées dans le bois à une relative proximité les unes des autres.

— Eh bien, ris-je tandis qu'Isar hochait la tête avec approbation. Si c'est un dragon très lent avec un très gros œil qui me laisse m'approcher suffisamment pour lui tirer dessus, j'ai peut-être une chance.

Une ombre se déplaça soudain sur le mur et à travers la cour, comme si quelque chose obscurcissait le soleil un instant.

Isar saisit mon épaule.

— Dragons, siffla-t-elle. L'expression détendue quitta son visage. Ses yeux se rétrécirent. Rentre à l'intérieur, petite humaine. Trouve Ertee. Dis-lui de se cacher.

Je renversai la tête en arrière, plissant les yeux contre le soleil qui n'était pas voilé de nuages pour une fois. Une grande forme ailée tournait au-dessus du Sanctuaire, descendant. Une autre suivait de près derrière.

Trois... Quatre... Cinq, comptai-je mentalement les hommes ailés planant dans l'air frais de l'hiver au-dessus de la cour.

— Va ! Isar me poussa par la porte dans le Sanctuaire. Cache-toi avec Ertee.

— Mais... et toi ? Je pivotai sur mes talons pour lui faire face.

— Va, j'ai dit ! Elle claqua la porte derrière moi.

AMBER

Je regardai frénétiquement autour de moi, mes yeux s'habituant lentement à la faible lumière des torches à l'intérieur du hall après la vive lumière du soleil à l'extérieur.

Une femme frottait le sol, et je l'attrapai par la large manche de sa chemise.

— S'il vous plaît, dites à tout le monde de se cacher. Des dragons sont dans la cour.

Les yeux de la femme s'écarquillèrent. Elle jeta le chiffon qu'elle utilisait dans le seau d'eau du puits, qui n'était toujours pas assez sûre pour être bue par quiconque sans la protection d'un anneau comme le mien, mais parfaitement adaptée aux tâches ménagères. Trébuchant, la femme courut vers l'entrée en arc qui menait aux pièces intérieures derrière la statue de Mère *Salamandra*.

Je devais courir et me cacher aussi. Mais...

Isar était là-bas. Seule, avec au moins cinq hommes qu'elle considérait clairement comme hostiles. Que voulaient-ils ? Qu'allaient-ils lui faire ? Allions-nous tous rester assises ici, tremblant de peur pendant qu'elle s'occupait d'eux toute seule ?

Serrant et desserrant mes poings, je m'attardai près de la porte. Sortir pouvait très bien équivaloir à un suicide pour moi. Je ne pouvais même pas soulever une maudite épée et mes chances de tirer une flèche avec mes mains tremblantes comme elles le faisaient s'amenuisaient à un pourcentage infime. Comment me faire tuer aiderait-il Isar ?

Pourtant, je ne pouvais pas l'abandonner. Retournant furtivement à la porte, j'y collai mon oreille. Cela ne me donna pas grand-chose. J'entendais des bruits mais ne pouvais pas les identifier.

— Que se passe-t-il ? Une voix ferme me fit sursauter. La Maîtresse du Sanctuaire apparut à côté de moi comme sortie de nulle part.

— Mère.

— Qui est là ? demanda-t-elle.

— Des dragons... Des hommes, je veux dire. Au moins cinq. Isar est avec eux.

— Isar ? Les sourcils de Mère se froncèrent. Qu'a-t-elle fait ?

— Rien... m'interrompis-je brusquement en me mordant la langue.

Oh, Isar avait fait quelque chose, n'est-ce pas ? Elle avait tué un homme, et j'en avais été témoin. Quelqu'un d'autre l'avait-il découvert ?

« *Isar a un vrai secret.* » Les mots d'Ertee résonnèrent dans ma tête.

Mon cœur chavira. Je me frottai la gorge alors que ma respiration s'y était bloquée.

Mère me dévisagea d'un regard perçant.

— Isar est-elle en danger ? demanda-t-elle sévèrement.

— J'ai bien peur que oui... croassai-je, glacée d'effroi.

Mère hocha la tête. Redressant son dos, elle lissa sa robe et ajusta son pendentif en forme de salamandre. Avec une détermination ferme sur son visage, elle poussa la porte qui menait à la cour.

Plaquant mon dos contre le mur pour me faire plus petite et, je l'espérais, invisible, je jetai un coup d'œil prudent à l'extérieur.

Dans la cour, Isar se battait férocement. Ses deux épées bougeaient si vite qu'elles se transformaient en roues floues d'acier et de fer dans ses mains. Un des hommes qui l'attaquait tituba en arrière, du sang coulant de son côté. Un autre avait déjà une manche ensanglantée.

— Arrêtez ! Mère leva les bras. Le vent attrapa les larges manches de sa robe, les faisant flotter derrière elle comme des ailes.

Les hommes ne lui prêtèrent aucune attention, se jetant sur Isar avec des épées et... des chaînes. L'un faisait tournoyer une paire de menottes. L'autre tenait un morceau de chaîne noire tendue entre ses mains gantées. Ils semblaient avoir prévu de capturer Isar, mais maintenant qu'elle avait fait couler le sang, leurs visages promettaient la mort.

Je retins mon souffle, pressant ma main contre ma poitrine où mon cœur battait si fort que je craignais que tout le monde puisse l'entendre par-dessus le bruit du combat.

— Arrêtez ! exigea à nouveau Mère, élevant la voix. Cet endroit est protégé par le roi !

Un des hommes lui lança un regard furieux.

— Nous sommes ici sur ses ordres, grogna-t-il.

Un autre homme parvint à saisir le bras d'Isar, lui faisant lâcher son épée.

Elle siffla, tournant sur elle-même. Il l'attrapa à la gorge.

— Chut, *Salamandra*. Il sourit narquoisement. Tu t'es bien battue. Maintenant, il est temps de te museler. Il fit signe à celui avec la chaîne d'approcher.

L'homme claqua la chaîne, déclenchant des éclats d'étincelles rouges entre les maillons métalliques.

Les yeux d'Isar s'écarquillèrent d'horreur. Montrant les dents, elle se dégagea de l'emprise de l'homme, puis bondit vers lui d'un saut. Le corps fort et grand de la femme se transforma en forme de lézard. Ses vêtements glissèrent du dos de l'animal.

Avec terreur dans les yeux, l'homme ouvrit la bouche, mais aucun cri n'en sortit jamais. Les longues dents acérées de la salamandre frappante déchirèrent le cou de l'homme. Il n'eut jamais la chance de se transformer en sa forme de dragon invincible. Ses dents et ses griffes déchirèrent sa chair non protégée comme du beurre.

Le poison brillait dans les plaies. Avec un gargouillement provenant de sa gorge déchirée, l'homme s'effondra sur le sol de pierre de la cour.

Mère agrippa son cou à deux mains. L'expression sur son visage était désespérée. Elle savait qu'à ce stade, personne ne pouvait rien faire pour Isar. Elle avait tué. Devant tout le monde. Ce qui était pire, bien pire, elle avait laissé tout le monde voir ce qui la rendait différente, son poison.

Isar n'était pas une *Salamandra* ordinaire. Et maintenant tout le monde savait ce qu'elle était.

Deux hommes sautèrent sur le dos de la femme-lézard. L'un parvint à coincer la chaîne entre ses dents, tirant sa tête en arrière. Ses muscles des bras gonflaient sous ses manches alors qu'il tirait sur la chaîne, la resserrant autour de sa tête.

Avec un gémissement, le lézard se retransforma en femme. L'homme tira la chaîne plus fort. L'autre attacha promptement un cadenas entre les maillons de la chaîne, verrouillant le bâillon de chaîne autour de la tête d'Isar.

Nue, elle gronda et lutta, mais elle n'avait pas d'armes. Avec la chaîne dans sa bouche et autour de sa tête, elle ne pouvait plus se transformer. Si elle le faisait, la tête plus grande du lézard serait écrasée par la chaîne, la tuant.

Rejetant sa tête en arrière, elle poussa un long cri douloureux. Le son me transperça la poitrine comme un couteau. Les larmes me brûlaient les yeux. Mes mains tremblaient. L'envie de faire quelque chose vibrait en moi. Quelque chose. N'importe quoi. Mais que pouvais-je faire là où quelqu'un comme Isar avait échoué ?

L'impuissance m'accablait de désespoir tandis que je regardais l'un des hommes se transformer en dragon. Ses ailes massives s'étendaient d'un mur à l'autre de la cour. Ses pattes griffues enveloppèrent le corps svelte et nu de la femme vaincue.

Il battit des ailes, s'élevant dans les airs et emportant Isar. Les autres hommes déployèrent aussi des ailes dans leur dos. Deux d'entre eux prirent ce qui restait de celui qu'Isar avait tué. Puis ils s'envolèrent tous.

La cour était à nouveau vide. Seules les taches rouillées de sang demeuraient comme rappel de ce qui venait de se passer.

Mère saisit le pendentif autour de son cou, regardant les dragons emporter l'une de ses *Salamandras*.

Un hurlement fort perça l'air. Il venait de l'intérieur du Sanctuaire.

— Isaaaar ! Ertee traversa le hall principal en courant, hurlant.

— Ertee, non ! Zenada se précipita après elle, suivie par d'autres femmes.

Zenada rattrapa la femme en pleurs dans la cour. Se jetant sur le dos d'Ertee, elle la plaqua au sol. Si elle ne l'avait pas fait, je craignais qu'Ertee eût continué à courir après le dragon qui avait emporté Isar. Hurlant, les yeux hagards, Ertee semblait prête à courir jusqu'à ce que la montagne s'arrête et qu'elle plonge de la falaise vers sa mort.

— Isaaar ! cria-t-elle pour son amante, amie et protectrice, luttant contre l'emprise de Zenada avec une force inattendue de sa silhouette élancée.

D'autres femmes se jetèrent sur elle, venant à l'aide de Zenada.

— Chut, Ertee, supplia Zenada, ses yeux sombres brillant de larmes. Chut, ma chérie. Nous ne pouvons pas l'aider maintenant. Personne ne le peut.

Ses paroles ne firent que rendre Ertee plus inconsolable.

— Pourquoi sont-ils venus ici ? hurla-t-elle, se débattant sous les femmes qui essayaient de la maintenir. Comment ont-ils su ? Qui leur a dit ?

Son regard errait follement, ses yeux tombèrent sur moi, debout à proximité, mes mains pressées contre ma poitrine.

— Toi ! gronda-t-elle. Est-ce TOI qui leur as dit, étrangère ?

Je m'étranglai sur un hoquet, secouant la tête.

Zenada prit la tête d'Ertee dans ses mains, lissant les cheveux blonds qu'Ertee avait brossés et tressés avec tant de soin ce matin-là. Maintenant, la tresse s'était défaite, les longues mèches dépassant sauvagement.

— Ce n'est pas elle, dit Zenada d'un ton apaisant. Elle ne pouvait pas. Elle n'a jamais quitté le Sanctuaire, tu te souviens ? Aucune d'entre nous. Aucune n'a parlé aux dragons. Aucune de nous. Mais il y a assez d'yeux traîtres en dehors du Sanctuaire, avec des bouches bavardes. Quelqu'un du village a dû voir Isar se transformer ce jour-là. N'importe laquelle de ces personnes l'aurait dénoncée pour une pièce ou deux.

Rejetant sa tête en arrière, Ertee couvrit son visage de ses mains.

— Oh Isar, Isar, Isar... pleura-t-elle. C'est entièrement ma faute. Elle a tué pour me protéger. Elle a toujours veillé sur moi...

Le combat se transforma en désespoir chez Ertee. Les femmes la libérèrent, la laissant étendue en étoile sur les rochers de la cour.

Mère se tenait au-dessus d'elle. Avec un regard prudent vers le ciel, comme si elle s'attendait à y trouver des yeux espions, elle ordonna :

— Rentrez-la.

Je restai en retrait, craignant d'approcher Ertee après son explosion contre moi et ses accusations.

Zenada passa le bras d'Ertee autour de son cou, l'aidant à se relever.

— Viens. Rentrons, roucoula-t-elle, guidant son amie dans le hall sombre du Sanctuaire.

— Ils vont la tuer, sanglotait Ertee, inconsolable. Ces salauds vont la tuer.

Alors que les deux femmes entraient, le reste des *Salamandras* les suivirent en file indienne. Bientôt, il ne resta plus que Mère et moi dans la cour.

— Qu'arrivera-t-il à Isar maintenant ? lui demandai-je.

Elle me jeta un coup d'œil, ses traits crispés d'inquiétude, son regard légèrement flou.

— Procès et exécution, dit-elle d'une voix sinistre et creuse, puis ajouta, ils pourraient même se passer du procès.

L'horreur me glaça de la tête aux pieds.

— Elle sera tuée ? Mais elle n'a rien fait sans provocation. Isar s'est battue pour nous protéger et en légitime défense.

Mère se mordit la lèvre, sa main serrant son pendentif doré en forme de lézard.

— Les *Salamandras* venimeuses n'ont pas le droit d'exister, dit-elle catégoriquement.

— Ce monde n'est pas sûr pour ceux qui sont différents, répétai-je les mots qu'Isar m'avait dits lors de mon premier jour au Sanctuaire.

— C'est vrai. Mère me fixa. *Différents.*

Son expression troublée devint soudain calculatrice, ce qui me fit frissonner d'inquiétude.

— Je vais écrire au roi, murmura-t-elle, se tournant pour rentrer. Nous devons implorer son pardon, de peur que sa colère ne s'abatte sur le reste d'entre nous.

Vingt-Trois

AMBER

Pendant le reste de la journée, Ertee resta assise sur l'un des perchoirs. En début de soirée, elle cessa de pleurer, mais le vide dans son regard fixé sur le sol de pierre était encore plus inquiétant que ses larmes.

Peu avant le coucher du soleil, elle se leva.

Zenada fut instantanément à ses côtés.

— Où vas-tu, ma chérie ? Elle posa une main douce sur l'épaule de son amie.

— Dehors, répondit Ertee, sa voix creuse, comme un écho. J'ai besoin d'air frais.

Zenada hésita. Elle semblait déchirée alors qu'Ertee se dirigeait vers la cour. Zenada était visiblement réticente à sortir si près du coucher du soleil. Les *Salamandras* ne passaient pas leurs nuits à l'extérieur, préférant la sécurité des murs du Sanctuaire. D'un autre côté, je comprenais qu'elle ne voulait pas restreindre Ertee de quelque façon que ce soit aujourd'hui. Si elle trouvait plus facile de faire son deuil dehors à l'air libre plutôt que dans les limites du Sanctuaire, Zenada n'allait pas l'en empêcher.

— Je vais l'accompagner, me proposai-je. Je veillerai sur elle, puis je reviendrai à l'intérieur plus tard, après le coucher du soleil.

Zenada hocha la tête avec soulagement, et je me dirigeai vers la porte.

Je m'attardai sur le seuil, ne voulant pas perturber la contemplation silencieuse d'Ertee qui se tenait au milieu de la cour, exactement au même endroit où Isar avait été emmenée. Les taches de sang sombre sur le sol étaient à peine visibles maintenant dans les ombres épaisses du soir. Mais les images du combat d'Isar surgissaient, vives et nettes dans mon esprit. Tout était calme, mais ses gémissements désespérés résonnaient encore à mes oreilles.

Ertee marcha jusqu'à l'endroit où le mur de la cour disparaissait dans la montagne du Sanctuaire. Puis elle commença à grimper.

Je l'observai, confuse, tandis qu'elle escaladait la montagne dans laquelle le Sanctuaire était creusé, de plus en plus haut.

Les gargouilles adoraient se percher haut dans les montagnes pour la nuit, m'avait dit Elex. Elles aimaient s'asseoir au bord d'une falaise, face à l'est pour sentir le premier rayon du soleil levant sur leur peau le matin.

La dure réalité des *Salamandras* du Sanctuaire les faisait se blottir à l'intérieur de ses murs pour leur sécurité. Mais peut-être qu'Ertee avait décidé de suivre sa nature ce soir et de rester sur la montagne après le coucher du soleil ? Si c'était sa façon de pleurer sa perte, je n'allais pas l'en empêcher.

Quand elle grimpa si haut que je ne pouvais plus la voir, je décidai de la suivre pour la surveiller comme je l'avais promis à Zenada. Utilisant les petites saillies dans la roche, je grimpai jusqu'au point où le mur fusionnait avec la montagne, puis je montai un peu plus haut jusqu'à ce que la silhouette solitaire d'Ertee revienne dans mon champ de vision.

Elle se tenait sur une falaise bien au-dessus de moi, regardant au loin vers l'endroit où les tours du Pic Bozyr, le château du roi, s'élançaient brusquement dans le ciel bordeaux. Vers l'endroit où la femme qu'Ertee avait avoué être la lumière de sa vie avait été emmenée.

Le vent jouait avec les plis de la robe d'Ertee. Sa capuche baissée, les mèches libres de ses cheveux fouettaient autour de son visage. Elle écarta largement les bras, le vent attrapant instantanément les manches volumineuses de sa robe. Elles se gonflaient comme une paire d'ailes cramoisies.

Souhaitait-elle pouvoir voler vers sa bien-aimée ? Libre comme seuls les oiseaux ou les dragons pouvaient l'être ?

Elle se pencha en avant vers l'abîme du ciel au-delà de la montagne.

« *Ils vont la tuer* », avait dit Ertee.

« *Je ne suis pas assez forte pour vivre sans elle…* » Ses mots résonnaient dans mon esprit.

Une révélation me frappa comme un éclair. Ertee ne cherchait pas un endroit pour passer la nuit. Elle ne voulait pas vivre assez longtemps pour voir un autre lever de soleil.

L'effroi saisit mes membres. J'ouvris la bouche pour crier un avertissement.

Le dernier rayon de soleil vacilla et disparut. Le tissu des vêtements d'Ertee se figea, se raidissant contre le vent. Ses cheveux s'immobilisèrent, formant une auréole de pierre autour de son visage gravé de chagrin.

Une partie indiscernable de la physique dut changer lorsque le corps vivant se transforma en pierre dure. Alors que la femme avait réussi à garder l'équilibre au bord de la falaise avec son corps penché en avant, la statue bascula.

Elle plongea de la montagne, s'écrasant sur les rochers acérés en contrebas. La pierre rougeâtre d'Ertee se brisa en morceaux, dévalant devant moi en une rivière de gravats et de poussière. Dans la lueur mourante après le coucher du soleil, on aurait dit du sang rouge contre les roches noires de la montagne.

— Ertee ! Un sanglot déchira ma poitrine.

Elle était partie. Il ne restait qu'une rivière de décombres d'une femme qui était vivante et respirait un instant plus tôt.

Les mains tremblantes, les doigts glissant sur les rochers, je descendis aussi vite que je le pouvais. Une fois que j'eus atteint le mur de la cour, au lieu de remonter à l'intérieur, je grimpai sur le sentier qui menait à la rivière.

Puis je courus.

Je courus, trébuchant sur les roches détachées et glissant sur la glace tandis que le ciel au-dessus de moi s'assombrissait. Les nuages s'amassaient au-dessus de moi, étouffant les étoiles. Avançant avec peine sur le chemin, je me guidais principalement au toucher et en suivant le bruit fracassant des rapides de la rivière.

Je descendis, encore et encore, loin de toute cette mort et de cette dévastation. Je devais sortir de ce monde où les gens se transformaient en pierre avant de se jeter du haut des montagnes pour mourir. Où les femmes étaient enchaînées et muselées pour s'être défendues et avoir défendu ceux qu'elles aimaient. Où rien n'avait de sens. Et où j'étais seule, plus seule que je ne l'avais jamais été de ma vie.

Des larmes coulaient sur mon visage, le vent les étalant sur mes joues avec un froid mordant. Je les essuyai avec ma manche, m'arrêtant au bord de l'eau.

La rivière rugissait et bouillonnait, ses rapides aux crêtes blanches ressemblant à des fantômes tourmentés dans l'obscurité de la nuit. Leurs rugissements sonnaient comme les gémissements d'âmes torturées.

Quelque part en amont de ce courant terrifiant se trouvait le portail vers mon ancien monde. Je n'avais qu'à le trouver. Ensuite, je pourrais sortir de ce cauchemar.

Un mur abrupt de roches se dressait en travers de mon chemin sur la berge. Son rebord dépassait dans l'eau sombre et écumeuse. Les rochers étaient couverts de glace et saupoudrés de neige. Je devais les escalader pour remonter le courant.

J'enlevai ma robe encombrante, puis remontai mes jupes, prête à grimper. Étalant mes mains sur la roche glacée, je m'arrêtai.

La tristesse me tordait le cœur, mais une étincelle de bon sens brillait dans mon esprit troublé. Escalader les rochers glissants dans l'obscurité comportait un risque élevé de glisser et de tomber soit sur les rochers pointus en dessous, soit dans la rivière glacée à ma droite. Dans les deux cas, je mourrais.

Même si je réussissais à franchir la falaise, même si je voyais le portail au-dessus du cours d'eau, sans Elex pour m'y faire voler, je devrais nager pour l'atteindre. Je pourrais facilement le manquer dans ce courant fort et glacé. Et là encore, je mourrais.

Que se passerait-il si, contre toute attente, j'avais de la chance, traversais le portail et retournais dans le monde humain ?

« Tu ne peux jamais atterrir au même moment et au même endroit que celui que tu as quitté », avait dit Elex.

Je ne voulais pas atterrir exactement au même moment où Chris et ses sbires étaient apparus au ruisseau. Mais est-ce qu'un autre moment serait meilleur ?

Je lâchai le rocher et m'assis sur le sentier, enroulant ma robe autour de moi pour me réchauffer.

L'histoire humaine était forgée par la violence. Dans toute sa chronologie, il n'y aurait qu'une infime partie où je pourrais raisonnablement espérer survivre. N'importe quelle autre époque était remplie de tant de dangers pour une femme seule qui apparaîtrait de nulle part sans statut, sans famille, ou sans aucun moyen de subvenir à ses besoins.

Selon l'endroit où j'atterrirais, je pourrais être brûlée comme sorcière, possédée comme un bien, vendue, tuée, torturée, violée... Il n'y avait pratiquement pas un moment dans toute l'histoire humaine où je ne risquais pas d'être violée.

Ce monde pouvait être brutal et dur, mais celui d'où je venais n'était pas meilleur. Peut-être que l'avenir de l'humanité était plus lumineux. Peut-être qu'il y avait une époque sur Terre, des centaines ou des milliers d'années dans le futur par rapport à ma naissance, où la sécurité personnelle et le respect étaient garantis à tous. Ou peut-être pas. Connaissant la nature humaine, je n'avais pas beaucoup d'espoir.

Serrant mes genoux contre moi, je fixais l'eau qui défilait. Même abritée du vent derrière les rochers, mon corps était engourdi par le froid mordant. Après un moment, je commençais à me sentir comme l'un de ces rochers sombres et immobiles autour de moi. J'aurais aimé n'avoir aucun sentiment, comme eux aussi. Que je puisse me transformer en pierre comme le faisaient les gargouilles.

Mais même les pierres pouvaient ressentir. Elex l'avait fait quand il était prisonnier de la pierre pendant des années.

« *Comment as-tu fait ?* » lui avais-je demandé, me demandant comment il avait traversé cette horrible décennie sans perdre la raison.

« *Tu dois aimer la vie pour survivre...* » avait-il répondu. « *Tu dois l'aimer férocement et inconditionnellement pour surmonter même les moments les plus sombres.* »

Même après tout ce qui lui était arrivé, Elex aimait la vie.

Je fermai les yeux, laissant mes pensées m'emporter, me ramenant au moment où il me tenait dans ses bras haut au-dessus de l'océan Atlantique.

Tout cela semblait maintenant un rêve lointain. En y repensant, ça avait été le moment le plus heureux de toute ma vie. Là-haut, loin de tous les problèmes qui m'attendaient au sol, je me sentais vraiment libre.

Je n'avais pas grand-chose à regretter de mon ancien monde, mais si Elex était ici avec moi, cela rendrait la vie dans *ce* monde tellement plus supportable.

— Où es-tu, Elex ? murmurai-je dans la nuit.

J'aurais aimé me souvenir quand et comment nous nous étions séparés. Était-ce arrivé dans la Rivière des Brumes ? Était-il dans un monde complètement différent en ce moment ? Avait-il traversé vers Dakath plus tard ? Si c'était le cas, il aurait pu atterrir des milliers d'années dans le passé ou dans le futur par rapport à mon époque actuelle.

Je soupirai. De toute façon, tout ce qu'il me restait de lui maintenant n'était qu'un souvenir, peu importe combien ce souvenir était beau.

L'obscurité épaisse et lourde de la nuit s'était amincie avec la lumière grisâtre de l'aube approchante lorsque je me relevai enfin. Bougeant lentement mes membres à moitié gelés, je remontai le sentier, retournant au seul endroit que je connaissais dans ce monde. Au Sanctuaire des *Salamandras*.

Au moment où j'y arrivai, les premiers rayons du soleil avaient percé les nuages bas entre les montagnes.

Je frappai à la porte.

— C'est moi. Je suis de retour.

La porte grinça en s'ouvrant, et Zenada me prit soudainement dans ses bras.

— Oh, nous pensions que tu étais partie, dit-elle avec ferveur. Je te cherche depuis que je me suis réveillée. Je suis si heureuse que tu sois en vie.

Cet accueil émotionnel était inattendu, mais il était trop agréable pour le refuser. Levant les bras, je lui rendis son étreinte.

Elle sentait le sarrasin bouilli et l'air frais des montagnes, les odeurs de ma nouvelle vie. Les fées sentaient toujours bon, même quand l'eau pour se laver était rare. La pensée de ce à quoi *je* devais sentir, après juste une toilette à l'éponge en plusieurs jours, me fit sortir de son étreinte plus tôt que je ne l'aurais souhaité.

Les yeux sombres de Zenada étaient bordés de rouge.

— Ertee… Elle…

— Je sais, dis-je en avalant ma salive autour d'une boule douloureuse dans ma gorge. J'ai vu quand elle l'a fait.

— Alors, elle l'a fait elle-même ?

J'acquiesçai.

Elle prit une respiration tremblante.

— J'espère qu'elle est heureuse, où qu'elle soit. J'espère que Mère *Salamandra* prendra soin d'elle.

— Elle le fera, dis-je avec assurance, me rappelant la gentillesse d'Ertee et sa manière douce de parler. Elle l'aimera. Ertee était si facile à aimer.

Elle me regarda attentivement.

— Est-ce pour ça que tu es partie ? Parce que tu l'as vue ?

Je détournai le regard, incapable de le nier ou de le confirmer, même pas d'un signe de tête.

— Entre. Passant son bras autour de mes épaules, Zenada me conduisit dans la cour. Rentre à la maison, petite humaine.

Je m'arrêtai à la porte du Sanctuaire et me tournai pour lui faire face.

— Je m'appelle Amber, dis-je. Je vis ici comme l'une des vôtres. Autant que vous connaissiez mon nom.

— Amber, essaya-t-elle le son de mon nom. C'est un joli nom. Allons-y, Amber. Je vais te réchauffer et préparer ton petit déjeuner.

Vingt-Quatre

ELEX

Il était assis sur le sol, le dos appuyé contre le mur. Au coucher du soleil, il s'était pétrifié, devenant un simple élément de cette pièce sans fenêtres. Le lever du soleil avait ranimé son corps, mais son âme restait en sommeil, privée de son étincelle habituelle.

Un autre jour passa ainsi, puis un autre.

Au cours de la deuxième semaine depuis son arrivée, des pas s'arrêtèrent à nouveau devant sa cellule. Le Haut Général entra.

— Êtes-vous prêt à parler maintenant, étranger ? Lequel des Seigneurs Rebelles vous a envoyé ?

Elex força ses yeux à s'ouvrir, humectant ses lèvres sèches avec une langue tout aussi desséchée.

— Où est le roi ?

— Pourquoi pensez-vous que le roi voudrait vous voir ? ricana le Haut Général.

Elex haussa les épaules, essayant de ne pas aggraver son bras blessé qui ne guérissait pas.

— Qu'il le veuille ou non, je ne parlerai qu'à lui.

Le Haut Général agrippa son épaule, secouant son bras qui n'était plus qu'une plaie douloureuse.

— Vous parlerez quand je voudrai que vous parliez. Et je veux que vous répondiez à *mes* questions. Qui êtes-vous ?

Elex serra les dents sous l'onde de douleur. Il prit quelques respirations superficielles, s'efforçant de ne pas les faire ressembler à des gémissements.

— Vous ne me croiriez pas si je vous le disais. Il parvint à esquisser un sourire.

— Croyez-moi, mon histoire vient d'un autre monde.

N'appréciant visiblement ni la vérité ni l'humour, le Haut Général appuya à nouveau sur son épaule.

— Votre nom ! J'exige votre nom.

Elex ne put retenir un gémissement cette fois, serrant le poing de sa main gauche. Il haleta sous l'éclair de douleur brûlante, puis força ses lèvres à s'étirer en un nouveau sourire. Cela irritait visiblement le Haut Général, et c'était la seule arme qu'il possédait contre cet homme.

— Le nom n'est rien sans le statut et l'objectif, n'est-ce pas ? dit-il. Et ceux-là, je ne les révélerai qu'au roi lui-même.

— Alors, vous avez besoin d'aide pour vous ouvrir ? Je vais vous laisser aux soins de vos *amis*, dans ce cas. Le Haut Général se redressa et frappa une fois dans ses mains.

Osym entra dans la cellule, les bras chargés d'objets métalliques. Il les jeta sur le sol dans un fracas assourdissant. Draig le suivait de près, apportant d'autres objets qu'il lança sur le tas.

Des chaînes, des piques et des pinces faisaient partie du métal rouillé que les deux hommes avaient déversé au milieu de la pièce. Elex reconnut plusieurs instruments de torture anciens qu'il n'avait vus que dans des illustrations d'anciens parchemins des Archives Royales.

Jamais de sa vie il n'aurait pu imaginer que l'un d'entre eux serait un jour utilisé sur *lui*.

— Faites-le parler, cracha le Haut Général avant de pivoter sur ses talons et de quitter la pièce.

Draig fit craquer ses articulations, sélectionnant dans le tas une tige métallique munie d'une chaîne et d'un crochet.

— Très bien, étranger. Voyons qui vous êtes vraiment et de quoi vous êtes fait.

Elex n'avait plus son anneau. En le donnant à Amber, il avait perdu sa protection contre les sorts et les substances magiques. Ils auraient pu lui faire ingérer du safran des glaciers qui l'aurait obligé à obéir à leurs ordres, y compris celui de parler. Mais le safran des glaciers était rare et précieux. Et de toute évidence, ils préféraient la torture.

— Voyons combien on peut tirer de celui-là. Draig saisit le bras blessé d'Elex.

Une douleur lancinante traversa Elex, enflammant sa colère. Il n'avait pas enduré des années de torture lente par Ghata ni traversé les dimensions depuis un autre monde pour être torturé ici par ces minables qui n'étaient pas dignes de cirer ses bottes.

Osym enroula la chaîne autour de son autre bras, tirant dessus pour le faire se mettre à genoux.

La rage monta en lui. Presque palpable, elle déferla en vagues, réchauffant l'air du cachot sombre et sale.

Chancelant en avant, il appuya ses deux mains sur le sol. Ses paumes entrèrent en contact avec la pierre froide. Son corps sembla fusionner avec la roche du château. Sa magie se mêla à la force ancienne qui pulsait profondément dans ces murs. Ils étaient à l'intérieur du Pic de Bozyr, le château de son père et de tous les rois qui l'avaient précédé. La magie de Dakath avait été forgée et entretenue pendant des générations par sa lignée royale.

— Allez ! Osym frappa du pied contre le coude droit d'Elex.

La douleur remonta le long de son bras. Elle se heurta à sa rage, provoquant une explosion.

Rejetant la tête en arrière, il rugit. Le son fit trembler les murs. Le feu jaillit sous ses mains. Il explosa vers l'extérieur, brûlant le sol.

Osym hurla, englouti par les flammes. Draig recula, bégayant d'horreur. Se transformant en dragon sous l'effet de la panique, Draig se retrouva piégé sous le plafond bas.

Le tonnerre de la magie ancienne, pliée à la volonté d'Elex, roula à travers les pierres du sol et des murs, faisant vibrer toute la montagne du Pic de Bozyr.

Dans un bruit de pas précipités, le Haut Général fit irruption dans la pièce, entouré d'hommes armés.

Son œil unique tournant frénétiquement, le Haut Général observa la scène.

Le corps fumant d'Osym se réduisait déjà en cendres. Le dragon de Draig était écrasé et piégé dans le coin, ses ailes comprimées, son cou tordu. Des morceaux brisés de chaînes et d'entraves jonchaient la pièce.

Elex se tenait à genoux. Le sol autour de lui était brûlé en forme d'ailes de dragon.

— Que... Que diable s'est-il passé ici ? L'œil du général cligna, sa bouche béante.

Elex releva la tête, fixant l'homme à travers les mèches de cheveux qui tombaient sur ses yeux.

— Conduisez-moi au roi. Maintenant. Ou j'irai vers lui moi-même.

ELEX

Accompagné par le Haut Général et une escorte personnelle de nombreux gardes, Elex quitta le donjon calciné.

Il boita en montant un escalier étroit en colimaçon à l'intérieur d'une tour, s'appuyant contre le mur pour se soutenir. L'air extérieur vif glaçait sa peau à travers les étroites fenêtres taillées dans la pierre.

Ce n'est qu'en débouchant dans un long et large couloir qu'il reconnut le château. Les souvenirs l'assaillirent avec tant de vivacité qu'il dut s'appuyer contre le mur pour rester debout. Il avait couru le long de ce même couloir enfant, poursuivant ses amis et testant ses ailes.

— Avance. Le Haut Général le poussa en avant.

Il n'y avait ni tapis sur le sol de pierre, ni vitraux colorés aux fenêtres du couloir. À la place des tapisseries tissées à la main que sa mère et sa grand-mère avaient accrochées aux murs, des bannières rouges décoraient le couloir. Un unique dragon doré aux ailes déployées ornait l'emblème du drapeau. Ce n'était pas le blason des Dakath qu'il connaissait. Celui de son père représentait autrefois un dragon doré et une *Salamandra* noire entrelacés, ensemble.

Un vent glacial s'engouffrait par les fenêtres sans vitres, givrant le sol et les drapeaux sur les murs. Un frisson parcourut Elex. Il dut puiser profondément en lui pour trouver le feu nécessaire pour se réchauffer.

— Par ici. Le Haut Général le guida à travers une arche vers la Grande Salle.

Sculptée directement sous le sommet du Pic Bozyr, la salle était immense. Son plafond en forme de dôme se fondait avec les murs, composés de fenêtres hautes et larges entre des colonnes taillées. Toutes les fenêtres étaient barricadées avec des planches. La lumière du jour se fractionnait en étroites bandes dans les interstices entre les planches.

La pièce était illuminée par le feu de trois grandes cheminées régulièrement espacées le long des murs. La cascade de centaines de précieux cristaux de *biqurelle* suspendus sous le plafond décomposait la lumière des flammes en une myriade d'étincelles colorées projetées dans toute la pièce, comme une neige multicolore.

Le roi Edkhar était assis sur son trône sculpté dans un bloc massif de roche et recouvert de luxueuses fourrures de renard des montagnes. Les lueurs des cristaux de *biqurelle* dansaient dans la barbe royale et l'épaisse crinière rousse du roi, décorée de tresses maintenues par des attaches en or. La Couronne de Dakath, ornée de larges rubis, trônait sur la tête royale.

— Ainsi. Le roi Edkhar plissa ses yeux verts en observant Elex. C'est donc ce dragon têtu qui refusait de parler ?

Le Haut Général inclina la tête.

— Oui, Votre Majesté. C'est lui. Il tira sur la chaîne reliée au collier autour du cou d'Elex.

La démonstration d'Elex utilisant la magie du château l'avait enfin mené jusqu'au roi, mais cela ne le rendait pas moins prisonnier. Il restait enchaîné et portait toujours son collier.

— Salutations, Votre Majesté. Elex inclina la tête, étudiant furtivement son ancêtre.

Il avait déjà vu des portraits du roi Edkhar, mais les portraits officiels de la royauté ressemblaient rarement exactement aux personnes réelles. Le roi semblait plus petit en chair et en os, moins imposant, mais avec une lueur dure et froide dans le regard que les peintures ne parvenaient jamais à retranscrire fidèlement.

Le roi se leva de son trône et s'avança vers eux d'un pas nonchalant.

— Après tout ce temps, vous ne savez toujours pas qui il est ? Son ton était moqueur.

Le Haut Général se dandina, mal à l'aise.

— Je crois que nous en avons une idée, Votre Majesté.

— *Une idée ?* Le roi eut un sourire narquois. S'approchant d'Elex, il pencha la tête. Pourquoi est-il si difficile de te faire parler, étranger ?

— Ce ne l'est pas, Votre Majesté. Elex soutint le regard royal sans ciller. Il vous suffit de poser des questions, et je vous répondrai.

Le roi éclata de rire.

— Avez-vous entendu cela, Haut Général ? Auriez-vous oublié de lui poser des questions ? Est-ce pour cela que vous n'avez toujours pas de réponses ?

L'œil unique du Haut Général lançait des éclairs dans la direction d'Elex, mais celui-ci l'ignora. Maintenant qu'il se trouvait enfin devant le roi, l'autre homme n'avait plus d'importance.

— Je préfère vous parler directement, mon roi. Elex désigna son escorte d'un mouvement du menton. Sans témoins.

Le roi haussa un sourcil.

— Vraiment ?

— Oui. Je vous dirai tout ce que je sais et laisserai mon sort entre vos mains. Mais je ne parlerai qu'à vous, et à vous seul.

Le Haut Général se pencha en avant, baissant la voix en signe d'avertissement.

— Il est dangereux, Votre Majesté. Il a fait jaillir du feu dans le donjon, sans se transformer en dragon.

— Vraiment ? L'intérêt se renforça dans l'expression du roi.

— L'un de mes hommes a été incinéré. La voix du Haut Général était grave.

— Un seul ? Le roi ricana.

— Il ne peut donc pas être si dangereux.

L'autre homme resta sérieux.

— Mon roi, je ne peux pas vous laisser seul avec lui. Ce n'est pas sûr.

— Ainsi, vous pensez que je devrais avoir peur d'un espion que vous avez repêché d'une rivière ? se moqua le roi, relevant brusquement le menton.

— Non, mais...

Le roi l'interrompit en écartant les bras. Son corps s'agrandit, s'élargissant en hauteur et en largeur, déchirant ses vêtements en lambeaux. Une armure d'écailles écarlates recouvrit la peau tachetée du roi. La couronne de rubis sur sa tête se transforma en une couronne de cornes de dragon.

— Laissez-nous, rugit le dragon. Son feu ne pourra pas me nuire maintenant.

Le Haut Général s'inclina, se dirigeant vers la sortie. En quittant la salle, il fit signe à ses gardes de le suivre.

— Bien. Resté seul avec Elex, le roi-dragon s'enroula sur le sol sous le haut dôme de la salle. Commençons, voulez-vous ? Qui êtes-vous ?

Elex écarta davantage les pieds, redressant le dos sous le regard vert pénétrant du dragon.

— Je m'appelle Elex, se présenta-t-il avec une élégante révérence, utilisant les meilleures manières que sa mère lui avait enseignées, malgré la douleur qui traversa son corps à ce geste. Je suis le fils aîné du roi Raygh et le Prince héritier du Royaume des Montagnes de Dakath.

Le dragon secoua brusquement la tête. Sa gueule s'ouvrit, laissant entrevoir un nuage de fumée et de feu qui tourbillonnait à l'intérieur.

— Je suis le seul et unique roi de Dakath ! rugit-il. Il n'y a pas de roi Raygh.

— Mais il y en aura un. Elex tint bon face à la colère royale. Dans quelques siècles. Deux générations après vous.

Le dragon se leva, sa longue queue fouettant le sol tout proche d'Elex.

— Quelle est cette prophétie ? exigea le roi.

— Ce n'est pas une prophétie. C'est la vérité. Je suis votre descendant, mon roi. Et je peux le prouver.

Elex plia soigneusement sa jambe blessée sous lui, s'agenouillant. Étalant sa main gauche sur les pierres du sol, il écouta la magie qui parcourait la montagne. Son grondement profond réchauffa sa main, faisant picoter sa peau.

Son appel à la magie était plus conscient cette fois-ci, et bien plus contrôlé. Au lieu d'une explosion sauvage de feu, celle-ci scintilla sous sa paume. Puis elle s'étendit le long du sol en un cercle de quelques pas autour de lui.

Le dragon recula prudemment.

— La magie du Pic Bozyr vous écoute, murmura-t-il, gardant ses distances. Ce qui signifie que vous êtes de mon sang. Mais comment ? À ma connaissance, je n'ai pas d'enfants, ni légitimes ni bâtards.

Elex resta agenouillé. Se relever aurait nécessité un effort considérable à ce moment-là.

— Vous aurez un fils, Votre Majesté. Vous le nommerez Elex. Dans plusieurs siècles, mes parents choisiront de me nommer d'après lui.

Les yeux du dragon se plissèrent.

— Vous venez donc du futur, étranger ? Avez-vous traversé la Rivière des Brumes ?

— Oui. Je suis votre arrière-arrière-petit-fils.

Le roi dragon l'observa avec une expression calculatrice.

— Si j'ai un fils, qui sera sa mère ?

— Votre future épouse, Lady Amree.

Le soupçon givra le regard du roi.

— Qui vous a dit cela ? Seules quelques personnes sont au courant de notre arrangement matrimonial. Pour la sécurité de la dame, cela n'a pas encore été annoncé. Le château de son père est trop proche des terres des rebelles.

Elex expira profondément. Se poussant du sol, il se remit sur pied, luttant contre la douleur de ses blessures. Bien que ce mouvement lui fît mal, il refusait de s'agenouiller aussi longtemps devant n'importe quel dragon, même si ce dragon était le Roi de Dakath.

— Je le sais parce que vous faites partie de mon arbre généalogique, Votre Majesté. J'ai étudié mes ancêtres en détail comme chaque prince héritier est tenu de le faire. Je connais mon passé, qui est votre avenir.

Le dragon glissa son regard le long de la silhouette d'Elex.

— Vous ne ressemblez pas à quelqu'un de ma lignée, cependant. Vos cheveux...

Approchant une griffe du visage d'Elex, le dragon toucha une mèche de ses cheveux noirs et ondulés qui tombait sur son front. Les fines lèvres du roi se retroussèrent avec dégoût.

— Quand le charbon s'est-il mêlé au feu du sang royal ?

Elex grimaça intérieurement.

— *Depuis quand la couleur des cheveux d'un homme est-elle devenue indicative de sa valeur ?* aurait-il voulu répliquer. Avec effort, il réprima cependant son irritation, gardant son sang-froid.

— Les cheveux de mon grand-père étaient roux, comme les vôtres, expliqua-t-il, gardant une voix égale. Mais ceux de son père étaient foncés, comme les miens. Un feu est plus fort avec du charbon.

— Bien. Le roi pinça les lèvres. Il semblait toujours mécontent, mais l'expression calculatrice éclipsait son déplaisir. Alors dites-moi, Elex du futur, cette guerre que les seigneurs rebelles mènent contre moi a été longue et sanglante. Quand se termine-t-elle ? Et qui aura la victoire ?

Ces questions étaient faciles à répondre. Il avait tout appris sur la Guerre des Seigneurs Rebelles quand il était encore enfant. Tout le monde à son époque savait.

— En quelle année sommes-nous maintenant ? demanda-t-il, puis fit un rapide calcul lorsque le roi répondit.

— Une grande bataille approche très bientôt, dit-il. La Bataille du Pic Bozyr. Ce sera la dernière de la guerre. Et vous allez gagner, Votre Majesté. Peu après, vous vous marierez, et votre reine vous donnera un fils.

— Nommé Elex, renchérit le roi.

— Oui. La reine allait mourir peu après l'accouchement, mais ce n'était pas le bon moment pour le révéler, sentit-il. Votre fils deviendra l'un des plus grands rois qui ait jamais vécu. Sous son règne, les Montagnes de Dakath connaîtront la prospérité et seront respectées par tous les rois de Nerifir.

— Et y en a-t-il qui déposeront leurs couronnes à mes pieds prochainement ? interrompit le roi, impatient.

Elex cligna des yeux, confus.

— Pourquoi le feraient-ils ?

Le roi haussa les épaules.

— Si je gagne cette guerre bientôt, pourquoi m'arrêter là ? Il y a de nombreux royaumes à Nerifir qui attendent d'être conquis.

— La Guerre des Seigneurs Rebelles sera la dernière guerre des gargouilles. Il n'y en aura pas d'autre, ni de votre vivant ni du mien.

Le dragon eut un sourire narquois.

— Eh bien, cela peut toujours être changé, n'est-ce pas ? L'avenir n'est pas gravé dans la pierre.

Elex espérait qu'il l'était. Sa famille, la vie qu'il avait connue enfant, la future prospérité de Dakath, tout cela avait besoin d'une chance d'exister.

Le dragon bâilla, aspirant l'air de la pièce.

— Eh bien, votre magie est puissante, Seigneur Elex. Je préférerais l'avoir de mon côté plutôt que de risquer qu'elle tombe entre les mains des rebelles. Prêtez-moi serment de loyauté, et je ferai de vous mon garde.

Un fae ne pouvait pas briser une promesse. En faire une au Roi Edkhar lierait Elex à lui pour la vie. Mais leurs vies n'étaient-elles pas déjà liées ? Si le Roi Edkhar prospérait, sa future famille, la famille d'Elex, aussi.

— Vous n'avez pas besoin de ma promesse, affirma Elex. Je n'ai pas d'autre choix que de protéger votre vie comme la mienne.

— Comment cela ? Le dragon fronça les sourcils.

— Ne voyez-vous pas ? Si vous mourez, ma lignée s'éteindra et je cesserai d'exister. En moi, vous aurez le garde le plus loyal qu'un roi puisse jamais avoir. Je ferai tout pour vous garder bien portant et en vie. Je mourrai pour vous afin de sauver les générations qui viendront après vous.

— Hmm. Le roi-dragon se gratta le menton avec une griffe. C'est vrai. Le sang est plus tangible que la magie. Bien. Il examina Elex de haut en bas. Je ferais mieux de m'assurer que vous vivrez assez longtemps pour vous rendre utile. Vous êtes dans un état pitoyable, mon garçon.

Le dragon diminua en taille, reprenant forme humaine. Après avoir marché nonchalamment jusqu'au trône, le roi jeta la cape en fourrure de renard sur ses épaules, laissant les vestiges de ses vêtements déchirés sur le sol. Il appela ensuite les gardes à entrer.

— Donnez au Seigneur Elex une chambre proche des appartements royaux, ordonna le roi. Et faites venir la sorcière royale pour soigner ses blessures. J'ai besoin qu'il soit en forme et en bonne santé au plus vite. Il est désormais mon garde personnel.

LA NOUVELLE CHAMBRE d'Elex était radicalement différente de sa cellule de prison. Elle était spacieuse et aérée, avec deux grandes fenêtres protégées par des volets en bois peint. Un large perchoir se dressait dans une niche sculptée au plafond voûté. Il était garni d'une montagne de draps en soie, de couvertures en plumes et de fourrures.

Un autre perchoir se trouvait juste à l'extérieur de la fenêtre. C'était une poutre longue et épaisse, taillée dans la montagne, suffisamment robuste pour le supporter même s'il souhaitait passer la nuit sous sa forme de dragon. Ce perchoir extérieur était orienté à l'est. Au lever du jour, le soleil le réveillerait de la caresse de son premier rayon de lumière.

Il boita jusqu'au lit et s'y assit, s'enfonçant dans les soies et les fourrures. Le lit occupait tellement d'espace et constituait un luxe rarement utilisé. Les gargouilles passaient peu de temps au lit. Seulement lorsqu'elles étaient souffrantes et... eh bien, parfois pour faire l'amour.

Un léger coup retentit à la porte.

— Mon seigneur ? fit une voix rauque. Le roi m'envoie.

— Entrez.

La porte en bois sculpté s'ouvrit, laissant entrer une silhouette voûtée, enveloppée dans une cape sombre. La capuche était rabattue sur son visage.

— Je suis la sorcière royale, se présenta la femme. Le roi Edkhar m'a envoyée soigner vos blessures.

Enfin.

Alors que ses blessures s'infectaient, il était devenu évident que son corps avait besoin d'aide pour guérir.

— Merci, dit-il sincèrement, impatient de se débarrasser de cette douleur. Je crains que vous n'ayez fort à faire à ce stade.

Sous sa capuche, elle lui lança un regard long et pénétrant.

— Je vois. Vous êtes en mauvais état.

Elle s'approcha de lui, portant un grand panier sous le bras. Un son métallique attira son attention vers ses pieds. Pieds nus, elle portait des fers en métal autour des chevilles. Ils étaient reliés par une chaîne visible sous l'ourlet effiloché de sa longue cape.

— À quoi servent ces entraves ? Il désigna les liens.

De temps à autre, une femme naissait à Nerifir avec une magie si exceptionnelle qu'elle pouvait rivaliser avec celle d'un roi. Elle avait alors la possibilité de prononcer le vœu de sorcière et de renoncer à sa jeunesse et à sa beauté en échange de plus de pouvoir. Toutes les femmes gargouilles étaient guérisseuses. Mais le pouvoir des sorcières dépassait tous les leurs. Les sorcières passaient leur vie à apprendre des sorts et des magies inaccessibles au reste des fées.

Les sorcières étaient souvent craintes, mais toujours tenues en haute estime.

Elex n'arrivait pas à croire que quelqu'un puisse en enchaîner une.

— Qui ose vous traiter ainsi, Grand-mère ?

— Oh, ceci ? Elle eut un petit rire amer en jetant un bref regard à la chaîne. Le roi Edkhar est un homme prudent. Comme il se doit, ajouta-t-elle, baissant la voix. Beaucoup souhaitent sa mort. Son ton lui fit se demander si elle faisait partie de ces « beaucoup » qui souhaitaient la mort du roi. Bien, voyons ce que vous vous êtes fait. Allongez-vous, mon seigneur.

Il fit ce qu'on lui demandait, s'étendant sur la literie moelleuse.

— Pouvez-vous réparer les os ? Je crains que mon coude ne soit fracassé.

— Laissez-moi voir. Elle inspecta soigneusement toutes ses blessures, faisant claquer ses lèvres et secouant la tête avec désapprobation. Ces blessures sont anciennes.

— Oui. Il grimaça sous les tâtonnements de ses doigts noueux. Il n'y avait personne pour s'en occuper auparavant.

Elle hocha la tête.

— Tous les guérisseurs ont été bannis du château.

— Pourquoi ?

— Le roi pense que leur présence distrait son armée. Il veut que ses hommes se battent jusqu'à la mort. « Un bon guerrier n'a pas besoin de guérisseur » aime-t-il dire, « car *c'est lui* qui inflige les blessures mortelles à ses ennemis. »

— Philosophie intéressante, marmonna Elex. Plutôt contre-productive, cependant, ne pensez-vous pas ?

Les guerriers qui combattaient pour leur roi, risquant leur vie, méritaient les meilleurs soins que le royaume pouvait offrir. D'ailleurs, le roi ne réalisait-il pas qu'en négligeant ses guerriers blessés, il réduisait volontairement la taille de son armée ?

La sorcière haussa les épaules.

— Personne ne se soucie de ce que je pense. Mon travail consiste à veiller sur le roi, m'assurer qu'il reste vivant et en bonne santé jusqu'à ce qu'il choisisse de me libérer.

Ainsi, les propres règles du roi concernant « le combat jusqu'à la mort » ne s'appliquaient pas à lui. Contrairement à ses guerriers, le roi était maintenu en vie et en bonne santé. Et pas par n'importe quel guérisseur. Le roi Edkhar avait réussi d'une manière ou d'une autre à piéger une sorcière pour qu'elle soit à son service.

— Comment vous a-t-il contrainte à lui obéir ? Pourquoi le servez-vous ?

Elle plissa les yeux vers lui.

— Je pourrais vous poser la même question, dragon. N'avez-vous pas vous-même fait le vœu de servir le roi ?

Il n'y avait pas eu de vœu. Il n'avait ni formulé ni scellé de promesse. Mais cela revenait au même.

Il grimaça.

— J'ai mes raisons.

— Moi aussi.

Elle semblait ancienne, mais elle pouvait être bien plus jeune que lui. Il était impossible de déterminer l'âge des sorcières d'après leur apparence. Peut-être que son inexpérience avait permis au roi Edkhar de la piéger en lui faisant prononcer un vœu de service ? Quoi qu'il en soit, ils avaient tous deux le droit de garder leurs secrets.

Elle fouilla dans son panier, en sortant un bocal en verre et un bouquet d'herbes.

— Maintenant, enlevez ce pantalon hideux, mon seigneur. Je devrais d'abord vous envoyer aux grottes aquatiques pour vous baigner, mais je ne pense pas que vous pourriez même vous y rendre dans cet état. Je nettoierai moi-même vos blessures. Celle de votre cuisse semble importante, mais elle sera plus facile à guérir que le coude.

Il se redressa, touchant la ceinture de son pantalon gris. Avec une seule main pleinement fonctionnelle, l'enlever s'avérait difficile.

— Laissez-moi vous aider. La harpie glissa ses doigts noueux sous sa ceinture. Il se raidit à son contact, et elle gloussa. Ne vous inquiétez pas, mon seigneur. J'ai vu ma part de queues. Pour moi, ce ne sont que des appendices parmi d'autres, peut-être juste les moins attrayants de tous.

Les harpies ne se mariaient pas, n'avaient pas d'enfants, et apparemment, elles n'avaient aucun intérêt pour le sexe non plus.

Elle l'aida à retirer son pantalon, puis nettoya et traita la blessure sur sa cuisse ainsi que les nombreuses autres égratignures et contusions sur ses jambes.

Quand elle passa à son coude, il demanda :

— Pouvez-vous examiner mon aile aussi, s'il vous plaît ?

— Qu'est-ce qui ne va pas avec votre aile ?

— Elle est cassée.

— Une seule ? demanda-t-elle avec sarcasme. Comment avez-vous réussi à garder quoi que ce soit intact ?

Son autre aile n'était pas complètement intacte non plus. Ses deux ailes avaient été blessées et déchirées par endroits. Mais seule son aile droite était cassée au point d'entraver son vol.

— J'ai besoin de savoir combien de temps il faudra avant que je puisse voler.

À son grand désarroi, elle secoua résolument la tête.

— Pas avant un bon moment, mon seigneur. Même sans voir votre aile, je peux dire qu'il vous faudra du temps pour récupérer. La guérison des os brisés prend du temps.

— Combien de temps ? Quand pourrai-je voler à nouveau ? Ce ne serait pas si loin. Je dois rendre visite à une amie dans le Sanctuaire *Salamandra*.

— Dans le Sanctuaire ? Ses sourcils blanc neige se levèrent de stupeur. Est-ce que le roi vous a ordonné d'y voler ?

— Non. Mais...

Elle se pencha plus près.

— Alors restez loin de cet endroit, mon seigneur. Oubliez votre 'amie' et n'allez jamais vous enticher d'une *Salamandra* du Sanctuaire.

— Pourquoi ? demanda-t-il, véritablement confus.

La harpie souffla.

— Êtes-vous vraiment si obtus, ou avez-vous également blessé votre tête en plus de votre jambe et de votre coude ? Les femmes du Sanctuaire appartiennent au roi. Il ne les utilise peut-être pas toutes personnellement, mais il ne va certainement pas laisser un homme s'y faufiler dans son dos pour en visiter une. Si vous insistez vraiment pour y voler, je ne devrais même pas me donner la peine de vous soigner. Partez comme vous êtes, vous serez mort de toute façon.

— Attendez. Que voulez-vous dire par 'elles appartiennent au roi' ? Le Sanctuaire n'est-il pas un foyer pour celles qui souhaitent consacrer leur vie au service de Mère *Salamandra* ? N'est-ce pas un refuge pour celles qui n'ont nulle part où aller ?

Elle claqua la langue, le réseau de fissures et de rides sur son visage s'étirant en une expression amusée.

— Où étiez-vous, mon seigneur ? Ne savez-vous pas ce que cette cour et ce royaume sont devenus sous le roi Edkhar ? Il gouverne Dakath d'une main de fer. Et le Sanctuaire est son terrain de jeu personnel, une ménagerie de ses jouets.

La peur lui serra la poitrine. Si la harpie disait la vérité, Amber n'était pas en sécurité.

— En êtes-vous certaine ? Ce pourrait n'être qu'un commérage malveillant, colporté par cette femme qui méprisait clairement le roi. Il souhaitait tellement que ce ne soit que cela.

La harpie haussa une épaule osseuse.

— C'est comme ça, que vous me croyiez ou non. Si vous avez le béguin pour une *Salamandra* du Sanctuaire, oubliez-la. Elle est perdue pour vous. Personne ne quitte cet endroit une fois qu'on y est entré. Le roi est généreux, en ce sens qu'il ne voit pas d'inconvénient à partager. Mais comme je l'ai dit, vous ne pouvez pas y voler dans son dos et sans ses ordres.

— À quelle fréquence le roi se rend-il lui-même au Sanctuaire ?

— Pfft ! Il ne vole nulle part. C'est le *roi* ! S'il souhaite se faire caresser par les femmes, il les fait venir au château.

— Toutes ? Elex serra les dents, la peur dans sa poitrine s'échauffant, se transformant en colère.

— Beaucoup d'entre elles. Suffisamment pour satisfaire ses gardes et ses généraux aussi.

Il fixait droit devant lui pendant qu'elle plaçait une attelle autour de son bras.

Non, ce n'était certainement pas le Pic de Bozyr dont il se souvenait.

Et Dakath n'était plus le royaume qu'il avait connu.

Cœurs en Feu

CHAPITRE 1

AMBER

En enfilant une flèche sur mon arc, je plissai les yeux vers le centre peint sur un morceau de bois fixé à l'extrémité du mur. Je visai soigneusement avec la pointe en fer de la flèche le cercle rouge de la taille d'une pomme voire de celle d'un œil de dragon.

Je m'attardai, m'assurant que tout était parfait. J'avais déjà brisé une flèche en l'envoyant trop à droite. Elle avait heurté le mur de pierre au lieu du bois et s'était cassée en deux. Maintenant, il ne me restait que six flèches dans le carquois, et je devais être prudente.

Retenant mon souffle, je relâchai la flèche. Elle traversa la cour. Sa pointe s'enfonça dans le coin du bois. La puissance de l'impact fit vibrer la flèche, son bout emplumé balançant légèrement.

— Bien, approuva Zenada.

Elle était accroupie près du feu qui chauffait un four rond dans l'autre coin de la cour. Iolena, une autre femme du Sanctuaire, apporta un plateau de pains plats et ronds faits d'une simple pâte de sel, d'eau, de farine de sarrasin et d'un agent levant.

Une fois qu'Iolena fut partie et que le four fut assez chaud, Zenada y plaça les pains ronds, les plaquant contre les parois épaisses et chaudes du four pour les faire cuire.

Les joues rougies par la chaleur, elle écarta quelques longues mèches noires de son visage.

— Tu deviens vraiment douée au tir, Amber, dit-elle en s'étirant le dos.

— *Douée* aurait été d'atteindre directement le centre de cet « œil ». Tout ce qui est en dehors m'aurait fait tuer là-bas, soupirai-je en me dirigeant vers ma cible pour récupérer la flèche.

Je m'entraînais quotidiennement, parfois deux fois par jour si mes corvées me le permettaient. Je m'améliorais. Mais pas encore assez pour que ma compétence soit vraiment utile.

— Tu y arrives, m'encouragea Zenada.

Mère me permettait de m'entraîner sans discuter. Les autres femmes étaient également encouragées à s'exercer avec des armes. Avec le départ d'Isar, le Sanctuaire avait perdu sa garde et protectrice la plus capable. Maintenant, chacune devait faire sa part.

Zenada sortit le pain cuit du four, empilant les galettes sombres et plates sur un large plat en céramique.

— Tiens. Elle en poussa une dans ma main. Mange-la maintenant, avant le repas.

Perpétuellement affamée, je n'avais pas la volonté de refuser, mordant immédiatement un énorme morceau du pain chaud et parfumé.

— Merci. Tu en veux ? Je peux partager. Je déchirai le pain en deux.

Je savais que les *Salamandras* avaient faim aussi. Ce n'était pas parce que leurs corps étaient mieux équipés pour faire face au manque de nourriture, ne montrant presque aucun signe de malnutrition, qu'elles ne souffraient pas des tenaillements de la faim.

— Non, merci. Elle détourna son regard de mon offrande. Ça va.

Une ombre ailée tomba sur les pierres de la cour. Je me baissai instinctivement, mon cœur s'arrêtant presque avec un battement de panique. Après plus de deux semaines à Dakath, je ne m'attendais à rien de bon venant du ciel.

— C'est juste un hibou des nuages, dit Zenada, sa voix s'animant.

L'ombre était plus petite que celle d'un homme-gargouille et bien plus petite que celle d'un dragon. Pourtant, elle était plus grande que celle de n'importe quel oiseau que j'avais jamais vu.

Je levai les yeux, suivant le vol du magnifique oiseau blanc. Planant au-dessus de la cour dans un arc de descente lent et gracieux, le hibou passa devant nous et s'engouffra par les portes ouvertes dans le Sanctuaire.

— Pourquoi est-il entré ? Je le fixai du regard.

Les yeux d'obsidienne de Zenada s'illuminèrent d'excitation.

— C'est un hibou messager. Du roi.

— Mais je ne l'ai pas vu porter de messages. Il n'y avait ni lettre dans son bec, ni parchemins dans ses serres.

— Il va délivrer le message directement à qui il est destiné. À Mère, bien sûr.

— Un hibou qui parle ?

— Oui. Son espèce vient du Royaume Céleste qui se trouve haut au-dessus des nuages où vivent les faes du ciel. Le roi Edkhar en a reçu un comme cadeau il y a longtemps.

Je me souvenais que Mère avait dit qu'elle écrirait au roi. Ils avaient clairement une forme de communication. Je n'avais simplement jamais imaginé que cela impliquait un hibou magique parlant.

Zenada balançait d'un pied à l'autre avec impatience.

— Je devrais apporter ceux-ci à la cuisine. Elle plaça le plateau de pains sur son épaule. Si Mère a des nouvelles du roi pour nous, elle les annoncera à l'intérieur. Tu devrais probablement venir avec moi si tu veux les entendre.

Je ne me sentais pas aussi impatiente que Zenada d'entendre ce que le roi avait à dire. Après cette première semaine tragique et turbulente au Sanctuaire, la vie ici s'était finalement installée dans une certaine routine. Malgré le travail épuisant nécessaire pour simplement survivre dans ces conditions difficiles, le rythme lent de la vie ici me plaisait. Mon corps était pratiquement guéri maintenant. Et mon âme s'était suffisamment engourdie pour que je puisse continuer dans une paix relative.

Je n'attendais pas avec impatience d'éventuelles perturbations de cette existence tranquille. Mais je suivis Zenada jusqu'à la salle principale du Sanctuaire pour découvrir les nouvelles.

Nous n'étions pas les seules là-bas. Presque toutes les *Salamandras* du Sanctuaire s'étaient déjà rassemblées près des perchoirs en pierre autour de la statue de leur déesse. Le Sanctuaire était assez petit pour que la nouvelle de l'arrivée du hibou des nuages se soit répandue presque instantanément.

Mère sortit de la pénombre des pièces intérieures. Le hibou blanc comme neige était perché sur son épaule. Avec ses ailes repliées, l'oiseau n'était pas aussi grand qu'il l'avait semblé auparavant.

— Préparez-vous, mes sœurs, dit Mère, inclinant la tête d'un air digne. Le roi Edkhar souhaite nous voir au Pic Bozyr. Nous partons demain, juste après le lever du soleil.

Une vague de chuchotements bruissa entre les femmes. Certaines semblaient excitées, comme Zenada, qui serrait ses mains contre sa poitrine, les yeux brillants d'anticipation. D'autres paraissaient inquiètes.

— Combien d'entre nous iront cette fois ? demanda quelqu'un.

— Tout le monde, répondit Mère.

— Moi aussi ? lâchai-je, incertaine de ce que je ressentais à l'idée d'y aller.

Mère posa son regard sur moi. Long et sans cligner, il m'envoya un frisson de malaise le long de la colonne vertébrale.

— Toi aussi, Amber, dit-elle gravement, puis elle reporta son attention sur les autres. Nous irons toutes. Le Sanctuaire sera fermé pour l'instant.

Zenada fit un petit pas en avant.

— Nous ne pouvons pas partir juste après le lever du soleil. Les dragons n'auront pas assez de temps pour venir nous chercher.

Mère pinça les lèvres avant de répondre :

— Le roi n'envoie personne pour nous chercher cette fois. Il souhaite que nous marchions.

— Tout le chemin jusqu'au château ? s'exclama quelqu'un.

— Oui. Tout le chemin jusqu'à son château sur le Pic Bozyr. Le regard de Mère se durcit. Elle serra sa main autour du pendentif en forme de lézard sur sa poitrine. C'était sa punition pour avoir abrité une venimeuse.

Le souvenir du jour où Isar avait été emmenée résonna douloureusement dans mon cœur. Mettre la main sur cette femme n'avait clairement pas suffi au roi vengeur. Il souhaitait également punir toutes celles qui avaient partagé le Sanctuaire avec elle.

Quelqu'un dit doucement derrière moi :

— Ce ne sera pas la fin de la punition, je le crains.

Je me retournai brusquement pour voir qui avait dit cela. Cependant, toutes les femmes du groupe derrière moi regardaient droit devant elles avec la même expression sur leurs visages. Leurs bouches fermées. Leurs visages sereins. Résignées à leur sort.

— Amber, dit Mère en se dirigeant vers la sortie pour libérer le hibou messager. Tu n'as plus besoin d'utiliser la pâte de racine écarlate pour tes cheveux.

Elle sortit dans la cour, me laissant perplexe.

Que voulait-elle dire ? Voulait-elle que je laisse pousser mes cheveux maintenant ? Après avoir expliqué clairement à quel point c'était dangereux ?

Je savais que je ne faisais pas confiance à Mère. Ce n'est qu'à présent que je n'étais pas sûre de quelle version d'elle je devais me méfier le plus, celle qui me voulait chauve ou celle qui ne le voulait pas.

Un poids oppressait ma poitrine. Au moins, maintenant je

savais ce que je ressentais à l'idée d'aller au Pic Bozyr, je le redoutais.

Disponible maintenant.

Pour en savoir plus sur Marina Simcoe

Le Monde de la Rivière des Brumes

Feu Dans la Pierre (Elex)

Cœurs en Feu (Elex)

La Caresse du Serpent (Amira)

La Conquête du Serpent (Amira)

La Ménagerie des Curiosités de Madame Tan

L'appel de l'Eau (Zeph)

Folie de la Lune (Lero)

Le Pouvoir de la Rage (Radax)

ROMANS D'AMOUR de SCIENCE-FICTION

Un Alien pour les fêtes

Mon Mariage avec Krampus

Mon Minuscule Géant

Mon Escapade D'Anniversaire

Une Mère par Correspondance

À propos de l'auteur

Marina Simcoe aime écrire des histoires d'amour avec des personnages, qui peuvent être humains ou non, car elle croit fermement que notre monde contemporain a toujours besoin d'un peu de fantaisie.

Elle s'amuse beaucoup à explorer comment ses personnages fantastiques, dotés de leurs propres croyances, valeurs et aspirations, s'adaptent à notre vie de tous les jours.

Elle vit au Canada avec son grincheux de brute bien à elle, leurs trois jeunes enfants et un chat, qui est assurément unique en son genre.

Pour être tenir informé de ses prochains livres, veuillez consulter la page de Marina Simcoe sur Facebook ou le site de l'auteure.

https://www.marinasimcoe.com/français

facebook.com/MarinaSimcoeAuthor

instagram.com/marinasimcoeauthor

patreon.com/MarinaSimcoe

bsky.app/profile/marinasimcoe.bsky.social

bookbub.com/profile/marina-simcoe

pinterest.com/marinasimcoe